PICKWICK

LISA GENOVA

PERDERSI

Traduzione di
Laura Prandino

PIEMME

www.pickwicklibri.it
www.edizpiemme.it

Perdersi
di Lisa Genova
Titolo originale dell'opera: *Still Alice*

ISBN 978-88-6836-684-1

I edizione Pickwick gennaio 2014

Anno 2014-2015-2016 - Edizione 1 2 3 4 5 6 7 8 9 10

In memoria di Angie
Per Alena

Persino allora, più di un anno prima, nella sua testa, non lontano dagli orecchi, dei neuroni venivano strangolati a morte, troppo in silenzio perché lei li sentisse. Si potrebbe insinuare che le cose andavano così insidiosamente male che erano stati i neuroni stessi a dare il via a una serie di eventi destinati a condurli alla distruzione. Che fosse omicidio molecolare o suicidio cellulare, non erano in grado di avvertirla di quello che stava succedendo, prima di morire.

Settembre 2003

Seduta alla scrivania della camera da letto, Alice era distratta dai rumori prodotti da John che girava come una trottola per le stanze del pianterreno. Doveva finire la revisione di un articolo per il «Journal of Cognitive Psychology» prima del suo volo, e aveva appena riletto per la terza volta la medesima frase senza capirla. Erano le 7.30 secondo la sveglia, che a occhio andava avanti di dieci minuti. A giudicare dall'ora approssimativa e dal volume crescente dei suoi andirivieni, si capiva che John era sul punto di uscire, ma doveva aver dimenticato qualcosa che non riusciva a trovare. Alice picchiettò la penna rossa contro il labbro inferiore continuando a osservare le cifre digitali sull'orologio, in attesa di quello che sapeva sarebbe successo.

«Ali?»

Gettò la penna sulla scrivania e sospirò. Al pianterreno lo trovò inginocchiato in salotto, che tastava sotto i cuscini del divano.

«Chiavi?» gli chiese.

«Occhiali. Niente prediche, per favore. Sono in ritardo.»

Seguì il suo sguardo disperato verso la mensola del camino dove l'antico orologio Waltham, apprezzato per la sua precisione, proclamava le 8.00 in punto. John avrebbe dovuto saperlo che non c'era da fidarsi. Raramente gli orologi di casa loro sapevano che ora fosse davvero. Alice si era fatta fregare anche troppo spesso dai loro quadranti apparentemente sinceri e da molto tempo aveva imparato a fidarsi solo del suo orologio da polso. Come si aspettava, tornò indietro nel tempo entrando in cucina, dove il microonde insisteva che fossero solo le 6.52.

Scrutò il piano di lavoro di granito liscio e sgombro ed eccoli, gli occhiali, vicino alla ciotola a forma di fungo che traboccava di posta ancora da aprire. Non sotto qualcosa, non dietro qualcosa, non nascosti alla vista in alcun modo. Come faceva uno come lui, uno scienziato così intelligente, a non vedere quello che aveva davanti al naso?

Certo, anche diverse cose di Alice avevano preso a nascondersi in posticini infidi, ma non l'avrebbe mai ammesso con lui, e neppure lo coinvolgeva nelle ricerche. Proprio il giorno prima, con John beatamente ignaro, aveva passato una mattinata alla folle ricerca, prima in casa e poi in ufficio, del caricabatterie del suo BlackBerry. Alla fine si era arresa, perplessa, ed era andata a comprarsene un altro, solo per ritrovare quello vecchio la sera stessa, infilato nella presa dalla sua parte del letto, dove sarebbe stato ovvio cercarlo. Per entrambi si poteva probabilmente invocare la scusa dei troppi impegni e delle troppe cose da fare tutte insieme. E poi stavano invecchiando.

John era sulla soglia, non guardava Alice ma gli occhiali che lei aveva in mano.

«La prossima volta fingi di essere una donna, quando li cerchi» gli disse Alice sorridendo.

«Mi infilerò una delle tue sottane. Ali, scusa, sono davvero in ritardo.»

«Secondo il microonde hai un sacco di tempo» disse lei porgendoglieli.

«Grazie.»

Li afferrò come uno staffettista che prende il testimone e schizzò verso la porta.

«Ti trovo qui sabato quando torno?» chiese alle sue spalle seguendolo nell'ingresso.

«Non lo so, sabato sarà una giornataccia in laboratorio.»

Raccolse valigetta, telefono e chiavi dal tavolino dell'ingresso.

«Fai buon viaggio, abbraccia Lydia e dalle un bacio per me. E cerca di non litigare troppo con lei» disse John.

Alice colse il loro riflesso nello specchio dell'entrata: un uomo alto e distinto con capelli castani brizzolati e occhiali; una donna snella con i capelli ricci, le braccia conserte sul petto, entrambi pronti a tuffarsi nella solita discussione infinita. Strinse i denti e deglutì, decidendo di non reagire.

«Ultimamente non ci siamo visti molto. Almeno ci proverai a essere a casa?» gli chiese.

«Lo so, ci proverò.»

Le diede un bacio e, per quanto impaziente di andare, indugiò per un impercettibile istante. Se non lo avesse conosciuto meglio, avrebbe attribuito un senso romantico a quell'esitazione. Avrebbe potuto goderselo considerandolo un modo per dirle: *Ti amo, mi mancherai.* Ma mentre lo guardava affrettarsi da solo lungo la strada ebbe la pressoché totale certezza che le avesse appena detto: *Ti amo, ma ti prego non arrabbiarti se sabato non mi troverai a casa.*

Normalmente attraversavano insieme Harvard Yard tutte le mattine. Tra i tanti risvolti piacevoli del lavorare a poco più di un chilometro da casa e nella stessa università, il tragitto insieme era quello che amava di più. Si fermavano sempre da Jerri's – un caffè nero per lui, un tè al limone per lei, caldo o freddo secondo la stagione – e proseguivano per Harvard Yard chiacchierando delle rispettive ricerche e delle loro lezioni, dei problemi dei rispettivi dipartimenti, dei figli, o dei programmi per la serata. I primi tempi del loro matrimonio si tenevano anche per mano. Aveva assaporato l'intimità rilassata di quelle passeggiate mattutine con lui, prima che le esigenze quotidiane dei rispettivi impegni e delle ambizioni rendessero entrambi stanchi e stressati.

Ma ormai da qualche tempo raggiungevano separatamente Harvard. Alice aveva trascorso quasi tutta l'estate con la valigia in mano per seguire congressi di psicologia a Roma, New Orleans e Miami e come membro di commissione per la discussione di una tesi a Princeton. La primavera precedente, le colture cellulari di John avevano avuto bisogno di qualcosa di simile a dei lavaggi a orari oscenamente antelucani, e lui non si fidava della puntualità di nessuno dei suoi studenti. Così ci andava di persona. Alice non ricordava quale fosse stato il motivo ancora precedente, ma sapeva per certo che erano sembrati tutti ragionevoli e soltanto temporanei.

Era tornata al saggio in attesa sulla scrivania, ancora distratta, ma questa volta per il mancato litigio con John a proposito della loro figlia minore, Lydia. Cos'era, temeva forse di cascare in terra stecchito se per una volta avesse dato ragione a lei? Dedicò al resto del documento un'attenzione superficiale, non certo il suo solito standard di eccellenza, ma bisognava accontentarsi, considerata la concentrazione frammentaria e la mancanza di tempo. Completati i commenti e i suggerimenti per la revisione, imbustò e sigillò il documento, colpevolmente conscia che poteva aver tralasciato un errore nella struttura o nelle conclusioni del saggio, e maledicendo John per aver compromesso l'integrità del suo lavoro.

Finì di preparare la valigia, che non aveva neppure svuotato dopo l'ultimo viaggio. Nei mesi a venire prevedeva meno trasferte. Erano solo una manciata le conferenze programmate nel secondo semestre, e le aveva fissate tutte di venerdì, quando non aveva lezione. Come il giorno successivo. L'avevano invitata come oratrice ospite per inaugurare la sessione autunnale dei seminari di psicologia cognitiva a Stanford. E dopo sarebbe andata a trovare Lydia. Cercando di non litigare con lei, ma non poteva prometterlo.

Alice trovò facilmente la Stanford's Cordura Hall, all'angolo tra Campus Drive West e Panama Drive. Con la facciata intonacata, il tetto di tegole rosse e il verde circostante, ai suoi occhi da East Coast ricordava più un albergo su qualche spiaggia caraibica che un edificio universitario. Era arrivata in anticipo ma si avventurò comunque all'interno, pensando di sfruttare il tempo a disposizione in una sala ancora tranquilla per ripassare il suo discorso.

Con sua grande sorpresa si ritrovò invece in una sala conferenze già stracolma. Una folla zelante si muoveva attorno al tavolo del buffet, e si avventava sul cibo con l'aggressività dei gabbiani su una spiaggia cittadina. Prima di poter sgusciare dentro inosservata scorse Josh, un suo vecchio compagno di corso a Harvard e noto egocentrico, che la fronteggiava a gambe larghe come se meditasse di saltarle addosso da un momento all'altro.

«Tutto questo per me?» chiese Alice sorridendo gioviale.

«Figurati, qui si mangia così tutti i giorni. È per uno

dei nostri psicologi dello sviluppo che ieri ha ottenuto la cattedra. Allora, come ti trattano a Harvard?»

«Bene.»

«Non riesco a credere che tu sia ancora là dopo tutti questi anni. Se mai ti dovessi annoiare troppo, potresti considerare l'idea di trasferirti qui.»

«Ti farò sapere. E tu come te la passi?»

«Alla grande. Dovresti passare in ufficio da me, dopo la conferenza, a dare un'occhiata alle nostre ultime elaborazioni dati. Roba da farti saltare sulla sedia.»

«Spiacente ma non ce la faccio, ho un volo per L.A. appena finito qui» disse lei, grata per la scusa pronta.

«Oh, che peccato. L'ultima volta che ci siamo visti è stato per la tua conferenza di psiconomia dell'anno scorso. Sfortunatamente mi sono perso il tuo intervento.»

«Be', in buona parte potrai ascoltarlo oggi.»

«Cos'è, ricicliamo i discorsi, adesso?»

Prima che potesse ribattere piombò su di loro Gordon Miller, capo del dipartimento e suo nuovo supereroe, che la salvò chiedendo a Josh di dargli una mano a servire lo champagne. Come a Harvard, anche alla facoltà di Psicologia di Stanford un brindisi con lo champagne era la celebrazione tradizionale per i docenti che raggiungevano l'ambito traguardo della cattedra. Non erano molti gli squilli di tromba che segnavano i progressi nella carriera di un docente universitario, ma la cattedra era uno di quelli, forte e chiaro.

Quando tutti ebbero il bicchiere in mano, Gordon salì sul podio e diede qualche colpetto al microfono. «Posso avere la vostra attenzione per un momento?»

La risata forzata e troppo rumorosa di Josh fu l'ultima a echeggiare solitaria nella sala appena prima che Gordon continuasse.

«Oggi siamo qui riuniti per congratularci con Mark per la sua cattedra. Sono certo che sia felice di essersi lasciato alle spalle questo particolare traguardo. Brindiamo ai molti traguardi esaltanti in attesa di essere ancora raggiunti. A Mark!»

«A Mark!»

Alice fece tintinnare il bicchiere con i propri vicini e subito tutti ripresero l'attività precedente, vale a dire bere, mangiare e chiacchierare. Appena il cibo fu sparito dai vassoi e le ultime gocce di champagne furono versate dall'ultima bottiglia, Gordon riprese la parola.

«Se volete prendere posto, possiamo dare inizio alla conferenza di oggi.»

Attese qualche istante mentre un pubblico di circa settantacinque persone si accomodava e il brusio della conversazione si spegneva.

«Oggi ho l'onore di presentarvi l'oratore del primo seminario di quest'anno. La dottoressa Alice Howland è titolare della cattedra William James di psicologia alla Harvard University. In venticinque anni di prestigiosa carriera ha prodotto molti dei testi fondamentali della psicolinguistica. Ha dato inizio e continua tuttora a guidare un programma di approccio integrato e interdisciplinare allo studio dei meccanismi del linguaggio. È un privilegio averla oggi tra noi a parlarci dell'organizzazione concettuale e neuronale del linguaggio.»

Alice prese il posto di Gordon e osservò il pubblico che a sua volta osservava lei. In attesa che si spegnesse l'applauso seguito alla presentazione, ripensò alle statistiche secondo le quali molte persone avevano più paura di parlare in pubblico che della morte. A lei invece piaceva. Le piaceva tutta la concatenazione di momenti che componeva un discorso di fronte a un pubblico in ascolto: insegnare, recitare, raccontare una storia, gettare le basi di un animato dibattito. Le piaceva la sensazione dell'adrenalina. Più era alta la posta in gioco, più sofisticato o addirittura ostile era il pubblico, più l'esperienza la esaltava. John era un eccellente insegnante, ma spesso i discorsi in pubblico lo terrorizzavano o lo mettevano in crisi, e si meravigliava per l'energia con cui li affrontava Alice. Non che li temesse più della morte, ma di sicuro più di ragni e serpenti.

«Grazie, Gordon. Oggi vi parlerò di alcuni dei processi mentali che costituiscono la base dell'acquisizione, dell'organizzazione e dell'uso del linguaggio.»

Alice aveva illustrato il succo di quel particolare discorso innumerevoli volte, tuttavia non l'avrebbe definito un riciclaggio. Il nucleo del discorso riguardava in effetti i principi essenziali della linguistica, molti dei quali aveva scoperto lei stessa, e diverse delle diapositive che utilizzava erano le stesse da anni. Ma era orgogliosa, e non si sentiva certo pigra né in imbarazzo, perché la parte dell'esposizione basata sulle sue scoperte continuava a mantenere intatta la sua validità nonostante il trascorrere del tempo. I suoi contributi erano importanti e continuavano a stimolare ulteriori ricerche.

Parlò senza alcun bisogno di abbassare lo sguardo sui propri appunti, rilassata e animata, le parole le uscivano senza sforzo. Poi, dopo una quarantina di minuti del discorso programmato per cinquanta, si bloccò di colpo.

«I dati rivelano che i verbi irregolari richiedono l'accesso al...»

Sapeva qual era la parola che veniva subito dopo, "mentale", ma le mancava quella nel mezzo. Aveva una vaga sensazione di quello che intendeva dire, ma la specifica parola le sfuggiva. Sparita. Non le veniva l'iniziale né si ricordava che suono avesse la parola o di quante sillabe fosse composta. Non ce l'aveva sulla punta della lingua.

Forse era lo champagne. Non beveva mai alcolici prima di una conferenza. Pur conoscendo il discorso a menadito, e persino nelle occasioni più informali, ci teneva a essere comunque al massimo dell'acutezza mentale, soprattutto per la parte di dibattito che seguiva l'esposizione, e che a volte si rivelava impegnativa e ricca di stimoli imprevisti. Ma non aveva voluto offendere nessuno, e forse aveva bevuto più del dovuto a causa del solito scambio di battute passivo-aggressive in cui Josh l'aveva intrappolata.

O forse era il jet lag. Mentre la sua mente frugava in ogni recesso alla ricerca della parola smarrita e del motivo razionale per cui l'aveva persa in quel modo, il cuore le batteva forte e si sentiva avvampare. Non le era mai capitato di rimanere senza parole davanti a un pubblico. Ma non intendeva neppure lasciarsi prendere dal panico di fronte alla platea, dopo averne affrontate di ben più numerose e meno bendisposte. Si costrinse a respirare, ignorare l'inciampo e proseguire.

Rimpiazzò la parola ancora latitante con un vago e inappropriato "coso", abbandonò per strada il concetto che intendeva dimostrare e si affrettò a passare alla diapositiva seguente. La pausa che a lei era sembrata goffa ed eterna non sembrò aver provocato il minimo allarme o imbarazzo tra il pubblico, quando ne osservò le espressioni per verificare in quanti avessero notato l'esitazione. Fino a quando vide Josh che sussurrava qualcosa alla sua vicina, le sopracciglia aggrottate e un lieve sorriso sulle labbra.

Il suo aereo stava per atterrare a Los Angeles quando le tornò in mente.

Lessico.

Lydia abitava a Los Angeles ormai da tre anni. Se fosse andata al college subito dopo il liceo si sarebbe laureata già la primavera precedente. Alice ne sarebbe stata orgogliosa. Lydia era probabilmente molto più brillante del fratello e della sorella maggiori, e loro erano andati al college. E poi alla scuola di specializzazione in legge. E a quella di medicina.

Invece che al college, Lydia era andata prima in Europa. Alice si era augurata che ne tornasse con un'idea più chiara sul proseguimento degli studi e sulla facoltà su cui puntare. Invece al suo rientro aveva detto ai genitori che a Dublino aveva provato a recitare e se ne era innamorata. Si sarebbe immediatamente trasferita a Los Angeles.

Ad Alice era sembrato di impazzire. A esacerbare la sua già cocente frustrazione, aveva dovuto riconoscere la sua parte di colpa nel problema. Lydia era la più piccola dei tre ragazzi, figlia di genitori che lavoravano molto e viaggiavano spesso, ed era sempre stata una studentessa modello: perciò Alice e John l'avevano abbondantemente ignorata. Le avevano sempre concesso molto spazio per esplorare il suo mondo, e la libertà di pensare con la propria testa senza quella serie di microcondizionamenti di solito imposti ai ragazzi della sua età. La vita professionale dei suoi genitori valeva da fulgido esempio di quanto si può ottenere ponendosi traguardi originali e ambiziosi e perseguendoli con passione attraverso l'impegno personale. Lydia aveva ben compreso i consigli materni sull'importanza di un'istruzione universitaria, ma aveva la fiducia in se stessa e l'audacia necessarie per rifiutarli.

Oltretutto non era completamente sola. La lite più furibonda tra Alice e John era stata provocata dall'unico contributo di suo marito alla questione: «Mi sembra meraviglioso, potrà sempre andare al college in seguito, se mai deciderà di volerlo».

Alice controllò l'indirizzo sul BlackBerry, suonò il campanello dell'appartamento numero sette e attese. Stava giusto per suonare di nuovo quando Lydia aprì la porta.

«Mamma, sei in anticipo» disse Lydia.
Alice controllò l'ora.
«Sono puntualissima.»
«Mi avevi detto che il tuo volo arrivava alle otto.»
«Ho detto alle cinque.»
«Sulla mia agenda ho segnato alle otto.»
«Lydia, è un quarto alle sei e io sono qui.»
Lydia aveva l'espressione incerta e spaventata, come uno scoiattolo abbagliato dai fari di un'auto.
«Scusami, entra.»
Entrambe esitarono un attimo prima di abbracciarsi, come se fossero sul punto di lanciarsi in un ballo appena imparato e incerte sulla sequenza dei passi o su chi dovesse condurre. O forse era un ballo vecchio, ma era così tanto tempo che non lo ballavano insieme da essersi scordate la coreografia.
Alice avvertiva il rilievo della spina dorsale e delle costole di Lydia attraverso la camicetta. Sembrava troppo magra, almeno cinque chili meno di quanto Alice ricordasse. Si augurava che fosse il segno di una vita attiva, più che il risultato di una dieta intenzionale. Bionda, alta quasi un metro e settanta, sette o otto centimetri più di Alice, a Cambridge Lydia svettava in mezzo alle donne in maggioranza mediterranee o asiatiche, ma a Los Angeles le sale d'attesa alle audizioni sembravano gremite di ragazze che somigliavano tutte a lei.
«Ho prenotato per le nove. Aspettami, torno subito.»
Allungando il collo, Alice ispezionò cucina e soggiorno dall'ingresso dove si trovava. I mobili, che avevano l'aria di essere acquisti di seconda mano o scarti di genitori vari, erano accostati con gusto: un divano componibile arancione, un tavolino rétro, tavolo e sedie da cucina stile "famiglia Brady". Le pareti bianche erano spoglie, a parte un poster di Marlon Brando appeso sopra il divano. Nell'aria aleggiava un forte odore di detersivo Windex,

come se Lydia avesse aspettato l'ultimo momento prima dell'arrivo di Alice per fare le pulizie.

In effetti era un po' troppo in ordine. Nessun cd o DVD sparpagliato in giro, nessun libro o giornale sul tavolino, niente foto appiccicate al frigo, nessun indizio sugli interessi di Lydia o sui suoi gusti. In quel posto avrebbe potuto viverci chiunque. Poi Alice notò la pila di scarpe maschili sul pavimento alle sue spalle, accanto alla porta.

«Raccontami dei tuoi coinquilini» disse mentre Lydia usciva dalla sua stanza con il cellulare in mano.

«Sono al lavoro.»

«Che lavoro fanno?»

«Uno fa il barista, l'altro consegna cibo a domicilio.»

«Credevo fossero entrambi attori.»

«Infatti.»

«Capisco. Mi ripeti com'è che si chiamano?»

«Doug e Malcolm.»

Fu solo un lampo, ma Alice lo vide e Lydia si accorse che Alice l'aveva visto. Lydia era arrossita pronunciando il nome di Malcolm, e per un attimo distolse lo sguardo dalla madre.

«Perché non ci avviamo, intanto? Hanno detto che c'era posto anche prima» disse Lydia.

«Certo, devo solo andare un attimo in bagno.»

Mentre si lavava le mani, Alice diede un'occhiata ai prodotti allineati sul tavolino accanto al lavabo – detergente e idratante Neutrogena, dentifricio alla menta Tom's of Maine, deodorante da uomo, una confezione di tamponi Playtex. Rifletté un attimo. Era tutta l'estate che non aveva il ciclo. L'ultima volta a maggio? Avrebbe compiuto cinquant'anni il mese successivo, perciò non si preoccupava. Non aveva ancora sperimentato le caldane né i sudori notturni, ma non tutte le donne in menopausa ne soffrivano. Meglio così.

Mentre si asciugava le mani notò un pacchetto di preservativi dietro i prodotti per capelli di Lydia. Doveva scoprire qualcosa di più su quei coinquilini. Su Malcolm in particolare.

Erano sedute a un tavolo esterno sulla veranda dell'Ivy, un ristorante alla moda della zona downtown di Los Angeles, e avevano ordinato qualcosa da bere: un espresso martini per Lydia e un merlot per Alice.

«Allora, come procede l'articolo di papà per "Science"?» chiese Lydia.

Doveva aver parlato con lui di recente. Alice non l'aveva più sentita dalla telefonata che le aveva fatto per la festa della mamma.

«L'ha finito, e ne è molto orgoglioso.»

«E Anna e Tom come stanno?»

«Bene, sempre di corsa, lavorano sodo. Come hai conosciuto Doug e Malcolm?»

«Sono venuti da Starbucks una sera che ero di turno.»

Arrivò il cameriere, e ordinarono la cena e un altro giro di aperitivi. Alice si augurava che l'alcol potesse diluire la tensione che gravava fitta e pesante appena sotto la crosta sottile della conversazione.

«Come hai conosciuto Doug e Malcolm?» le chiese.

«Te l'ho appena detto. Perché non ascolti mai quello che dico? Sono capitati da Starbucks una sera che ero al lavoro, e parlando è venuto fuori che cercavano una persona con cui dividere la casa.»

«Credevo lavorassi in un ristorante.»

«Infatti. Durante la settimana sono da Starbucks, e il sabato sera lavoro in un ristorante.»

«Non sembra ti resti molto tempo per la recitazione.»

«Non ho scritture in questo momento, ma seguo seminari e faccio parecchi provini.»

«Seminari di che genere?»

«Tecnica di Meisner.»
«E i provini?»
«Televisione e pubblicità.»
Alice fece ruotare il vino nel bicchiere, lo vuotò in un'ultima sorsata abbondante e si leccò le labbra. «Lydia, che programmi hai di preciso, qui?»
«Non ho in programma di smettere, se è questo che intendi.»
L'alcol cominciava a fare effetto, ma non nella direzione auspicata da Alice. Agiva piuttosto da combustibile per fondere quella crosta sottile, portando allo scoperto la tensione tra loro e lasciandola al timone di una conversazione pericolosamente familiare.
«Non puoi vivere così per sempre. Hai intenzione di continuare a lavorare da Starbucks anche a trent'anni?»
«Ne mancano ancora otto! Tu hai idea di cosa farai tra otto anni?»
«Sì che ce l'ho. A un certo punto bisogna diventare persone responsabili, affrontare questioni come l'assistenza sanitaria, un mutuo, i risparmi per la pensione...»
«Ce l'ho l'assistenza sanitaria. E potrei avere successo come attrice. Alcuni ce la fanno, sai? E fanno molti più soldi di quanti ne guadagnate tu e papà messi insieme.»
«Non è solo una questione di soldi.»
«E di cosa, allora? È perché non sono come te?»
«Abbassa la voce.»
«Non dirmi quello che devo fare.»
«Non voglio che tu diventi come me, Lydia. Voglio solo che non limiti le tue possibilità di scelta.»
«Tu vuoi scegliere per me.»
«No.»
«Questo è ciò che sono, questo è ciò che voglio fare.»
«Cosa, servire venti cappuccini? Dovresti essere al college. Dovresti dedicare questi anni della tua vita a imparare qualcosa.»

«Io *sto* imparando qualcosa! Solo che non sono chiusa in un'aula di Harvard a farmi il mazzo per ottenere una lode in scienze politiche. Frequento un serissimo corso di recitazione per quindici ore alla settimana. Quante ore di lezione fanno di solito i tuoi studenti in una settimana, dodici?»

«Non è la stessa cosa.»

«Be', papà ritiene di sì. È lui che paga.»

Alice si aggrappò alla stoffa della propria gonna e serrò le labbra. Quello che avrebbe voluto dire in quel momento non era indirizzato a Lydia.

«Non mi hai mai nemmeno vista recitare.»

John invece sì. L'inverno precedente aveva preso un aereo per conto suo per vederla lavorare in teatro. Impantanata tra i troppi impegni urgenti che si accavallavano, Alice non era riuscita a liberarsi per partire con lui. Mentre fissava gli occhi addolorati di Lydia non riusciva più nemmeno a ricordarsi cosa fossero, quegli impegni tanto urgenti. Non aveva niente contro la carriera di attrice in sé, ma era convinta che la testardaggine della figlia nel perseguire soltanto quella, senza un'istruzione accademica, rasentasse l'incoscienza. Se non andava al college adesso, ad acquisire le conoscenze di base o la preparazione canonica nel settore prescelto, se non otteneva una laurea, cosa avrebbe fatto se la recitazione non l'avesse portata da nessuna parte?

Alice ripensò ai preservativi nel bagno. E se Lydia fosse rimasta incinta? Alice temeva che si ritrovasse intrappolata in un'esistenza senza soddisfazioni e piena di rimpianti. Guardò sua figlia e vide tutto quel potenziale sprecato, tutto quel tempo buttato via.

«Non ringiovanisci di certo, Lydia. La vita scorre anche troppo in fretta.»

«Sono d'accordo.»

Arrivò il cibo, ma nessuna delle due impugnò la forchetta. Lydia si tamponò gli occhi con un fazzolettino di lino ricamato a mano. Ricadevano sempre nella solita discussione: ad Alice sembrava che cercassero ogni volta di buttare giù a testate un muro di cemento. Lo scontro non era mai produttivo, finiva solo per ferire entrambe e provocava ferite difficili da guarire. Avrebbe tanto voluto che Lydia riuscisse a vedere quanto amore e quanta saggezza ispiravano ciò che desiderava per lei. Avrebbe voluto sporgersi attraverso il tavolo e abbracciarla, ma c'erano troppi piatti e bicchieri, e anni di lontananza a separarle.

Un improvviso turbine di attività a pochi tavoli di distanza distrasse la loro attenzione. Lampeggiarono diversi flash e una piccola folla di clienti e camerieri si raccolse attorno a una donna che somigliava vagamente a Lydia.

«Chi è quella?»

«Ma mamma» disse Lydia con quel suo tono tra l'imbarazzato e il superiore che aveva perfezionato fin dall'età di tredici anni. «È Jennifer Aniston.»

Consumarono la cena chiacchierando solo di argomenti innocui, come il cibo e il tempo. Alice avrebbe voluto scoprire di più sulla relazione tra Lydia e Malcolm, ma le braci emotive della figlia ardevano ancora, e non intendeva attizzare un'altra fiammata. Pagò il conto e lasciarono il ristorante, sazie ma insoddisfatte.

«Signora, mi scusi!»

Il loro cameriere le aveva inseguite sul marciapiede.

«Ha dimenticato questo.»

Alice esitò, cercando di capire come il cameriere fosse venuto in possesso del suo BlackBerry. Non aveva mai controllato la posta o i messaggi al ristorante. Tastò nella borsa. Niente BlackBerry. Doveva averlo tirato fuori cercando il portafogli per pagare.

«Grazie.»

Lydia la guardò perplessa, come sul punto di dire qualcosa che non aveva a che fare con il cibo o con il tempo, ma poi lasciò perdere. Tornarono a casa in silenzio.

«John?»

Alice si fermò nell'ingresso, la mano stretta sul manico della valigia. Lo «Harvard Magazine» giaceva in cima a un mucchio di posta, evidentemente ancora da aprire, sparpagliata sul pavimento davanti a lei. Si sentivano il ticchettio dell'orologio in salotto e il ronzio del frigorifero. Dopo il caldo pomeriggio di sole, l'atmosfera in casa le sembrò fredda, buia e stantia. Deserta.

Raccolse la posta e andò in cucina, con il trolley che la seguiva come un cagnolino fedele. Il suo volo era stato posticipato ed era arrivata molto più tardi del previsto, persino secondo il microonde. John aveva avuto tutta la giornata, l'intero sabato, per lavorare.

La spia rossa della segreteria telefonica la fissò senza ammiccare. Controllò la porta del frigorifero. Nessun bigliettino adesivo. Niente.

Ancora con la valigia in mano rimase immobile nella cucina buia, a guardare scorrere diversi minuti sull'orologio del microonde. La vocina delusa ma indulgente dentro la sua testa si ridusse a un sussurro, mentre aumentava di volume un'altra più primitiva. Pensò di telefonargli, ma la voce che si andava imponendo rigettò l'idea e respinse ogni possibile scusa. Pensò che poteva decidere di non badarci, ma la solita voce, che ormai stava invadendo ogni fibra del suo corpo, le rimbombò nel ventre e le vibrò nella punta delle dita, troppo potente per poterla ignorare.

Perché le dava tanto fastidio? Era nel bel mezzo di un esperimento e non poteva certo mollarlo per tornare a casa. Anche lei si era trovata chissà quante volte nella stessa situazione. Erano fatti così. La voce le disse che era una stupida.

Vide le scarpe da corsa vicino alla porta di servizio. Una corsa le avrebbe fatto bene. Ecco di cosa aveva bisogno.

Possibilmente, cercava di correre tutti i giorni. Da diversi anni considerava la corsa alla stregua del cibo o del sonno, una necessità quotidiana, ed era famosa per andare a correre persino a mezzanotte o nel bel mezzo di un'impenetrabile bufera di neve. Ma negli ultimi mesi aveva trascurato quel bisogno essenziale. Troppo da fare. Allacciandosi le scarpe si disse che non le aveva portate in California perché sapeva già che non avrebbe avuto il tempo di usarle. In realtà si era semplicemente scordata di metterle in valigia.

Partendo dalla sua casa di Poplar Street seguiva invariabilmente il solito percorso: giù per Massachusetts Avenue, attraverso Harvard Square fino al Memorial Drive, lungo il fiume Charles fino allo Harvard Bridge vicino al MIT, e ritorno. Poco più di otto chilometri, un anello da quarantacinque minuti. Si era a lungo gingillata con l'idea di iscriversi alla maratona di Boston, ma ogni anno concludeva realisticamente che non aveva il tempo di allenarsi per una distanza del genere. Forse un giorno ci sarebbe riuscita. Fisicamente era in condizioni perfette per una donna della sua età, e pensava di poter continuare a correre fino a ben oltre i sessant'anni.

Il traffico pedonale a grappoli sui marciapiedi e le intermittenti interruzioni degli attraversamenti stradali intralciarono la prima parte della sua corsa attraverso Harvard Square, che a quell'ora del sabato era gremita e gonfia di attese: sciami di persone che si raccoglievano e scorrevano attorno agli angoli aspettando il verde per attraversare, davanti ai ristoranti facendo la posta a un tavolo, davanti a cinema e teatri in coda per il biglietto, in doppia fila sulle auto nella speranza che si liberasse un improbabile parcheggio. I primi dieci minuti del percorso richiesero una buona dose di concentrazione verso l'esterno per aggirare tutti gli ostacoli, ma una volta attraversato Memorial Drive verso il fiume Charles, Alice poté finalmente correre a lunghe falcate e in piena libertà.

La serata gradevole e il cielo sereno invitavano all'attività lungo il fiume, ma l'area erbosa che costeggiava la riva restava comunque meno congestionata delle strade di Cambridge. Malgrado il flusso costante di corridori, cani e padroni, marciatori, pattinatori, ciclisti e signore che spingevano passeggini da jogging, Alice registrava solo di sfuggita quello che le si muoveva attorno, come un guidatore esperto su un tratto di strada che percorre regolarmente. Procedendo lungo il fiume avvertiva soltanto il rumore delle sue Nike che battevano sulla strada, al ritmo sincopato del respiro. Non ripensava alla discussione con Lydia. Non badava ai brontolii dello stomaco. Non pensava a John. Correva e basta.

Come sua abitudine, smise di correre appena raggiunse di nuovo il John Fitzgerald Kennedy Park, un fazzoletto di prato ben curato che confinava con Memorial Drive. Con la testa schiarita, il corpo rilassato e rinvigorito, proseguì verso casa camminando. Il JFK Park dava accesso a Harvard Square attraverso un piacevole passaggio delimitato da file di panchine tra il Charles Hotel e la Kennedy School of Government.

In fondo al passaggio, quando si fermò all'incrocio tra Eliot Street e Brattle in attesa di attraversare, una donna le afferrò l'avambraccio con forza sorprendente e le disse: «Hai pensato al paradiso oggi?».

La donna la fissò con uno sguardo penetrante e risoluto. Aveva i capelli lunghi, della stessa consistenza e dello stesso colore di una paglietta d'acciaio, e appeso al collo portava un cartello vergato a mano che diceva

AMERICA PENTITI DEI TUOI PECCATI VOLGITI A GESÙ. In Harvard Square c'era sempre qualche spacciatore di religione, ma ad Alice non era mai capitato di essere interpellata in maniera così intima e diretta.

«Scusi» borbottò e, approfittando di un varco nel traffico, fuggì verso il lato opposto della strada.

Avrebbe voluto proseguire e invece si bloccò. Non sapeva dov'era. Si guardò indietro, dall'altra parte dell'incrocio. La donna dai capelli a paglietta perseguitava un altro peccatore lungo il passaggio. Il passaggio, l'hotel, i negozi, le strade si snodavano senza logica. Sapeva di essere in Harvard Square, ma non sapeva da che parte fosse casa sua.

Ci riprovò, con più dettagli. Harvard Square Hotel, il negozio di sport Eastern Mountain, il ferramenta Dickson Bros., Mount Auburn Street. Posti che conosceva benissimo – quella piazza l'aveva calpestata per oltre venticinque anni – ma che in qualche modo non trovavano collocazione nella sua mappa mentale per indicarle dove abitava lei rispetto a quei posti. L'insegna circolare che aveva davanti, bianca e nera con una "T", indicava l'ingresso alla fermata sotterranea di metro e autobus della Red Line, ma in Harvard Square ce n'erano tre, di quelle fermate, e non riusciva a individuare quale fosse delle tre.

Il cuore prese a batterle forte. Cominciò a sudare. Cercò di convincersi che pulsazioni accelerate e sudorazione facevano parte di una risposta orchestrata e adeguata alla corsa. Ma mentre se ne stava immobile sul marciapiede, la sensazione che provava era di panico.

Si impose di proseguire per un altro isolato, e poi un altro ancora, nonostante le gambe molli che minacciavano di cedere a ogni passo incerto. La libreria The Coop, Cardullo's Gourmet, il giornalaio all'angolo, il centro visitatori di Cambridge dall'altra parte della strada, con dietro lo Harvard Yard. Si disse che era ancora capace di leggere e riconoscere. Non le fu d'aiuto. Mancava il contesto. Gente, auto, autobus e insopportabili rumori di ogni genere le saettavano accanto e intorno e la superavano. Chiuse gli occhi. Ascoltò il suo stesso sangue che scorreva e pulsava dietro gli orecchi.

«Basta, per piacere» sussurrò.

Riaprì gli occhi. Così all'improvviso come l'aveva abbandonata, il paesaggio si riassestò al suo posto. La Coop, Cardullo's, Nini's Corner, Harvard Yard. Seppe d'istinto che doveva svoltare a sinistra e imboccare Mass Avenue in direzione ovest. Riprese a respirare a ritmo normale, non più bizzarramente sperduta a un chilometro da casa. Però lo era stata un secondo prima, bizzarramente sperduta a un chilometro da casa. Camminò più in fretta che poteva senza mettersi a correre.

Svoltò nella sua strada, un tranquillo viale residenziale a un paio di isolati da Mass Avenue. Ormai sulla via giusta e con la sua casa in vista si sentì molto più tranquilla, ma non ancora al sicuro. Tenne lo sguardo fisso sulla porta e impose alle gambe di muoversi, promettendo a se stessa che le ondate d'ansia che minacciavano di sommergerla si sarebbero acquietate non appena avesse varcato la soglia e avesse visto John. Se era in casa.

«John?»

Comparve sulla porta della cucina, barba lunga, gli occhiali sollevati sui capelli arruffati da scienziato pazzo, indossava la sua maglietta grigia portafortuna e succhiava un ghiacciolo rosso. Era rimasto alzato tutta la notte. Come Alice aveva previsto, l'agitazione cominciò a placarsi. Ma con essa sembrarono svanire anche tutte le sue energie e il suo coraggio, lasciandola debole e pronta ad afflosciarsi tra le sue braccia.

«Ehi, mi stavo giusto chiedendo dov'eri, stavo per lasciarti un biglietto sul frigo. Com'è andata?» le chiese.

«Cosa?»

«A Stanford.»

«Ah, bene.»

«E Lydia come sta?»

Il suo tradimento con Lydia e il dolore che le aveva provocato il non averlo trovato in casa al suo ritorno, prima esorcizzati dalla corsa e spodestati dal terrore per essersi inspiegabilmente persa, tornarono a reclamare la loro priorità nell'ordine di beccata.

«Dimmelo tu» ribatté.

«Avete litigato.»

«Le paghi il corso di recitazione?» lo accusò.

«Oh» fece lui risucchiando quel che restava del ghiacciolo nella bocca macchiata di rosso. «Senti, possiamo parlarne più tardi? Adesso proprio non ho tempo.»

«Trovalo, John. Sei tu che l'aiuti a tenersi a galla senza neppure dirmelo, e non ci sei quando torno, e...»

«E tu non c'eri quando sono tornato io. Com'è andata la tua corsa?»

Colse il semplice ragionamento sotteso alla domanda. Se lei lo avesse aspettato, se gli avesse telefonato, se non avesse fatto esattamente quel che voleva uscendo a correre, avrebbe potuto trascorrere quell'ultima ora con lui. Doveva ammetterlo.

«Bene.»

«Mi spiace, ti ho aspettato finché ho potuto, ma adesso devo proprio tornare in laboratorio. Ho avuto una giornata incredibile, risultati fantastici, ma non abbiamo ancora finito e devo analizzare i dati prima che possiamo riprendere domani mattina. Sono tornato a casa solo per vederti.»

«Ho bisogno di parlare di questa cosa con te adesso.»

«Ali, non c'è davvero niente di nuovo. Non siamo d'accordo a proposito di Lydia. Non puoi aspettare finché torno?»

«No.»

«Vuoi che usciamo insieme, così ne possiamo parlare per strada?»

«Non sto andando in ufficio, ho bisogno di stare a casa.»

«Hai bisogno di parlarne adesso, di colpo hai bisogno di un sacco di cose. C'è altro?»

La parola "bisogno" colpì un nervo scoperto. "Bisogno" equivaleva a debolezza, dipendenza, patologia. Suo padre. Per tutta la vita si era ripromessa di non esser mai così, come lui.

«Sono soltanto esausta.»

«Si vede, dovresti rallentare un po'.»

«Non è di quello che ho bisogno.»

Lui aspettò che elaborasse il pensiero, ma ci metteva troppo.

«Senti, prima vado e prima torno. Riposati un po', ci vediamo più tardi.»

La baciò sulla testa fradicia di sudore e uscì.

Sola nell'ingresso dove l'aveva lasciata, senza nessuno con cui confidarsi o cui affidarsi, si sentì travolgere in pieno dall'impatto emotivo di quello che le era appena successo a Harvard Square. Si sedette sul pavimento e si appoggiò alla parete fredda, a guardare le mani che le tremavano in grembo come se non fossero le sue. Cercò di concentrarsi sulla necessità di regolarizzare il respiro, come faceva mentre correva. Dopo qualche minuto di inspirazioni ed espirazioni riuscì a calmarsi quanto bastava per tentare di ricavare un senso da quanto le era successo. Ripensò alla parola che le era mancata durante il discorso a Stanford e alla mancanza del ciclo. Si alzò, accese il computer e googlò "menopausa+sintomi".

Una lista terrificante riempì lo schermo: vampate, sudori notturni, insonnia, affaticamento, ansia, capogiri, tachicardia, depressione, irritabilità, mutamenti d'umore, disorientamento, confusione mentale, vuoti di memoria.

Disorientamento, confusione mentale, vuoti di memoria. Ecco, ecco ed ecco. Si appoggiò allo schienale e si passò la mano tra i capelli neri e ricci. Fece scorrere lo sguardo sulle foto esposte sugli scaffali della libreria a tutta parete: il giorno della laurea a Harvard, lei e John che ballavano il giorno del loro matrimonio, ritratti di famiglia fin da quando i bambini erano piccoli, un altro ritratto di famiglia per il matrimonio di Anna. Tornò alla lista sullo schermo del computer. Era il corso della natura, la prossima fase della sua vita di donna. Milioni di altre donne l'affrontavano ogni giorno. Niente che mettesse a rischio la sua vita. Niente di anormale.

Si prese nota di fissare un appuntamento con il medico per un controllo generale. Forse avrebbe dovuto sottoporsi a una terapia di estrogeni. Rilesse un'ultima volta la lista dei sintomi. Irritabilità. Mutamenti d'umore. Il suo scatto con John di poco prima. Tutto si spiegava. Soddisfatta, spense il computer.

Rimase un altro po' seduta nello studio sempre più buio, ad ascoltare la casa silenziosa e i rumori dei barbecue dei vicini. Avvertì l'odore degli hamburger grigliati. Per qualche strana ragione non aveva più fame. Prese un multivitaminico con un po' d'acqua, disfece la valigia, lesse diversi articoli dal «Journal of Cognition» e se ne andò a letto.

Parecchio dopo la mezzanotte, John tornò finalmente a casa. Il suo peso sul letto la svegliò, ma non del tutto. Rimase immobile e finse di dormire. Doveva essere esausto dopo aver passato la notte in bianco e aver lavorato tutto il giorno. Avrebbero potuto parlare di Lydia la mattina dopo. E si sarebbe scusata per essere stata così suscettibile e lunatica negli ultimi tempi. La mano calda di John su un fianco la attirò nell'incavo del suo corpo. Con il tepore del suo fiato sul collo cadde in un sonno profondo, convinta di essere al sicuro.

Ottobre 2003

«Un bel po' di roba da digerire» disse Alice aprendo la porta del suo ufficio.

«Già, quelle *enchiladas* erano enormi» disse Dan alle sue spalle, con un sogghigno.

Alice lo picchiò scherzosamente sul braccio con il bloc-notes. Avevano appena concluso un'ora di seminario-pranzo. Dan era un dottorando del quarto anno con l'aria da bravo ragazzo, snello e muscoloso, capelli biondi tagliati corti, un sorriso impudente e perfetto. Fisicamente non somigliava per niente a suo marito, ma possedeva quella fiducia in se stesso e il senso dell'umorismo che le ricordavano spesso John alla stessa età.

Dopo qualche falsa partenza, il lavoro di ricerca di Dan per la sua tesi aveva finalmente preso slancio, e il ragazzo stava sperimentando un'ebbrezza che Alice riconosceva con tenerezza, e che si augurava avrebbe trovato sviluppo in una passione sostenibile. Chiunque poteva lasciarsi sedurre dalla ricerca quando i risultati arrivavano copiosi. Il difficile era amarla anche quando i risultati non c'erano, e amare le ragioni per cui erano così elusivi.

«Quando parti per Atlanta?» gli chiese Alice mentre

scartabellava sulla scrivania alla ricerca della bozza di Dan che aveva rivisto.

«La prossima settimana.»

«Probabilmente potresti averla già presentata per allora: è a buon punto.»

«Non riesco a crederci che sto per sposarmi. Dio, sono vecchio.»

La trovò e gliela porse. «Piantala, sei a malapena grande abbastanza. Sei all'inizio di tutto.»

Lui si sedette a sfogliare le pagine, aggrottando la fronte per decifrare le annotazioni in rosso ai margini. L'introduzione e le sezioni analitiche erano le parti del lavoro di Dan che Alice, con la sua conoscenza approfondita, aveva maggiormente contribuito a rifinire, colmando le lacune espositive e fornendo un quadro più omogeneo di dove e come quel nuovo studio si inseriva nel complesso puzzle linguistico e storico.

«Cosa c'è scritto qui?» chiese Dan indicandole uno scarabocchio rosso in particolare.

«Effetti differenziali dell'attenzione selettiva o distribuita.»

«E qual è il riferimento?» le chiese.

"Oh oh, qual era?" si chiese lei chiudendo gli occhi in attesa che il nome dell'autore, che per primo aveva enunciato il principio, e l'anno le affiorassero alla mente. «Ecco, lo vedi cosa succede quando si invecchia?»

«Oh, per favore, anche tu sei a malapena grande abbastanza. Non stare a pensarci, controllo poi io.»

Uno dei maggiori fardelli mnemonici per chiunque si occupasse seriamente di ricerca scientifica era conoscere l'anno di uscita delle pubblicazioni, i dettagli degli esperimenti e chi li aveva condotti.

Alice sbalordiva spesso i suoi studenti e dottorandi snocciolando uno dietro l'altro i sette studi più rilevanti per un dato fenomeno, insieme ai rispettivi autori e alle date di pubblicazione. La maggior parte dei docenti anziani del dipartimento condivideva la medesima capacità. In effetti c'era una tacita gara tra loro per stabilire chi possedesse il catalogo mentale della propria specializzazione più completo e a portata di citazione. E di solito Alice si aggiudicava il primato più di chiunque altro.

«Nye, MBB, 2000!» esclamò.

«Mi sbalordisce sempre che tu ci riesca. Sul serio, come fai a tenere a mente tutte quelle informazioni?»

Alice sorrise, accettando il suo apprezzamento. «Vedrai, come ti dicevo sei solo all'inizio.»

Dan sfogliò il resto delle pagine, le sopracciglia si rilassarono. «Okay, sono pronto, sembra tutto a posto. Non so come ringraziarti. Ne riparliamo domani!»

E uscì dall'ufficio. Sbrigata la questione, Alice controllò la lista delle cose da fare, scarabocchiata su un post-it giallo appeso al pensile sopra lo schermo del computer.

- Lezione di cognitiva – fatto
- Seminario-pranzo – fatto
- Tesi Dan
- Eric
- Cena di compleanno

Aggiunse un soddisfacente «fatto» accanto a «Tesi Dan».

"*Eric*? Che vorrà dire?"

Eric Wellman era il capo del dipartimento di Psicologia di Harvard. Doveva forse dirgli qualcosa, mostrargli qualcosa, chiedergli qualcosa? Aveva un appuntamento con lui? Consultò l'agenda. Undici ottobre, il suo compleanno. Niente su Eric. *Eric.* Troppo criptico. Aprì la casella di posta. Niente da Eric. Si augurò che non fosse qualcosa di urgente. Irritata, ma sicura che alla fine le sarebbe tornato in mente cos'aveva in programma con Eric, qualunque cosa fosse, gettò nel cestino la lista delle cose da fare, la quarta della giornata, e prese un nuovo post-it.

- Eric?
- Fissare con il dottore

Piccoli disturbi della memoria come quello stavano cominciando a sollevare le loro brutte testoline un po' troppo spesso, ultimamente. Aveva continuato a rimandare un colloquio con il suo medico dando per scontato che si sarebbero semplicemente risolti da soli, con il tempo. Si era augurata di scoprire qualcosa di rassicurante sulla naturale transitorietà di quella fase da qualche persona conosciuta, senza dover per forza andare dal medico. Per quanto piuttosto improbabile, in effetti, dato che la maggior parte dei suoi amici e colleghi di Harvard in età da menopausa erano maschi. Dovette ammettere che era giunto il momento di chiedere un vero parere medico.

Insieme, Alice e John andarono a piedi dal campus fino all'Epulae di Inman Square. All'interno del ristorante, Alice scorse la figlia maggiore, Anna, già in attesa al bancone con suo marito Charlie. Entrambi portavano impeccabili completi blu scuro, quello di lui impreziosito da una cravatta oro tinta unita, quello di lei da un filo di perle. Da un paio d'anni lavoravano per uno dei maggiori studi legali associati del Massachusetts, Anna nel settore della proprietà intellettuale e Charlie in quello delle vertenze giudiziarie.

Considerando il bicchiere di martini che sua figlia teneva in mano e la misura invariata del suo seno, Alice dedusse che non era incinta. Erano già sei mesi che cercava, senza successo e senza farne mistero, di concepire un figlio. Com'era sempre stato nel carattere di Anna, più qualcosa era difficile da raggiungere, più lei lo desiderava.

Alice l'aveva avvertita che doveva pazientare, non doveva avere tutta quella fretta di conseguire un risultato così fondamentale nella lista delle priorità della vita. Anna aveva solo ventisette anni, aveva sposato Charlie appena da un anno e lavorava tra le ottanta e le novanta ore alla settimana. Ma Anna ribatteva con l'obiezione che tutte le donne in carriera desiderose di un figlio arrivano a scoprire che il momento giusto per farlo non ci sarà mai.

Alice temeva l'effetto che una famiglia avrebbe potuto avere sulla carriera di Anna. Per Alice ottenere la docenza e la cattedra era stato un impegno gravoso e per niente facile, non perché le responsabilità la scoraggiassero o perché non avesse prodotto il richiesto corpus di pubblicazioni di linguistica durante la carriera, ma essenzialmente perché era una donna con figli. Le nausee, l'anemia e la preeclampsia sperimentate nel corso dei due anni e mezzo complessivi di gravidanze l'avevano sicuramente distratta e rallentata. E i tre esserini che di quelle gravidanze erano il prodotto avevano necessità più assillanti e ricorrenti di qualsiasi capo dipartimento o studente modello le fosse capitato tra i piedi.

Troppe volte aveva osservato con orrore le più promettenti carriere di colleghe in età riproduttiva che rallentavano mostruosamente o si interrompevano del tutto. Vedere John, sua controparte maschile e intellettualmente suo pari, che accelerava e la superava, era stato difficile. Si era chiesta spesso se la carriera del marito sarebbe sopravvissuta a tre episiotomie, allattamenti al seno, adattamento al vasino, giorni e giorni di rincoglionimento a cantare «Batti batti le manine» e, peggio ancora, notti di due o tre ore al massimo di sonno ininterrotto. Ne dubitava seriamente.

Mentre si scambiavano baci, abbracci, saluti e auguri di compleanno, una donna dai capelli drasticamente decolorati e vestita di nero da capo a piedi li avvicinò al bar dov'erano riuniti.

«Ci siete tutti?» chiese con un sorriso gradevole ma un po' troppo fisso per essere sincero.

«No, manca ancora una persona» rispose Anna.

«Eccomi!» disse Tom sopraggiungendo alle loro spalle. «Buon compleanno, mamma.»

Alice lo baciò e lo abbracciò, e solo allora si rese conto che era solo.

«Dobbiamo aspettare anche...?»

«Jill? No, mamma, abbiamo rotto il mese scorso.»

«Hai un tale giro di ragazze che si fa fatica a stare dietro ai loro nomi» disse Anna. «Dobbiamo per caso tenere il posto per qualche nuova arrivata?»

«Non ancora» le rispose Tom e poi, rivolgendosi alla donna in nero: «Ci siamo tutti».

I periodi in cui Tom era senza ragazza si susseguivano a intervalli regolari tra i sei e gli otto mesi, ma non duravano mai a lungo. Era intelligente, intenso, il ritratto sputato del padre, al terzo anno di medicina all'Harvard Medical School e con la prospettiva di una carriera da cardiochirurgo. Sembrava avere un gran bisogno di un buon pasto. Ammetteva, con una certa ironia, che tutti gli studenti di medicina e chirurgia di sua conoscenza mangiavano come maiali e quel che capitava: ciambelle, patatine, cibo innominabile da macchinette o da caffetteria dell'ospedale. Nessuno di loro aveva il tempo per fare ginnastica, se non quando decidevano di fare le scale a piedi anziché prendere l'ascensore. Scherzava sul fatto che, se non altro, di lì a qualche anno sarebbero stati in grado di curarsi a vicenda per i rispettivi problemi cardiaci.

Una volta sistemati in un séparé semicircolare e forniti

di bevande e stuzzichini, la conversazione si concentrò sul membro assente della famiglia.

«Quand'è l'ultima volta che Lydia ha partecipato a una delle nostre cene di compleanno?» chiese Anna.

«Era qui per il mio ventunesimo» disse Tom.

«Ma è stato quasi cinque anni fa! È l'ultima volta?» chiese Anna.

«No, non può essere» disse John ma senza offrire niente di più preciso.

«Ne sono praticamente sicuro» insistette Tom.

«Invece no. Era con noi a Cape Cod tre anni fa, per i cinquant'anni di papà» disse Alice.

«Come sta, mamma?» chiese Anna.

Anna era evidentemente compiaciuta che Lydia non fosse andata all'università: in qualche modo il breve curriculum di studi di Lydia la rassicurava sulla sua posizione di figlia più intelligente e di successo degli Howland. Essendo la maggiore, Anna era stata la prima a dimostrare la propria intelligenza ai genitori entusiasti, la prima a detenere lo status di brillante rampolla. Sebbene anche Tom fosse intelligente, Anna non l'aveva mai considerato più di tanto, forse perché era un maschio. Poi era arrivata Lydia. Entrambe le ragazze erano brillanti, ma per raggiungere il massimo dei voti Anna doveva faticare, mentre Lydia sembrava ottenere le sue splendide pagelle senza il minimo sforzo. Anna se ne crucciava. Erano entrambe competitive e fieramente indipendenti, ma Anna non amava correre rischi. Tendeva a perseguire obiettivi certi, convenzionali e accompagnati da riconoscimenti tangibili.

«Sta bene» disse Alice.

«Fatico a credere che continui a insistere. Ha ottenuto qualche parte?» chiese Anna.

«È stata fantastica in quel lavoro dell'anno scorso» intervenne John.

«Segue un corso». Solo dopo averlo detto, Alice si ricordò che suo marito stava foraggiando l'istruzione extrauniversitaria di Lydia alle sue spalle. Come poteva essersi scordata di discuterne con lui? Gli scoccò un'occhiata oltraggiata. Lo colse in pieno, e lui sembrò accusare il colpo. Scrollò lievemente il capo e le accarezzò la schiena. Non erano né il momento né il posto giusto. Ne avrebbero parlato dopo. Sperando di ricordarselo.

«Be', se non altro sta facendo qualcosa» concluse Anna, apparentemente soddisfatta che tutti fossero aggiornati sull'attuale posizione in classifica delle sorelle Howland.

«Allora, papà, come procede il tuo esperimento di marcatura?» chiese Tom.

John si sporse in avanti e si lanciò in una spiegazione dettagliata del suo ultimo studio. Alice osservò marito e figlio, entrambi scienziati, assorbiti in una conversazione analitica in cui ognuno cercava di impressionare l'altro con le sue conoscenze. Le rughe da sorriso agli angoli degli occhi di John, evidenti persino quand'era serissimo, diventavano più vive quando parlava delle sue ricerche, e le mani collaboravano come in un teatro di marionette.

Le piaceva osservarlo quand'era così animato. Con lei non parlava con altrettanto entusiasmo del suo lavoro. Lo faceva un tempo. Ne sapeva ancora quanto bastava a fornirne un accettabile riassunto da cocktail party, ma niente di più approfondito dell'ossatura generale. Riconosceva una di quelle polpose conversazioni che anni prima faceva con lei, quando trascorrevano più tempo con Tom o con i colleghi di John. Un tempo le raccontava tutto, e lei lo ascoltava con rapita attenzione. Si chiese quando tutto questo fosse cambiato e chi dei due avesse perso interesse per primo, se lui a raccontare o lei ad ascoltare.

I calamari, le ostriche del Maine in crosta di granchi,

l'insalata di rucola, i ravioli di zucca, era tutto impeccabile. Dopo cena le avevano cantato *Happy Birthday* in coro, rumorosi e stonati, attirandosi l'applauso generoso e divertito dei clienti agli altri tavoli. Alice spense l'unica candelina sulla sua torta calda al cioccolato. Mentre tutti alzavano i flûte di Veuve Clicquot, John sollevò il suo più in alto degli altri.

«Buon compleanno alla mia bellissima e intelligentissima moglie. Ai tuoi prossimi cinquant'anni!»

Fecero tintinnare i bicchieri e brindarono tutti.

Nella toilette delle signore, Alice studiò la propria immagine allo specchio. Il volto riflesso della donna non si accordava all'immagine mentale che aveva di sé. Gli occhi castano dorato sembravano stanchi, sebbene si sentisse riposata, e la pelle sembrava meno tonica, allentata. Era ovvio che avesse più di quarant'anni, ma non si poteva dire che sembrasse vecchia. Non si sentiva vecchia, pur essendo consapevole che stava invecchiando. Il suo recente ingresso nella fascia demograficamente più anziana si era annunciato con i vuoti di memoria da menopausa. Per il resto si sentiva giovane, forte e piena di salute.

Pensò alla madre. Si somigliavano molto. Il ricordo del volto di sua madre, serio e concentrato, le lentiggini che le spruzzavano il naso e gli zigomi, senza alcuna traccia di rughe, né di un cedimento. Non aveva vissuto abbastanza a lungo per averne. Era morta a quarantun anni. La sorella di Alice, Anne, adesso ne avrebbe avuti quarantotto. Alice cercò di immaginare che aspetto avrebbe avuto Anne, seduta a tavola con loro quella sera con marito e figli, ma non ci riuscì.

Quando si sedette per fare pipì vide il sangue. Le mestruazioni. Certo, sapeva che all'inizio della menopausa il ciclo era spesso irregolare, che non scompariva del tutto all'improvviso. Ma la possibilità di non essere davvero in menopausa si insinuò di soppiatto, si insediò e non si lasciò scacciare.

La sua fermezza, già ammorbidita dallo champagne e dal sangue, le si afflosciò addosso. Si mise a piangere, forte. Faticava a respirare. Aveva cinquant'anni, e si sentiva sul punto di perdere il controllo della sua mente.

Qualcuno bussò alla porta.

«Mamma?» la chiamò Anna. «Ti senti bene?»

Novembre 2003

Lo studio della dottoressa Tamara Moyer era al terzo piano di un palazzo per uffici di cinque piani che si trovava pochi isolati a ovest di Harvard Square, non lontano dal punto in cui Alice si era momentaneamente perduta.

Le sale d'attesa e di consultazione, ancora decorate con stampe di Ansel Adams incorniciate e pubblicità di farmaci appesi alle pareti grigio armadietto scolastico, non le suscitavano alcuna associazione negativa. Nei ventidue anni in cui la dottoressa Moyer era stata il suo medico, Alice era andata da lei solo per i normali controlli preventivi, esami clinici, vaccini e, più di recente, mammografie.

«Cosa la porta da me, Alice?» chiese la dottoressa Moyer.

«Negli ultimi tempi mi è capitato di avere dei vuoti di memoria che avevo attribuito ai primi sintomi di menopausa. Il ciclo mi si è interrotto circa sei mesi fa, ma il mese scorso è tornato, perciò forse non sono ancora in menopausa e allora, be', ho pensato che fosse il caso di venire da lei.»

«Per la precisione, di che genere di cose si dimentica?» chiese la dottoressa continuando a scrivere senza alzare gli occhi.

«Nomi, parole durante le conversazioni, dove ho messo il BlackBerry, cos'è una certa voce nella lista delle cose da fare.»

«Capisco.»

Alice osservò con attenzione la dottoressa Moyer. La sua confessione non sembrava averla minimamente colpita. La dottoressa aveva assorbito l'informazione come un prete ascolta un ragazzino che confessa pensieri impuri su una ragazza. Con tutta probabilità ascoltava quel tipo di lamentele da persone perfettamente sane chissà quante volte al giorno. Alice quasi si scusò per essere così allarmista, forse anche sciocca, per far perdere tempo al suo medico. Tutti dimenticano cose del genere, specie quando cominciano a invecchiare. Aggiungendo la menopausa e il fatto che di solito faceva tre cose per volta mentre pensava ad altre dodici, d'un tratto quei vuoti di memoria le sembrarono insignificanti, innocui e perfino ragionevolmente inevitabili. Tutti sono stanchi. Tutti sono stressati. *Tutti si dimenticano le cose*.

«Ho avuto anche un momento di disorientamento a Harvard Square. Per almeno un paio di minuti non ho più saputo dov'ero, prima che tutto tornasse normale.»

La dottoressa Moyer smise di annotare i sintomi sulla scheda di valutazione e fissò Alice. Quello aveva fatto colpo.

«Provava un senso di costrizione al petto?»

«No.»

«Intorpidimenti o formicolii?»

«No.»

«Mal di testa o capogiro?»

«No.»

«Ha notato aritmie o palpitazioni?»

«Avevo il batticuore, ma è successo dopo il disorientamento, più una reazione adrenalinica allo spavento. Ricordo di essermi sentita in gran forma, in realtà, subito prima che succedesse.»

«Quel giorno le era capitato qualcosa di insolito?»

«No, ero appena rientrata da Los Angeles.»

«Ha le vampate?»

«No. Be', ho pensato di averne avuta una mentre ero disorientata, ma anche in quel caso era solo lo spavento, credo.»

«Capisco. Come dorme?»

«Bene.»

«Quante ore per notte?»

«Cinque o sei.»

«C'è qualche cambiamento rispetto al passato?»

«No.»

«Difficoltà a prendere sonno?»

«No.»

«Di solito quante volte per notte si sveglia?»

«Non credo di svegliarmi.»

«Va sempre a letto alla solita ora?»

«Di solito sì. Tranne quando sono in viaggio, che di recente è avvenuto spesso.»

«Dove è stata?»

«Negli ultimi mesi in California, Italia, New Orleans, Florida, New Jersey.»

«Si è ammalata dopo qualcuno di questi viaggi? Ha avuto febbre?»

«No.»

«Sta prendendo medicinali, antiallergici, vitamine, qualunque cosa possa essere considerata una medicina?»

«Solo un multivitaminico.»

«Bruciori di stomaco?»

«No.»

«Variazioni di peso?»

«No.»

«Tracce di sangue nelle urine o problemi intestinali?»

«No.»

Poneva le domande rapidamente, un attimo dopo la risposta a quella precedente, e gli argomenti si susseguivano prima che Alice avesse il tempo di riflettere sul ragionamento che c'era dietro. Come viaggiare sulle montagne russe a occhi chiusi senza poter prevedere il prossimo cambio di direzione.

«Si sente più agitata o stressata del solito?»

«Solo per questa difficoltà a ricordarmi le cose. Per il resto, no.»

«Come vanno le cose con suo marito?»

«Bene.»

«Direbbe che il suo umore è buono?»

«Sì.»

«Crede che possa trattarsi di depressione?»

«No.»

Alice conosceva la depressione. In seguito alla morte della madre e della sorella, quando aveva diciotto anni aveva perso l'appetito, non riusciva a dormire più di un paio d'ore di fila pur sentendosi perennemente esausta, aveva perso interesse per tutto. Era andata avanti così per oltre un anno, e da allora non aveva più sperimentato niente del genere. Questa era tutta un'altra cosa. Non era roba da Prozac.

«Beve alcolici?»

«Solo in compagnia.»

«Quanto?»

«Un bicchiere o due di vino a pasto, forse un po' di più per qualche occasione speciale.»

«Fa uso di droghe?»

«No.»

La dottoressa Moyer la guardò, riflettendo. Tamburellò la penna sul blocco mentre rileggeva le proprie note. Alice sospettò che la risposta non fosse scritta su quei fogli.

«Allora sono in menopausa?» chiese aggrappandosi con entrambe le mani al suo sedile incartapecorito.

«Sì, possiamo controllare il livello di FSH, ma tutto quello che mi ha detto è compatibile con un quadro di menopausa. L'età media di insorgenza va dai quarantotto ai cinquantadue anni, quindi lei è giusto nel mezzo. Per un po' di tempo potrebbe continuare ad avere un paio di cicli all'anno. È perfettamente normale.»

«La terapia con gli estrogeni potrebbe essere d'aiuto per i problemi di memoria?»

«Non consigliamo più la terapia ormonale, a meno che non ci siano disturbi del sonno, casi particolarmente gravi di vampate o un'osteoporosi pregressa. Non credo che i suoi problemi di memoria dipendano dalla menopausa.»

Il sangue defluì dalla testa di Alice. Proprio le parole che più aveva temuto e che solo di recente aveva osato prendere in considerazione. Dopo quell'opinione, espressa professionalmente, la sua misera e rassicurante giustificazione vacillò. Aveva qualcosa che non andava, e non era ben certa di voler sentire cos'era. Lottò contro gli impulsi contrastanti che si dibattevano dentro di lei: stendersi a terra, o fuggire via a gambe levate da quello studio.

«Perché no?»

«Sintomi come i disturbi della memoria e il disorientamento in menopausa sono subordinati a disordini del sonno. Alcune donne avvertono difficoltà cognitive perché non dormono. È possibile che lei non dorma così bene come crede. Forse i suoi molteplici impegni e il jet lag impongono il loro pedaggio, forse di notte risente delle sue preoccupazioni.»

Alice ripensò alle volte in cui le era capitato di avere problemi di concentrazione per mancanza di sonno. Per esempio, nelle ultime settimane di ogni gravidanza non era stata certo al culmine delle sue capacità mentali, come pure subito dopo la nascita di ciascun figlio o quando doveva rispettare una scadenza per ottenere qualche finanziamento. Ma in nessuna di quelle circostanze le era mai successo di perdersi a Harvard Square.

«Forse. Può essere che di colpo io abbia bisogno di dormire di più perché sto invecchiando o perché sono in menopausa?»

«No, di solito non succede.»

«Se non si tratta di mancanza di sonno, qual è la sua opinione?» si decise a chiedere con una voce ormai priva di sicurezza e lucidità.

«Be', mi preoccupa soprattutto il disorientamento. Non credo che si sia trattato di un episodio vascolare. Ritengo che dovremmo fare degli accertamenti. Le farò fare degli esami del sangue, la mammografia e la densità ossea, perché è il momento di farla, e una risonanza magnetica al cervello.»

Un tumore al cervello. A quello non aveva neppure pensato. Un nuovo predatore apparve all'orizzonte, e percepì gli ingredienti del panico che ricominciavano a sobbollirle nelle viscere.

«Se non crede si sia trattato di un problema vascolare, a cosa serve la risonanza magnetica?»

«È sempre bene escludere definitivamente certe ipotesi. Prenda l'appuntamento per la risonanza e subito dopo uno con me, così esamineremo i risultati.»

La dottoressa Moyer aveva evitato di rispondere direttamente alla domanda, ma Alice non le chiese di rivelare i suoi sospetti. E si tenne per sé la teoria del tumore. Avrebbero dovuto stare a vedere, tutte e due.

La William James Hall ospitava i dipartimenti di Psicologia, Sociologia e Antropologia sociale e si trovava appena oltre i cancelli di Harvard su Kirkland Street, una zona che gli studenti chiamavano Siberia. La posizione geografica non era comunque il fattore essenziale che la separava dal campus principale. La William James Hall non si sarebbe mai potuta confondere con nessuna delle strutture classiche e imponenti degli altri college che adornavano il prestigioso Yard e accoglievano i dormitori delle matricole e le aule di matematica, storia e inglese. Si sarebbe però potuto scambiarla per un parcheggio multipiano. Non aveva colonne doriche né corinzie, niente mattoni rossi, niente vetrate Tiffany, niente guglie, nessun atrio grandioso, nessun dettaglio che potesse anche solo avvicinarla, in maniera evidente o con qualche sottile allusione, all'istituzione di cui faceva parte. Era un grosso edificio beige alto una sessantina di metri, prosaico e squadrato: forse da lì aveva preso l'ispirazione B.F. Skinner per la camera di condizionamento operante diventata famosa come "Skinner Box". Non sorprendeva che l'edificio non fosse mai diventato uno dei punti di riferimento del giro turistico per gli studenti né fosse mai stato riprodotto in uno dei calendari dell'università, primavera, estate, autunno o inverno.

Per quanto, visto dall'esterno, l'edificio fosse indiscutibilmente orrendo, la veduta che si godeva *dalla* William James Hall, soprattutto dagli uffici e dalle sale conferenze dei piani superiori, era semplicemente stupenda. Bevendo il tè alla scrivania del suo ufficio al decimo piano, Alice si rilassò di fronte alla bellezza del fiume Charles e della Boston's Back Bay inquadrati dalla grande finestra rivolta a sud-est. Catturava una scena che molti artisti avevano riprodotto a olio, acquerello o su pellicola, e che si poteva trovare montata e incorniciata sulle pareti di innumerevoli uffici dell'intera area di Boston.

Alice sapeva apprezzare il superbo vantaggio di chi

quel panorama poteva osservarlo normalmente dal vivo. Al variare dell'ora del giorno o delle stagioni dell'anno, qualità e movimenti dell'immagine dalla sua finestra mutavano con effetti sempre piacevoli. Quel mattino soleggiato di novembre, la sua personale *Veduta autunnale di Boston dalla* WJH le riservava uno sfavillio di effervescente luce dorata sui vetri azzurrati del John Hancock Building e diverse imbarcazioni che scivolavano sicure su un Charles liscio e argenteo in direzione del Museo della Scienza, come trainate da un cavo in un esperimento sul moto.

La veduta le forniva anche una salutare consapevolezza della vita all'esterno di Harvard. Il lampeggiare del neon CITGO, bianco e rosso contro il cielo che si oscurava sopra Fenway Park, aveva l'effetto dell'improvvisa suoneria di una sveglia, che la riscuoteva dalla trance quotidiana di impegni e ambizioni e le innescava il riflesso del ritorno a casa. Anni prima, quando ancora non aveva ottenuto la cattedra, il suo ufficio era una minuscola stanza senza finestre all'interno della William James Hall. Priva di una visuale sul mondo esterno oltre le solide pareti beige, Alice finiva regolarmente per trattenersi al lavoro fino a tardi senza neppure accorgersene. Più di una volta, alla fine della giornata aveva scoperto con stupore che un vento da nord-est aveva sepolto Cambridge sotto mezzo metro di neve e che tutti i membri meno concentrati sul lavoro o proprietari di una finestra sul mondo esterno avevano saggiamente abbandonato la William James Hall in cerca di pane, latte, carta igienica, e casa.

Ma adesso doveva piantarla di guardare fuori dalla finestra. Quello stesso pomeriggio era in partenza per l'incontro annuale della Psychonomic Society a Chicago, e aveva un miliardo di cose da sbrigare prima di andare. Diede un'occhiata alla sua lista.

- Revisione dell'articolo per «Nature Neuroscience» – fatto
- Riunione di dipartimento – fatto
- Vedersi con TA – fatto
- Lezione di psicologia cognitiva
- Definire manifesto della conferenza e itinerario
- Correre
- Aeroporto

Bevve l'ultimo sorso annacquato di tè e cominciò a riguardare i suoi appunti per la lezione. Quel giorno era dedicata alla semantica, al senso del linguaggio, la terza delle sei lezioni di linguistica, la sua serie preferita di lezioni per quel corso. Persino dopo venticinque anni di insegnamento Alice si ritagliava sempre un'ora prima della lezione, per prepararsi. Ovvio che ormai, a quel punto della sua carriera, poteva permettersi di tenere tranquillamente un buon 75 per cento di ogni lezione senza neppure pensarci. Ma il restante 25 per cento era fatto di intuizioni, tecniche innovative, o spunti di discussione mutuati dalle ultime scoperte nel settore, e Alice utilizzava quell'ora di tempo proprio per rifinire l'organizzazione e la presentazione del nuovo materiale. L'inserimento di quei dati in costante evoluzione la aiutava a mantenere la passione per gli argomenti del corso e a tenersi mentalmente concentrata su ogni singola lezione.

A Harvard si attribuiva grande importanza alla ricerca, e per questo gli insegnanti che si rivelavano meno che ottimi venivano tollerati a stento, sia dagli studenti sia dall'amministrazione. L'entusiasmo che Alice metteva nell'insegnamento era in parte motivato dalla convinzione di avere sia il dovere sia la possibilità di fornire ispirazione alle future generazioni di ricercatori. Nella peggiore delle ipotesi, non voleva essere lei la causa che poteva spingere un potenziale luminare di psicologia cognitiva ad abbandonare la disciplina in favore, per esempio, delle scienze politiche. E poi, molto più banalmente, adorava insegnare.

Pronta per la lezione, controllò la sua casella e-mail.

Alice,
siamo ancora in attesa delle tue tre diapositive da inserire nella presentazione di Michael: 1 grafico di word retrieval, 1 illustrazione del modello di linguaggio e 1 diapositiva di testo. La presentazione sarà giovedì alle 13, ma sarebbe meglio poter inserire le tue diapositive il più presto possibile, per verificare che funzionino e che tutto rientri nel tempo previsto per l'esposizione. Puoi inviarle per e-mail a me o a Michael.

Noi saremo allo Hyatt, ci vediamo a Chicago.

Saluti,

Eric Greenberg

Nella mente di Alice si accese una lampadina fioca e polverosa. Ecco a chi si riferiva la misteriosa annotazione «Eric» nella sua lista delle cose da fare del mese precedente. Serviva a ricordarle di mandare le diapositive a Eric Greenberg, suo vecchio collega a Harvard e ora al dipartimento di Psicologia di Princeton. Alice e Dan avevano messo insieme tre diapositive che descrivevano un esperimento condotto da Dan e Michael, un post-dottorando di Eric, da includere nella relazione che lo stesso Michael avrebbe tenuto al convegno di psiconomia. Prima di imbarcarsi in altre faccende che avrebbero potuto distrarla, Alice si affrettò a inviare le diapositive a Eric, insieme con le sue più sincere scuse. Per fortuna sarebbero arrivate abbondantemente in tempo. Niente di irreparabile.

Come quasi tutto a Harvard, l'auditorium utilizzato da Alice per il suo corso era più grandioso del necessario. Le poltroncine azzurre imbottite e disposte ad anfiteatro erano di diverse centinaia più numerose degli studenti iscritti al seminario. All'estremità della sala c'era un impressionante e aggiornatissimo centro audiovisivi, e uno schermo per proiezioni grande quanto quello di un cinematografo pendeva dalla parete di fondo. Mentre tre tecnici collegavano i vari cavi al computer di Alice e verificavano luci e suoni, gli studenti cominciarono a entrare alla spicciolata e Alice aprì la cartella "Lezioni di Linguistica" sul suo portatile.

Conteneva sei file: "Acquisizione", "Sintassi", "Semantica", "Comprensione", "Modelli", "Patologie". Alice rilesse i titoli. Non si ricordava qual era la lezione prevista per quel giorno. Aveva appena trascorso l'ultima ora a rileggere le sue note su uno di quegli argomenti ma non ricordava più quale fosse. Forse "Sintassi"? Le sembravano tutti familiari, ma nessuno risaltava più degli altri.

Fin dal colloquio con la dottoressa Moyer, ogni volta che Alice si dimenticava qualcosa sentiva rafforzarsi il suo presentimento. Non era come dimenticarsi dove aveva messo il caricabatterie del BlackBerry o dove John aveva lasciato gli occhiali. Questo non era normale. Aveva cominciato a convincersi, tormentata e paranoica, di avere con tutta probabilità un tumore al cervello. Si era anche detta che non doveva lasciarsi prendere dal panico o spaventare John fintanto che non avesse ricevuto il parere più informato della dottoressa Moyer, il che purtroppo non sarebbe avvenuto prima della settimana successiva, dopo il convegno di psiconomia.

Decisa a superare l'ora che l'attendeva, trasse un profondo respiro frustrato. Anche se non le veniva in mente l'argomento della lezione di quel giorno, si ricordava almeno chi era il suo pubblico.

«Qualcuno potrebbe dirmi cosa prevede il vostro programma di oggi?» chiese Alice alla classe.

Diversi studenti le risposero in coro, alquanto stupiti: «Semantica».

Aveva scommesso, correttamente, sul fatto che almeno qualcuno dei ragazzi non si sarebbe lasciato scappare l'occasione di mostrarsi pronto e servizievole. Neppure per un istante si preoccupò che considerassero strana o grave la sua incertezza sull'argomento della lezione. Tra professori e studenti regnava un'enorme distanza metafisica per età, sapienza e potere.

Oltretutto, per l'intero semestre avevano più volte assistito a dimostrazioni pratiche della sua competenza ed erano rimasti impressionati dalla massiccia presenza di suoi scritti nella bibliografia riguardante la sua materia. Se qualcuno di loro avesse badato alla dimenticanza, l'avrebbe certo attribuita alle questioni ben più importanti del corso di Psicologia 256 che le affollavano la mente, e che non le avevano lasciato il tempo di controllare il programma prima della lezione. Non potevano certo sapere che aveva appena passato un'ora a concentrarsi quasi esclusivamente sulla semantica.

La giornata di sole si era fatta fredda e nuvolosa prima di sera, il primo accenno d'inverno. Il giorno prima, una pioggia battente aveva strappato dai rami le ultime foglie, lasciando gli alberi quasi nudi e poco protetti per il gelo in arrivo. Confortevolmente calda nella sua giacca di pile, Alice se la prese comoda sulla via di casa, godendosi il profumo della frizzante aria autunnale e il crepitio dei suoi passi tra i cumuli di foglie secche.

In casa c'erano le luci accese, e la borsa e le scarpe di John erano sotto il tavolino accanto alla porta.

«Ehilà? Sono a casa.»

John uscì dallo studio e la fissò, perplesso e apparentemente senza parole. Alice ricambiò lo sguardo e attese, con la sgradevole sensazione di qualcosa che non andava.

La sua mente corse dritta ai figli. Rimase paralizzata sulla soglia, cercando di farsi forza in previsione di qualche notizia spaventosa.

«Ma non dovevi essere a Chicago?»

«Bene, Alice, tutti i parametri sanguigni risultano normali, e la risonanza è regolare» disse la dottoressa Moyer. «Ci sono due cose che possiamo fare. Aspettiamo di vedere come procedono le cose, se dorme regolarmente e cosa succederà nei prossimi tre mesi, oppure...»

«Voglio vedere un neurologo.»

Dicembre 2003

La sera della festa di Eric Wellman il cielo era cupo e coperto, come se stesse per nevicare. Alice si augurava che così fosse. Come molti abitanti del New England, non aveva mai superato l'entusiasmo infantile per la prima neve della stagione. E naturalmente, come molti abitanti del New England, a febbraio avrebbe odiato con tutto il cuore quello che a dicembre aveva tanto atteso, avrebbe maledetto pale e stivaloni e desiderato di poter presto rimpiazzare il gelido e monocromatico tedio dell'inverno con i più teneri rosa e verdolini della primavera. Ma quella sera una nevicata sarebbe stata fantastica.

Ogni anno Eric e sua moglie Marjorie organizzavano una festa invernale a casa loro, per l'intero dipartimento di Psicologia. Non che a quelle feste succedesse niente di straordinario, ma c'erano sempre momenti preziosi che Alice non si sarebbe persa per nulla al mondo: Eric comodamente seduto in terra nel salotto pieno di studenti e membri più giovani della facoltà su poltrone e divani, Kevin e Glen che si litigavano il possesso di un pupazzo del Grinch, la corsa per assicurarsi una fetta della leggendaria cheesecake di Marty.

I suoi colleghi erano tutti brillanti e originali, pronti

a darsi una mano e a discutere, ambiziosi e umili. Erano la sua famiglia. Forse si sentiva così perché non aveva più fratelli o sorelle né i genitori. Forse era quel periodo dell'anno che la rendeva sentimentale, alla ricerca di appartenenza e motivazioni. Forse tutto questo era vero solo in parte, ma c'era anche molto altro.

Erano più che colleghi. Celebravano insieme successi di scoperte, promozioni e pubblicazioni, ma anche matrimoni, nascite, traguardi di figli e nipoti. Insieme viaggiavano verso convegni in giro per il mondo, e molti congressi diventavano una scusa per le vacanze con le famiglie. E come in tutte le famiglie, non c'erano solo divertimento e deliziose torte. Si sostenevano a vicenda nei momenti di difficoltà dovuti ai risultati negativi o ai tagli di fondi, o alle crisi di autostima, oppure in caso di malattie e divorzi.

Ma soprattutto condividevano la ricerca appassionata per scoprire il funzionamento della mente umana, per conoscere i meccanismi che determinano comportamenti e linguaggio, emozioni e appetiti. Per quanto il sacro graal della ricerca comportasse potere e prestigio individuali, alla sua base c'era lo sforzo comune per conoscere qualcosa di grande valore e offrirlo al mondo. Era socialismo sostenuto dal capitalismo. Era un'esistenza strana, competitiva, cerebrale e privilegiata. Che tutti loro condividevano.

Finita la torta, Alice agguantò l'ultimo bignè alla panna e cercò John. Lo trovò in soggiorno che chiacchierava con Eric e Marjorie, proprio mentre stava entrando Dan.

Dan presentò loro la sua nuova moglie, Beth, e tutti si congratularono e le strinsero la mano. Marjorie prese i loro cappotti. Dan era in giacca e cravatta e Beth in abito lungo rosso. In ritardo e decisamente troppo eleganti per quella festa, probabilmente erano già stati a un'altra prima. Eric si offrì di andare a prendere qualcosa da bere.

«Ne prenderò un altro anch'io» disse Alice, con un bicchiere di vino ancora mezzo pieno in mano.

John chiese a Beth se fino a quel momento era soddisfatta della sua nuova vita matrimoniale. Pur non avendola mai incontrata prima, Alice sapeva qualcosa di lei tramite Dan. Lei e Dan stavano già insieme ad Atlanta quando lui era stato accettato a Harvard. Beth era rimasta ad Atlanta, accontentandosi in un primo tempo di quella relazione a distanza e della promessa di sposarsi appena si fosse laureato. Tre anni più tardi Dan aveva lasciato cadere con disinvoltura che gli ci sarebbero voluti altri cinque o sei, forse anche sette anni per finire gli studi. Si erano sposati il mese precedente.

Alice li lasciò per andare in bagno. Lungo la strada si fermò un momento nel lungo corridoio che collegava la parte anteriore della casa, più nuova, con il retro più vecchio, e finì il suo bignè e il bicchiere di vino mentre ammirava le facce dei nipotini di Eric che sorridevano dalle foto appese alle pareti. Dopo aver trovato e usato il bagno si diresse in cucina, si versò un altro bicchiere di vino e finì prigioniera di un'allegra conversazione tra alcune mogli di docenti.

Le mogli si sfioravano i gomiti e le spalle muovendosi per la cucina, conoscevano i personaggi delle storie delle altre, si prendevano in giro e si stuzzicavano a vicenda, ridevano rilassate. Quelle donne pranzavano insieme, insieme facevano shopping e frequentavano un gruppo di lettura. Erano amiche. Alice era amica dei loro mariti, e questo la separava da loro. Si limitò più che altro ad ascoltare mentre sorseggiava il suo vino, annuiva e sorrideva seguendo le conversazioni, con un'attenzione solo parziale, un po' come correre su un tapis roulant anziché per strada.

Si riempì di nuovo il bicchiere, scivolò via dalla cucina, inosservata, e trovò John in soggiorno, immerso in una conversazione con Eric, Dan e una giovane donna vestita di rosso. Alice si avvicinò al pianoforte a coda di Eric e strimpellò qualche tasto mentre ascoltava il loro chiacchiericcio. Tutti gli anni Alice sperava che qualcuno si offrisse di suonarlo, ma non succedeva mai. Lei e Anne avevano preso lezioni per diversi anni, da piccole, ma ormai senza spartito riusciva a ricordarsi giusto *Baby Elephant Walk* e *Turkey in the Straw*, e solo la parte per la mano destra. Magari quella donna in rosso sapeva suonare. In una pausa della conversazione i loro sguardi si incrociarono.

«Mi scusi, io sono Alice Howland, non credo che ci siamo presentate.»

La donna guardò nervosamente Dan prima di rispondere. «Sono Beth.»

Sembrava abbastanza giovane da essere una laureanda, ma arrivati ormai a dicembre Alice avrebbe dovuto saper riconoscere vagamente persino una matricola. Ricordava che Marty le aveva accennato di aver assunto una nuova assistente postdottorato.

«È la nuova postdoc di Marty?» chiese Alice.

La donna guardò di nuovo Dan. «Sono la moglie di Dan.»

«Oh, che piacere conoscerla, finalmente! Congratulazioni!»

Nessuno parlò. Lo sguardo di Eric rimbalzava dagli occhi di John al bicchiere di Alice e di nuovo a John, con una specie di segreto inespresso. Di cui Alice non faceva parte.

«Cosa c'è?» chiese Alice.

«Sapete una cosa? Si sta facendo tardi e domani dobbiamo alzarci prestissimo. Vi dispiace se vi lasciamo?» chiese John.

Aveva in mente di chiedere a John cosa fosse quello strano gioco di sguardi, ma appena fuori si lasciò distrarre dalla lieve bellezza dei fiocchi di neve che avevano cominciato a cadere nel frattempo, e se ne scordò.

Tre giorni prima di Natale, Alice era seduta nella sala d'attesa del reparto Disturbi della memoria del Massachusetts General Hospital di Boston, fingendo di leggere un numero della rivista «Health». In realtà osservava le altre persone in attesa. Erano tutti in coppia. Una donna che dimostrava una ventina d'anni più di Alice era seduta accanto a un'altra di vent'anni più vecchia, probabilmente la madre. Una donna dalla voluminosa capigliatura di un nero improbabile e vistosamente ingioiellata parlava lentamente, a voce alta e con un forte accento bostoniano, con il padre in sedia a rotelle, che non aveva mai sollevato lo sguardo dalle proprie scarpe perfettamente candide. Una donna ossuta dai capelli grigi sfogliava una rivista troppo in fretta per vedere qualcosa, accanto a un omone sovrappeso con i capelli dello stesso colore e un persistente tremore alla mano destra. Probabilmente marito e moglie.

L'attesa prima di sentire il suo nome si era prolungata, e a lei sembrò interminabile. Il dottor Davis aveva un viso giovane e imberbe. Portava occhiali con la montatura nera e un camice bianco sbottonato. Aveva l'aria di essere sempre stato magro, non fosse stato per il lieve rigonfiamento della pancetta sotto il camice, che rammentò ad Alice le osservazioni di Tom sulle pessime abitudini salutiste dei medici. Il dottore si sedette dietro la scrivania e la invitò ad accomodarsi di fronte a lui.

«Allora, Alice, mi spieghi cosa succede.»

«Ho notevoli problemi a ricordare le cose, e non mi sembra normale. Dimentico le parole durante le lezioni e le conversazioni, devo segnarmi "lezione di psicologia cognitiva" nella lista degli impegni altrimenti mi dimentico della lezione, mi sono completamente scordata di andare all'aeroporto per un convegno a Chicago e ho perso l'aereo. E una volta, in Harvard Square, per un paio di minuti ho perso la cognizione di dove fossi, e io insegno a Harvard, ci passo tutti i giorni.»

«Da quanto tempo vanno avanti questi episodi?»

«Da settembre, forse dall'estate.»

«Alice, c'è nessuno ad accompagnarla?»

«No.»

«D'accordo. In futuro sarà meglio che si faccia accompagnare da un suo famigliare o da qualcuno che vede regolarmente. Visto che lamenta problemi di memoria, potrebbe non essere la fonte più attendibile di quello che le succede.»

Si sentì in imbarazzo, come una bambina. E le parole "in futuro" invasero ogni suo pensiero esigendo un'attenzione totale, come l'ossessivo sgocciolio di un rubinetto.

«Va bene» disse.

«Assume qualche medicinale?»

«No, solo un multivitaminico.»

«Niente tranquillanti, pillole dimagranti, droghe di qualsiasi tipo?»

«No.»

«Quanto beve?»

«Non molto. Uno o due bicchieri di vino a cena.»

«Segue una dieta vegana?»

«No.»

«Ha subito traumi alla testa di qualche tipo?»

«No.»

«Ha subito interventi chirurgici?»

«No.»

«Come dorme?»

«Benissimo.»

«Ha mai sofferto di depressione?»

«Non da quando ero adolescente.»

«Qual è il suo livello di stress?»

«Il solito, sotto stress rendo di più.»

«Mi parli dei suoi genitori. Com'è la loro salute?»

«Mia madre e mia sorella morirono in un incidente stradale quando avevo diciotto anni. Mio padre è morto per un'insufficienza epatica lo scorso anno.»

«Epatite?»

«Cirrosi. Era un alcolista.»

«Quanti anni aveva?»

«Settantuno.»

«Aveva altri problemi di salute?»

«Non che io sappia. Non ci siamo visti molto, nei suoi ultimi anni.»

E quando si erano visti, lui era ubriaco e in stato confusionale.

«Cosa mi dice del resto della famiglia?»

Riferì le sue limitate conoscenze sullo stato di salute della sua famiglia allargata.

«Va bene. Ora le dirò un nome e un indirizzo e lei dovrà ripeterlo dopo di me. Poi faremo altre cose e quindi le chiederò di nuovo di ripetere lo stesso nome e indirizzo, tra un po'. Pronta? Eccolo: John Black, 42 West Street, Brighton. Può ripeterlo, per favore?»

Lo fece.

«Quanti anni ha?»

«Cinquanta.»

«Che giorno è oggi?»

«22 dicembre 2003.»

«In che stagione siamo?»

«Inverno.»

«Dove ci troviamo in questo momento?»

«Al diciottesimo piano del Massachusetts General Hospital.»

«Può nominare alcune delle strade dei dintorni?»
«Cambridge, Fruit, Storrow Drive.»
«Bene. Che momento è della giornata?»
«Tarda mattinata.»
«Elenchi i mesi in senso inverso, da dicembre.»
Lo fece.
«Conti in senso inverso per sei, a partire da cento.»
La fermò a settantasei.
«Nomini questi oggetti.»
Le mostrò una serie di sei cartoncini con dei disegni a penna.
«Amaca, piuma, chiave, sedia, cactus, guanto.»
«Bene. Prima di indicare la finestra, si tocchi la guancia destra con la mano sinistra.»
Lo fece.
«Può scrivere una frase sul tempo che fa oggi su questo pezzo di carta?»
Scrisse: «È una mattinata invernale soleggiata ma fa freddo».
«Adesso disegni un orologio con le lancette che segnano venti alle quattro.»
Lo fece.
«E copi questo disegno.»
Le mostrò la figura di due pentagoni che si intersecavano. Li copiò.
«Bene, Alice. Adesso salga sul lettino. Faremo un esame neurologico.»
Seguì con gli occhi la sua penna luminosa, congiunse rapidamente pollici e indici, camminò in linea retta attraverso la stanza appoggiando il piede dal tallone alla punta, fece tutto rapidamente e con sicurezza.
«Bene, com'erano quel nome e quell'indirizzo che le ho detto prima?»
«John Black...»
Si fermò e fissò il viso del dottor Davis. Non si ricor-

dava l'indirizzo. Cosa voleva dire? Forse non aveva prestato sufficiente attenzione.

«È a Brighton, ma non mi ricordo l'indirizzo.»

«D'accordo. Il numero è ventiquattro, ventotto, quarantadue o quarantotto?»

Non lo sapeva.

«Tiri a indovinare.»

«Quarantotto.»

«Era North Street, South Street, East Street, o West Street?»

«South Street?»

Né l'espressione del dottore né il suo atteggiamento lasciavano intendere se ci aveva azzeccato, ma se avesse dovuto tirare a indovinare anche su quello, avrebbe detto di no.

«Bene, Alice, abbiamo qui le sue analisi del sangue e la risonanza magnetica. Adesso vorrei che facesse delle altre analisi e una puntura lombare. Dovrà tornare qui tra quattro o cinque settimane, e lo stesso giorno, prima che venga da me, fisseremo un appuntamento per un controllo neuropsichiatrico.»

«Di cosa pensa che si tratti? Sono solo normali dimenticanze?»

«Credo di no, Alice, ma dobbiamo fare altri controlli.»

Lo guardò dritto negli occhi. Un suo collega una volta le aveva detto che fissare una persona per più di sei secondi senza distogliere lo sguardo o battere le palpebre rivelava desiderio sessuale oppure impulso omicida. Sul momento non ci aveva creduto, ma l'aveva incuriosita quanto bastava per sperimentarlo su vari amici e perfetti estranei. Con sua grande sorpresa tutti, a parte John, distoglievano lo sguardo prima dei sei secondi.

Il dottor Davis abbassò gli occhi sulla scrivania dopo quattro secondi. Questo faceva pensare che non intendesse ucciderla né strapparle i vestiti di dosso, ma si chiese se significasse qualcosa di peggio. Lei si sarebbe sottoposta a controlli e visite, analisi ed esami, ma aveva la sensazione che a lui non servissero altre indagini. Gli aveva già raccontato tutto e non si ricordava l'indirizzo di John Black. Lui sapeva già cosa c'era che non andava.

Alice passò la prima parte della mattina della vigilia di Natale sul divano, a bere tè e a sfogliare gli album delle fotografie. Nel corso degli anni aveva infilato ogni foto appena sviluppata nel primo spazio libero sotto la pellicola trasparente. La sua diligenza aveva preservato l'ordine cronologico, ma non aveva aggiunto alcuna didascalia. Non importava. Le conosceva tutte benissimo.

Lydia a due anni, Tom a sei e Anna a sette, tutti sulla Hardings Beach in giugno, la prima estate trascorsa insieme nella casa di Cape Cod. Anna a una partita di calcio giovanile sul campo di Pequossette. Lei e John sulla Seven Mile Beach di Grand Cayman Island.

Non solo riusciva a stabilire le età e gli scenari di ogni foto, ma era anche in grado di ricordare molti altri dettagli. Ogni istantanea suscitava altri ricordi non registrati nelle immagini di quel giorno, di altre persone presenti, e del più ampio contesto di vita del periodo in cui la foto era stata scattata.

Lydia con il costume azzurro che le prudeva addosso al suo primo saggio di danza. Era prima della sua cattedra: Anna era ancora alle medie e portava l'apparecchio, Tom era innamorato perso di una ragazza della sua squadra di baseball e John era a Bethesda, per il suo anno sabbatico.

Gli unici scatti che le davano qualche problema erano quelli di Lydia e Anna da neonate, i visetti lisci e paffuti spesso indistinguibili. Anche se prima o poi riusciva a trovare qualche dettaglio che ne rivelava l'identità. I basettoni di John lo collocavano decisamente negli anni Settanta. La bimba che teneva in braccio doveva essere Anna.

«John, chi è in questa foto?» gli chiese mostrandogli l'immagine di una neonata.

Lui alzò lo sguardo dalla rivista che stava leggendo, abbassò gli occhiali sul naso e aguzzò gli occhi.

«Non è Tom?»

«Amore, ha una tutina rosa. È Lydia.»

Controllò per sicurezza la data stampata sulla carta Kodak: 29 maggio 1982, Lydia.

«Ah.»

John si rimise a posto gli occhiali e riprese la lettura.

«John, volevo parlare con te del corso di recitazione di Lydia.»

Lui alzò la testa, fece un'orecchia alla pagina e posò la rivista sul tavolo, ripiegò gli occhiali e si appoggiò allo schienale. Sapeva che non sarebbe stata una cosa rapida.

«D'accordo.»

«Non credo che dovremmo sostenerla in alcun modo per stare laggiù, e soprattutto non credo che dovresti pagarle le lezioni dietro le mie spalle.»

«Mi dispiace, hai ragione, avevo intenzione di parlartene ma ho avuto da fare e me ne sono dimenticato, sai come succede. Però su questo non sono d'accordo con te, e lo sai. Gli altri due li abbiamo aiutati.»

«È diverso.»

«Non è vero. È che non ti piace quello che ha scelto lei.»

«Non è la recitazione. È il fatto che non vada all'università. Gli anni in cui potrebbe ancora andarci diventano sempre meno, John, e tu le rendi più facile il restarne fuori.»

«A lei non interessa andare all'università.»

«Credo sia solo una sua ribellione verso di noi.»

«Non credo abbia niente a che fare con quello che

vogliamo o non vogliamo noi, né con chi siamo o non siamo.»

«Voglio qualcosa di meglio per lei.»

«Ce la sta mettendo tutta, è seriamente convinta di quello che fa, è felice. È questo che vogliamo per lei.»

«È nostro dovere trasferire ai figli la saggezza che abbiamo accumulato nel corso della nostra esistenza. Mi fa davvero paura che le possa mancare qualcosa di essenziale. Il contatto con tutte quelle diverse materie, i diversi modi di pensare, le sfide, le opportunità, le persone che si ha occasione di conoscere. Noi ci siamo conosciuti all'università.»

«Tutte queste cose le ha.»

«Non è lo stesso.»

«E allora è una cosa diversa. Sono convinto che sia giustissimo pagarle le lezioni. Mi dispiace di non avertelo detto, ma non è facile affrontare l'argomento con te. Non ammetti discussioni.»

«Neppure tu.»

John diede un'occhiata all'orologio sulla mensola del camino, prese gli occhiali e se li infilò.

«Devo andare un'oretta in laboratorio, poi passo a prenderla io in aeroporto. Ti serve qualcosa da fuori?» le chiese mentre si alzava.

«No.»

Si guardarono negli occhi.

«Starà bene, Ali, non preoccuparti.»

Lei inarcò le sopracciglia, senza rispondere. Che altro poteva dire? Che avevano già recitato altre volte quella scena, e ogni volta finiva in quel modo. John continuava a sostenere la logica strategia della minima resistenza mantenendo la sua posizione di genitore preferito, senza mai riuscire a convincere Alice a passare dalla parte più popolare. E niente che lei potesse dire gli faceva cambiare idea.

John era uscito. Più rilassata in sua assenza, tornò alle foto che aveva in grembo. I suoi adorabili figli da neonati, bimbetti, adolescenti. Dove andava il tempo? Guardò la foto di Lydia che John aveva scambiato per Tom. Provò una nuova e rassicurante fiducia per la saldezza dei suoi ricordi. Ma certo, quelle foto non facevano che spalancare la porta a storie archiviate nella memoria a lungo termine.

L'indirizzo di John Black, invece, si incasellava nella memoria recente. Attenzione, ripetizione, elaborazione o significato emotivo erano i requisiti essenziali affinché l'informazione percepita oltrepassasse la memoria a breve termine per essere archiviata in quella a lungo termine. Altrimenti sarebbe stata rapidamente e naturalmente cancellata dal trascorrere del tempo. Concentrarsi sulle domande e istruzioni del dottor Davis aveva distolto la sua attenzione e le aveva impedito di ripetere l'indirizzo ed elaborarlo. E per quanto adesso evocasse una vaga sensazione di paura e rabbia, nello studio del dottor Davis il fittizio John Black non aveva avuto per lei il minimo significato. Considerate le circostanze, era accettabile che un cervello normale se ne dimenticasse. Solo che lei non aveva un cervello normale.

Sentì cadere la posta dalla buca nella porta d'ingresso e le venne un'idea. Guardò ogni busta una sola volta: una cartolina di auguri da un suo vecchio studente con sopra un bambino con il berretto da Babbo Natale, la pubblicità di una palestra, la bolletta del telefono, la bolletta del gas, l'ennesimo catalogo L.L.Bean. Tornò sul divano, bevve il tè, rimise gli album delle fotografie sullo scaffale, e poi rimase seduta immobile. Gli unici rumori in casa erano il ticchettio dell'orologio e qualche sbuffo di vapore dai radiatori. Guardò l'ora. Erano trascorsi cinque minuti. Abbastanza.

Senza guardare la posta disse a voce alta: «Cartolina

bambino con berretto di Babbo Natale, offerta iscrizione a palestra, bolletta telefono, bolletta gas, un altro catalogo L.L.Bean».

Facilissimo. Ma a essere onesti, il tempo intercorso tra la comunicazione dell'indirizzo di John Black e la richiesta di ripeterne i dettagli era stato molto più lungo di cinque minuti. Doveva provare con un intervallo maggiore.

Prese un dizionario dallo scaffale e decise due regole per la scelta della parola. Doveva essere un termine di bassa frequenza, che non utilizzava quotidianamente, e doveva essere una parola che già conosceva. Voleva mettere alla prova la memoria a breve termine, non le capacità di apprendimento. Aprì il dizionario a una pagina a caso e mise il dito sulla parola "pifferaio". La scrisse su un pezzo di carta che piegò e si infilò nella tasca dei calzoni, poi regolò il timer del microonde a quindici minuti. Una delle storie preferite di Lydia da piccola era *Il pifferaio magico*. Alice si dedicò alla preparazione della cena della vigilia. Il timer suonò.

"Pifferaio": senza esitazione e senza aver bisogno di consultare il pezzo di carta.

Continuò con quel giochetto per tutto il giorno, portando a tre il numero delle parole da ricordare e a quarantacinque minuti l'intervallo di attesa. Nonostante l'incremento del livello di difficoltà e l'aggiunta di un elemento di distrazione come la preparazione della cena, continuò a non registrare errori. *Stetoscopio, millennio, porcospino*. Preparò i ravioli e la salsa di pomodori. *Catodo, melagrana, pergolato*. Scrollò l'insalata e marinò le verdure. *Nasturzio, documentario, dittongo*. Infornò l'arrosto e cominciò ad apparecchiare.

Anna, Charlie, Tom e John erano seduti in soggiorno. Alice sentiva Anna e John che discutevano. Dalla cucina non riusciva ad afferrare l'argomento, ma si capiva che era una discussione dall'enfasi e dal volume delle loro voci. Probabilmente di politica. Charlie e Tom non partecipavano.

Lydia rimestava il sidro aromatizzato sul fornello e intanto le raccontava delle sue lezioni di recitazione. Tutta presa a concentrarsi sulla preparazione della cena, sulle parole che doveva tenere a mente e sul racconto di Lydia, Alice non aveva la forza mentale di protestare o disapprovare. In mancanza di interruzioni, Lydia si produsse in un lungo e appassionato monologo sulla sua arte e, nonostante le forti riserve che nutriva in proposito, Alice si rese conto di non poter fare a meno di ascoltarla con interesse.

«Al di là di ogni retorica, ci si riduce sempre alla solita domanda di Elia: "Cosa differenzia questa sera da tutte le altre?"» disse Lydia.

Suonò il timer. Senza bisogno di doverglielo chiedere, Lydia si spostò di lato e Alice sbirciò dentro il forno. Rimase in attesa di una spiegazione da parte dell'arrosto non ancora cotto per un tempo sufficiente ad arroventarsi sgradevolmente il viso. *Ah già!* Era scaduto il tempo per ripetere le tre parole che aveva in tasca. *Tamburino, serpente...*

«Non è mai la normale vita quotidiana quella che porti in scena, è sempre una questione di vita o di morte» disse Lydia.

«Mamma, dov'è il cavatappi?» urlò Anna dal soggiorno.

Alice lottò per escludere le voci delle figlie, quelle voci che la sua mente era abituata a percepire al di sopra di qualunque altro suono sulla faccia della terra, per concentrarsi invece sulla sua voce interiore, che ripeteva le solite due parole come un mantra.

Tamburino, serpente, tamburino, serpente, tamburino, serpente.

«Mamma?» chiese Anna.

«Anna, non lo so dov'è! Ho da fare, cercatelo da sola!»

Tamburino, serpente, tamburino, serpente, tamburino, serpente.

«Quando si arriva al nocciolo è sempre una questione di sopravvivenza. Cosa serve al mio personaggio per sopravvivere e cosa mi succederà se non ci arrivo?» continuò Lydia.

«Lydia, ti prego, adesso non mi va di starti a sentire» scattò Alice portandosi le mani alle tempie sudate.

«Va bene» ribatté Lydia voltandosi verso il fornello e ricominciando a mescolare con vigore, evidentemente offesa.

Tamburino, serpente.

«Ancora non lo trovo!» strillò Anna.

«Vado ad aiutarla» disse Lydia.

Bussola! Tamburino, serpente, bussola.

Sollevata, Alice allineò sul piano di lavoro gli ingredienti per il budino di pane alla cioccolata bianca: estratto di vaniglia, mezzo litro di panna liquida, latte, zucchero, cioccolato bianco, un pane *challah* a treccia, due pacchi da sei di uova. *Una dozzina di uova*? Ammesso che il foglietto sciolto con sopra la ricetta di sua madre esistesse ancora, Alice non aveva idea di dove fosse. Per anni non aveva avuto bisogno di consultarlo. Era una ricetta semplicissima, probabilmente migliore della cheesecake di Marty, e l'aveva preparata a ogni vigilia di Natale fin da quando era una ragazzina. Quante uova? Dovevano essere più di sei, altrimenti ne avrebbe comprate solo mezza dozzina. Ce ne volevano sette, otto, nove?

Cercò di sorvolare sulle uova, per il momento, ma gli altri ingredienti le risultavano altrettanto estranei. La panna doveva usarla tutta o solo una parte? E quanto zucchero? Doveva mescolare tutto insieme o seguire una particolare sequenza? Che teglia usava di solito? A quale temperatura doveva infornare e per quanto tempo? Nessuna possibilità le sembrava quella giusta. Semplicemente le mancavano i dati.

Cosa diavolo ho che non va?

Tornò alle uova. Ancora niente. Le odiava, quelle cazzo di uova. Ne prese in mano una e la scaraventò nel lavandino con tutte le sue forze. Una alla volta, le distrusse tutte. Provò una vaga soddisfazione, ma niente di più. Aveva bisogno di spaccare qualcos'altro, qualcosa che richiedesse più forza, qualcosa che potesse stancarla. Passò in rassegna la cucina. Aveva lo sguardo furioso e allucinato quando i suoi occhi incrociarono quelli di Lydia, ferma sulla porta.

«Mamma, cosa stai facendo?»

Il massacro non si era limitato al lavandino. Frammenti di guscio d'uovo e tuorli imbrattavano la parete e il piano, le ante dei pensili erano striate di bave di albume.

«Le uova erano scadute. Niente budino quest'anno.»

«Oh no, ma il budino ci vuole, è la vigilia di Natale.»

«Be', non ci sono più uova, e io sono stanca di stare in questa cucina rovente.»

«Vado a comprarle io. Tu siediti in salotto e rilassati, lo faccio io il budino.»

Alice andò nell'altra stanza, tremante ma non più in balia di quella furibonda ondata di rabbia, e non sapeva se esserne sollevata o sentirne la mancanza. John, Tom, Anna e Charlie erano seduti a chiacchierare, i bicchieri di vino rosso in mano. A quanto pareva qualcuno l'aveva poi trovato, il cavatappi. Con cappotto e cappello addosso, Lydia si affacciò sulla soglia.

«Mamma, quante uova ci vogliono?»

Gennaio 2004

Avrebbe avuto una buona ragione per cancellare l'appuntamento con il neuropsicologo e con il dottor Davis, quella mattina del 19 gennaio. La settimana di esami del semestre autunnale a Harvard cadeva a gennaio, dopo il rientro degli studenti dalle vacanze invernali, e l'esame conclusivo del seminario di psicologia cognitiva tenuto da Alice era previsto proprio quella mattina. La sua presenza non era indispensabile, ma le piaceva il senso di conclusione, la sensazione di aver seguito i suoi studenti per l'intero corso, dall'inizio alla fine. Con una certa riluttanza si fece sostituire da un collega per la sorveglianza durante la prova. L'altra buona ragione, più importante, era che sua madre e sua sorella erano morte proprio il 19 gennaio, trentadue anni prima. Non si considerava superstiziosa come John, ma in quella data non aveva mai ricevuto buone notizie. Aveva chiesto alla segretaria se fosse stato possibile fissare in un'altra data, ma era disponibile solo quella, a meno di non voler attendere altre quattro settimane. Così confermò l'appuntamento e non lo cancellò. La prospettiva di aspettare un altro mese era decisamente poco piacevole.

Immaginò i suoi studenti di ritorno a Harvard, che si

chiedevano a quali domande avrebbero dovuto rispondere, che affidavano il frutto di un semestre di conoscenze alle pagine dei fascicoli azzurri dell'esame, che si auguravano che la loro gremitissima memoria a breve termine non li deludesse. Sapeva esattamente cosa provavano. La maggior parte dei test neuropsicologici ai quali si era sottoposta quella mattina le risultavano familiari: lo Stroop, le Matrici progressive di Raven, la Rotazione mentale di Luria, il Boston Naming Test, la Ricostruzione di figure Wais-R, il test Benton per la valutazione della memoria visiva, il NYU Story Recall per la memoria logica. Erano studiati per evidenziare ogni minima difficoltà a carico della fluenza verbale, della memoria a breve termine o delle funzioni cognitive. In effetti vi si era sottoposta molte volte in passato, come riferimento negativo per gli esperimenti cognitivi di diversi studenti. Ma quel giorno non fungeva da dato di controllo. Era lei il soggetto da esaminare.

Ricopiare, riprodurre, organizzare e riconoscere le presero quasi due ore. Come gli studenti che aveva immaginato, provò sollievo per aver completato la prova e si sentì abbastanza fiduciosa del risultato conseguito. Scortata dal neuropsicologo, Alice passò nello studio del dottor Davis e si accomodò di fronte a lui, in una delle due poltroncine affiancate. Lui lanciò un'occhiata delusa alla poltroncina vuota accanto a lei e sospirò. Prima ancora che aprisse bocca, Alice seppe di essere nei guai.

«Alice, l'altra volta non le avevo detto di farsi accompagnare?»

«In effetti sì.»

«Bene, è una precisa esigenza di questo reparto che ogni paziente si presenti accompagnato da una persona che lo conosca. Non potrò curarla nel modo migliore se non ho un quadro accurato di quello che succede, e non sono sicuro di avere un'informazione completa in assenza di questa persona. La prossima volta, Alice, nessuna scusa. È d'accordo su questo?»

«Sì.»

La prossima volta. Ogni traccia di sollievo e fiducia in se stessa basati sull'autovalutazione della competenza con cui aveva affrontato gli esami neuropsicologici evaporò di colpo.

«Adesso ho i risultati di tutti i suoi esami e possiamo esaminarli insieme. Nella risonanza magnetica non c'è niente di anormale. Nessun disturbo vascolare cerebrale, nessuna traccia di ictus silente, niente idrocefalo né masse tumorali. Sembra tutto a posto. Anche gli esami del sangue e la puntura lombare risultano negativi. E ho chiesto controlli quanto più approfonditi possibile per verificare la presenza di ogni condizione che potesse giustificare il tipo di sintomi di cui ha sofferto. Abbiamo quindi stabilito che non è sieropositiva, non soffre di cancro, di carenze vitaminiche, di mitocondriopatie o di altre patologie rare.»

Il discorsetto era ben articolato, ovviamente non era la prima volta che lo teneva. Il "cos'aveva" sarebbe arrivato alla fine. Annuì, per fargli capire che lo stava seguendo e che poteva proseguire.

«Ha totalizzato un percentile di novantanove in relazione alla capacità di attenzione, ragionamento astratto, percezione spaziale e fluenza verbale. Ma sfortunatamente, ecco quello che vedo. Soffre di un deterioramento della memoria recente che appare sproporzionato rispetto alla sua età e mostra un significativo declino rispetto ai suoi livelli precedenti. Lo desumo dal suo stesso resoconto dei problemi che ha sperimentato e del loro livello di interferenza con la sua vita professionale. Ho avuto modo di verificarli in prima persona quando non è riuscita a ricordare l'indirizzo che le avevo chiesto di memorizzare l'ultima volta che è stata qui. E per quanto oggi sia stata praticamente perfetta in tutti i campi cognitivi, ha dimostrato una notevole discontinuità nelle prove collegate alla memoria recente. In uno ha raggiunto appena il sessanta per cento.

Se metto insieme tutte queste informazioni, Alice, ne emerge che il suo quadro si adatta a un probabile morbo di Alzheimer.»

Morbo di Alzheimer.

Le parole la lasciarono senza fiato. Cosa le aveva appena detto? Si ripeté le parole nella mente. *Probabile*. Le restituì la volontà di respirare, la capacità di parlare.

«Quindi "probabile" significa che potrei anche non adattarmi ai parametri.»

«No, utilizziamo il termine "probabile" perché allo stato attuale l'unica diagnosi certa per il morbo di Alzheimer è l'esame istologico del tessuto cerebrale, che richiede un'autopsia o una biopsia, e nessuna delle due ipotesi è consigliabile per lei. È una diagnosi clinica. Non ci sono proteine della demenza nel suo sangue che possano confermarci che ne soffra, e non ci aspettiamo alcuna atrofia cerebrale rilevabile con una risonanza fino a uno stadio molto più avanzato della malattia.»

Atrofia cerebrale.

«Ma non può essere. Ho solo cinquant'anni.»

«Lei soffre di Alzheimer presenile. Ha ragione, di solito si pensa all'Alzheimer come a una malattia che colpisce gli anziani, ma il dieci per cento delle persone affette dalla malattia presenta questa forma presenile e ha meno di sessantacinque anni.»

«Che differenza c'è rispetto alla forma che colpisce gli anziani?»

«Nessuna, a parte il fatto che ha spesso una forte associazione genetica, e si manifesta molto prima.»

Forte associazione genetica. Anna, Tom, Lydia.

«Ma se può essere sicuro solo di quello che non ho,

come fa a stabilire con certezza che si tratti di Alzheimer?»

«Dopo che mi ha descritto i suoi sintomi e la sua storia clinica, e dopo aver esaminato orientamento, concentrazione, attenzione, linguaggio e memoria ero già convinto al novantacinque per cento. Non essendo emerse altre spiegazioni dopo l'esame neurologico, quello del sangue e quello del fluido cerebro-spinale, o dalla risonanza magnetica, il rimanente cinque per cento di incertezza è svanito. Ne sono sicuro, Alice.»

Alice.

Il suono del suo nome le penetrò in ogni cellula e sembrò sparpagliare le sue molecole oltre i confini dell'epidermide. Si contemplò come se si trovasse nell'angolo opposto della stanza.

«E questo cosa significa?»

«Abbiamo un paio di medicinali per il trattamento dell'Alzheimer che vorrei prescriverle. Il primo è l'Aricept, che stimola la funzione colinergica. Il secondo si chiama Namenda. È stato autorizzato solo in autunno e sembra molto promettente. Nessuno dei due è una cura, ma possono rallentare il progredire dei sintomi, e noi intendiamo offrirle tutto il tempo possibile.»

Tempo. Quanto tempo?

«Voglio che prenda anche la vitamina E due volte al giorno e vitamina C, aspirinetta e una statina una volta al giorno. Lei non mostra alcun fattore di rischio per malattie cardiovascolari, ma quello che va bene per il cuore si dimostra utile anche per il cervello, e vogliamo preservare ogni singolo neurone e ogni sinapsi quanto più a lungo possibile.»

Scrisse i medicinali su un ricettario.

«Alice, qualche suo famigliare è al corrente del fatto che lei si trova qui?»

«No» si sentì dire.

«D'accordo. Dovrà dirlo a qualcuno. Possiamo rallentare il declino dei suoi processi cognitivi ma non possiamo fermarlo né invertirlo. Per la sua sicurezza è importante che qualcuno che la vede regolarmente sia al corrente di quello che succede. Lo dirà a suo marito?»

Si vide annuire.

«Bene, perfetto. Allora segua la cura che le ho prescritto, prenda i medicinali come le ho detto, mi chiami se dovesse avere problemi con gli effetti collaterali e fissi un appuntamento per tornare da me tra sei mesi. Nel frattempo può mandarmi delle e-mail o telefonarmi se ha domande da fare, e la inviterei anche a mettersi in contatto con Denise Daddario. È la nostra assistente sociale, e potrebbe indicarle risorse e forme di sostegno. Ci vedremo allora tra sei mesi, insieme con suo marito, e verificheremo come procede.»

Frugò negli occhi intelligenti del medico alla ricerca di qualcos'altro. Aspettò. Divenne stranamente consapevole delle sue mani aggrappate ai freddi braccioli metallici della sedia. Le *sue* mani. Non era diventata un ammasso etereo di molecole che aleggiavano nell'angolo della stanza. Lei, Alice Howland, era seduta su quella sedia dura e fredda, di fianco a un'altra sedia vuota, nello studio del neurologo nel reparto Disturbi della memoria all'ottavo piano del Massachusetts General Hospital. E le avevano appena diagnosticato il morbo di Alzheimer. Esaminò lo sguardo del medico per trovarvi altro, ma c'erano solo sincerità e rammarico.

19 gennaio. Non era mai successo niente di buono quel giorno.

Nel suo ufficio, con la porta chiusa, lesse il *Questionario delle attività quotidiane* che il dottor Davis le aveva detto di consegnare a John. «Questo modulo dev'essere compilato da un informatore, NON dal paziente» era stampato in grassetto in cima alla prima pagina. La parola "informatore", la porta chiusa, il cuore che le batteva forte, tutto cospirava a provocarle una sensazione di colpevolezza, come se si nascondesse in una qualche città dell'Europa dell'Est, in possesso di documenti illegali, e la polizia fosse sulle sue tracce a sirene spiegate.

Il punteggio per ogni attività andava da 0 (nessun problema, tutto come consueto) a 3 (gravi difficoltà, totale dipendenza da altri). Scorse in fretta le descrizioni stampate accanto ai 3, deducendo che si trattasse della fase finale della malattia, la fine di quella strada dritta e breve che si era trovata improvvisamente costretta a imboccare su un'auto senza freni e senza sterzo.

Quella dei numeri 3 era una lista umiliante: «Deve essere imboccato; Non ha il controllo della vescica o dell'intestino; I medicinali devono essergli somministrati da altri; Resiste ai tentativi di cura della persona da parte del badante; Non lavora più; Costretto a casa o in struttura sanitaria; Non maneggia più denaro; Non esce se non accompagnato». Umiliante, ma la sua mente analitica reagì con istantaneo scetticismo alla rilevanza di quella lista per l'evoluzione della sua malattia. Fino a che punto la lista descriveva gli effetti del procedere dell'Alzheimer o li confondeva invece con i disturbi della vecchiaia di pazienti per la maggior parte molto anziani? Gli ottantenni erano incontinenti perché avevano l'Alzheimer o perché avevano vesciche di ottant'anni? Forse quei "3" non si applicavano a individui come lei, ancora giovani e fisicamente in forma.

La parte peggiore era quella intitolata *Comunicazione*. «Discorsi praticamente inintelligibili. Non comprende cosa dicono le persone. Ha rinunciato a leggere. Non scrive più. *Assenza di linguaggio.*» Escludendo una diagnosi sbagliata, non poteva formulare alcuna ipotesi che la rendesse immune a quella lista di 3. Tutti sintomi applicabili anche a una persona come lei. A una persona affetta da Alzheimer.

Guardò le file di libri e riviste allineate nella libreria, la pila di esami finali da correggere sulla sua scrivania, le e-mail nella casella di posta, la spia rossa della segreteria telefonica che ammiccava sul telefono. Pensò ai libri che avrebbe sempre voluto leggere, quelli sullo scaffale più alto della sua camera da letto, per i quali pensava di avere tutto il tempo in seguito. *Moby Dick*. Aveva sperimentazioni da seguire, articoli da scrivere, lezioni da impartire e da ascoltare. Tutto quello che faceva e che amava, tutto quello che era, necessitava del linguaggio.

Le ultime pagine del questionario chiedevano all'informatore di valutare la gravità dei seguenti sintomi sperimentati dal paziente nei mesi precedenti: delirio, allucinazioni, agitazione, depressione, ansia, euforia, apatia, disinibizione, irritabilità, attività motoria ripetitiva, disturbi del sonno, cambiamenti nell'alimentazione. Ebbe la tentazione di riempire lei stessa il questionario, per dimostrare che stava benissimo e che il dottor Davis doveva essersi sbagliato. Poi si ricordò le sue parole: "Lei potrebbe non essere la fonte più attendibile di quello che succede". Forse, ma se non altro ricordava che l'avesse detto. Si chiese quando sarebbe venuto il momento in cui non ci sarebbe più riuscita.

Doveva ammettere che le sue conoscenze sul morbo di Alzheimer erano quanto meno superficiali. Sapeva che il cervello dei malati di Alzheimer presentava livelli ridotti di acetilcolina, un neurotrasmettitore estremamente importante per l'apprendimento e la memoria. Sapeva anche che l'ippocampo, una struttura del cervello a forma di cavalluccio marino essenziale per la formazione dei nuovi ricordi, rivelava formazioni di placche e grovigli, per quanto non avesse capito cos'erano esattamente quelle placche e grovigli. Sapeva che l'anomia, un'incapacità patologica di associare un oggetto al suo nome, era un altro sintomo caratteristico. E sapeva che un giorno o l'altro avrebbe guardato suo marito, i suoi figli, i suoi colleghi, i volti che aveva da sempre conosciuto e amato, e non li avrebbe riconosciuti.

E sapeva anche che c'era di peggio. C'erano strati di porcherie orrende da svelare. Cercò "morbo di Alzheimer" su Google. Il suo dito era appoggiato sul tasto "invio" quando due colpi alla porta la fecero sobbalzare e in un riflesso involontario annullò la ricerca e nascose le prove. Senza altro preavviso e senza aspettare una risposta, la porta si aprì.

Ebbe paura che la sua espressione potesse rivelare lo sbalordimento, l'angoscia, la colpa.

«Sei pronta?» chiese John.

No, non lo era. Se avesse confessato a John quello che le aveva detto il dottor Davis, se gli avesse consegnato il *Questionario delle attività quotidiane*, tutto sarebbe diventato reale, John sarebbe diventato l'informatore e Alice sarebbe diventata la paziente incapace e moribonda. Non era pronta a diventarlo. Non ancora.

«Andiamo, i cancelli chiudono tra un'ora» disse John.

«Eccomi» disse Alice. «Sono pronta.»

Fondato nel 1831 come primo cimitero aconfessionale d'America, quello di Mount Auburn era diventato un sito storico protetto, un arboretum di fama mondiale e una rinomata attrazione paesaggistica, oltre che il luogo dell'eterno riposo per la sorella, la madre e il padre di Alice.

Era la prima volta che anche suo padre avrebbe partecipato all'anniversario di quel fatale incidente d'auto, morto o no, e la cosa la irritava. Era sempre stata una visita privata tra lei, la madre e la sorella. Adesso ci sarebbe stato anche lui. Non meritava di esserci.

Percorsero Yew Avenue, il viale dei tassi, nella parte più antica del cimitero. Il suo sguardo e i suoi passi si attardarono nel passare davanti alle lapidi della famiglia Shelton. Charles ed Elizabeth avevano seppellito tutti e tre i loro bambini: Susie, appena neonata, forse nata morta, nel 1866; Walter, due anni, nel 1868; e Carolyn, cinque anni, nel 1874. Alice provò a immaginare il dolore di Elizabeth figurandosi di vedere i nomi dei suoi figli sulle lapidi. Non riuscì a mantenere a lungo quell'immagine: Anna cianotica e silenziosa alla nascita; Tom morto, probabilmente di malattia, con il suo pigiamino giallo con i piedi; e Lydia, rigida e priva di vita dopo un giorno passato all'asilo a disegnare. I circuiti della sua fantasia avevano sempre rigettato quel tipo di dettagli raccapriccianti, e i suoi tre figli si rianimarono tornando al loro aspetto attuale.

Elizabeth aveva trentotto anni quando era morto il suo ultimo figlio. Alice si chiese se avesse cercato di averne altri ma non potesse più concepire, o se lei e Charles avessero cominciato a dormire in letti separati, troppo spaventati per rischiare di ritrovarsi a comprare un'altra minuscola lapide. Si chiese se Elizabeth, sopravvissuta a Charles per più di vent'anni, avesse mai ritrovato conforto e pace nella sua vita.

Proseguirono in silenzio fino alla sepoltura della sua famiglia. Le loro tombe erano semplici, somigliavano a enormi scatole da scarpe di granito, in una fila discreta sotto i rami di un faggio dalle foglie rosse. Anne Lydia Daly, 1955-1972; Sarah Louise Daly, 1931-1972; Peter Lucas Daly, 1932-2003. Il faggio dai rami bassi torreggiava su di loro per una trentina di metri, carico di meravigliose foglie lucide di un verde violaceo in primavera, estate e autunno. Ma adesso, in gennaio, i rami neri e spogli gettavano lunghe ombre contorte sulle tombe della sua famiglia, con un effetto inquietante. Qualsiasi regista di film dell'orrore avrebbe adorato quell'albero in gennaio.

John le tenne la mano guantata mentre sostavano insieme sotto l'albero. Nessuno dei due parlò. Nei mesi più caldi avrebbero sentito il canto degli uccelli, i rumori degli impianti di irrigazione, dei veicoli del personale, e la musica attutita delle autoradio. Quel giorno invece il cimitero era silenzioso, a parte il flusso lontano del traffico oltre i cancelli.

A cosa pensava John mentre se ne stavano lì? Non gliel'aveva mai chiesto. Lui non aveva mai conosciuto sua madre o sua sorella, perciò era difficile che potesse pensare a loro molto a lungo. Rifletteva forse sulla propria mortalità o spiritualità? O su quella di lei? Pensava ai suoi genitori e alla sorella, ancora vivi? O era da tutt'altra parte, a riesaminare i dettagli della sua ricerca o le lezioni, o pensava alla cena?

Com'era possibile che lei avesse l'Alzheimer? *Forte associazione genetica.* L'avrebbe sviluppato anche sua madre, se fosse vissuta fino a cinquant'anni? O veniva da suo padre?

Da giovane suo padre ingurgitava quantità esagerate di alcol senza dare il minimo segno di ubriachezza. Diventava più silenzioso e introverso ma conservava sempre e comunque una capacità di comunicazione sufficiente per ordinare un altro whisky o insistere che era perfettamente in grado di guidare. Come la sera che era uscito di strada sulla Route 93 e aveva mandato la sua Buick a fracassarsi contro un albero, ammazzando la moglie e la figlia minore.

Le sue abitudini alcoliche non erano mai cambiate, ma era cambiato il suo comportamento, probabilmente una quindicina di anni prima. Le farneticazioni senza senso, una disgustosa mancanza di igiene, l'incapacità di riconoscerla: Alice aveva dato per scontato che fosse colpa del liquore che esigeva finalmente il suo tributo dal fegato a pezzi e da un cervello fradicio. Possibile che avesse convissuto con il morbo di Alzheimer senza che gli fosse mai stato diagnosticato? Non aveva bisogno di un'autopsia. Tutto quadrava troppo per non essere vero, e le forniva inoltre il bersaglio ideale su cui scaricare la colpa.

Bene, papà, sei contento? Ho il tuo stramaledetto DNA. *Sei riuscito ad ammazzarci tutte. Come ci si sente a uccidere tutta la propria famiglia?*

Il suo pianto, improvviso e doloroso, poteva sembrare naturale a qualunque osservatore casuale: i genitori e la sorella sepolti sottoterra, la tomba immersa nell'oscurità crescente, il faggio inquietante. A John doveva invece risultare del tutto inaspettato. Non aveva versato una sola lacrima per la morte di suo padre a febbraio, e la tristezza e il senso di perdita per la madre e la sorella si erano da tempo stemperate.

La abbracciò senza cercare di farla smettere e senza dar segno di voler fare altro che tenerla stretta fino a quando avesse continuato a piangere. Si rese conto che il cimitero stava per chiudere. Si rese conto di spaventare John. Si rese conto che nessun pianto avrebbe mai potuto purificare il suo cervello contaminato. Premette più forte il viso contro il giubbotto di lana di suo marito e pianse fino all'esaurimento. Lui le prese il viso tra le mani e baciò l'umidore all'angolo dei suoi occhi.

«Ali, ti senti bene?»

Non sto bene, John. Ho l'Alzheimer.

Credette quasi di averlo detto ad alta voce, ma non l'aveva fatto. Le parole erano rimaste intrappolate nella sua testa, e non perché fossero bloccate tra placche e grovigli. Solo che non riusciva a pronunciarle.

Immaginò il suo nome su una lapide vicino a quella di Anne. Avrebbe preferito morire che perdere il controllo della sua mente. Alzò lo sguardo su John, sugli occhi pazienti in attesa di una spiegazione. Come faceva a dirgli che aveva l'Alzheimer? Lui amava il suo cervello. Come avrebbe potuto amarla senza di esso? Guardò di nuovo il nome di Anne scolpito nella pietra.

«Ho solo avuto una brutta giornata.»

Sarebbe morta piuttosto che dirglielo.

Voleva uccidersi. Pensieri impulsivi di suicidio le si presentarono rapidi e con forza, allontanando e spingendo via ogni altra idea, intrappolandola per giorni in un angolo oscuro e disperato. Ma erano privi di convinzione e appassirono in una vaga lusinga. Ancora non voleva morire. Era ancora una rispettata docente di psicologia alla Harvard University. Poteva ancora leggere e andare in bagno da sola. Aveva tempo. E doveva ancora dirlo a John.

Era accoccolata sul divano con una coperta grigia in grembo ad abbracciarsi le ginocchia, con la sensazione di essere sul punto di vomitare. Lui era seduto sul bordo della poltrona di fronte a lei, assolutamente immobile.

«Chi te l'ha detto?»

«Il dottor Davis, è un neurologo del Mass General.»

«Un neurologo. Quando?»

«Dieci giorni fa.»

John voltò la testa di lato e fece ruotare la fede attorno al dito mentre sembrava esaminare un quadro appeso alla parete. Lei trattenne il fiato in attesa che tornasse a guardarla. Forse non l'avrebbe più guardata allo stesso modo. Forse lei non avrebbe più respirato. Si abbracciò più stretta.

«Si è sbagliato, Ali.»

«No, non si è sbagliato.»

«Non hai niente che non vada.»

«Invece sì. Mi dimentico le cose.»

«Tutti si dimenticano le cose. Io non mi ricordo mai dove lascio gli occhiali. Dovrebbero diagnosticare l'Alzheimer anche a me?»

«I problemi che ho io non sono normali. Non è solo questione di perdere gli occhiali.»

«D'accordo, ti dimentichi le cose, però sei in menopausa, sei stressata, e con tutta probabilità la morte di tuo padre ha riportato alla luce chissà quali emozioni sulla perdita di tua madre e di Anne. Può darsi che tu sia un po' depressa.»

«Non sono depressa.»

«Come fai a dirlo? Sei un medico? Dovresti parlarne con il tuo medico, non con quel neurologo.»

«L'ho fatto.»

«Dimmi esattamente cosa ti ha detto.»

«Ha detto che non crede si tratti di depressione o menopausa. Non ha saputo darmi una spiegazione precisa. Ha detto che forse non dormo abbastanza. Voleva rivedermi dopo un paio di mesi.»

«Visto? È solo che non ti prendi abbastanza cura di te stessa.»

«Lei non è una neurologa, John. Dormo più che a sufficienza. Ed è successo a novembre. Sono passati un paio di mesi, e non c'è alcun miglioramento. Sta peggiorando.»

Gli stava chiedendo di accettare dopo un'unica conversazione quello che lei aveva negato per mesi. Cominciò da un esempio che lui già conosceva.

«Ti ricordi quando non sono andata a Chicago?»

«Quello sarebbe potuto succedere anche a me o a chiunque tra i nostri amici. Abbiamo una quantità di impegni semplicemente folle.»

«Li abbiamo sempre avuti, ma non mi sono mai dimenticata di prendere un aereo. Non è che abbia semplicemente perso il volo, mi sono proprio dimenticata del convegno, e mi stavo preparando da tutto il giorno.»

John attese. C'erano enormi segreti che lui ancora non conosceva.

«Mi dimentico le parole. Ho scordato completamente l'argomento della lezione che dovevo tenere nel tempo che mi ci è voluto per arrivare dal mio ufficio all'aula, e a metà pomeriggio non riesco a decifrare le intenzioni con cui la mattina io stessa ho inserito le note nella lista delle cose da fare.»

Poteva leggere nella mente non ancora convinta di suo marito. Stanchezza, stress, ansia. Normale, normale, normale.

«La vigilia di Natale non ho fatto il budino perché non ci sono riuscita. Non mi ricordavo nemmeno un passaggio della ricetta. Sparita, e per quanto mi ricordo l'ho sempre fatto a memoria, da quando ero bambina.»

Presentò un'accusa solidissima contro se stessa. A una giuria di suoi pari sarebbe stata sufficiente. Ma John l'amava.

«Ero davanti a Nini's in Harvard Square e non avevo la minima idea di come tornare a casa. Non sapevo dov'ero.»

«Quando è successo?»

«A settembre.»

L'aveva costretto a interrompere il silenzio, ma non la fermezza con cui intendeva difendere l'integrità della sua salute mentale.

«E questo è solo una parte. Ho il terrore di pensare a tutte le cose che mi dimentico senza neppure rendermene conto.»

L'espressione di John cambiò, come se d'un tratto avesse identificato un particolare potenzialmente significativo in quelle sue diapositive dell'RNA che somigliavano a macchie di Rorschach.

«La moglie di Dan» disse più rivolto a se stesso che a lei.

«Cosa?» chiese Alice.

Un'incrinatura. La vide. La possibilità cominciò a filtrare in lui, a diluire le sue convinzioni.

«Voglio prima leggere un po' di materiale, e poi voglio parlare con il tuo neurologo.»

Senza guardarla, si alzò e filò dritto nello studio lasciandola sola sul divano ad abbracciarsi le ginocchia, con la sensazione di essere sul punto di vomitare.

Febbraio 2004

Venerdì:

- Prendere le medicine del mattino – fatto
- Riunione di dipartimento, 9.00 stanza 545 – fatto
- Rispondere alle e-mail – fatto
- Lezione di motivazione ed emozione, 13.00, Science Center, Auditorium B (conferenza *Omeostasi e pulsioni*) – fatto
- Appuntamento con la counselor genetica (i dettagli li ha John)
- Prendere le medicine della sera

Stephanie Aaron era la counselor che collaborava con il reparto Disturbi della memoria del Mass General Hospital. Aveva capelli neri lunghi fino alle spalle e sopracciglia arcuate che suggerivano curiosità e apertura mentale. Li salutò con un caldo sorriso.

«Allora, ditemi perché siete qui oggi» disse Stephanie.

«A mia moglie è stato diagnosticato da poco il morbo di Alzheimer, e desideriamo che venga sottoposta a screening per le mutazioni APP, PS1 e PS2.»

John aveva fatto i compiti. Aveva trascorso le ultime settimane sepolto in mezzo alla letteratura sull'eziologia molecolare dell'Alzheimer. Era risaputo che le proteine sintetizzate da uno di quei tre geni mutati erano responsabili dei casi di esordio presenile.

«Alice, mi dica, cosa si aspetta di venire a sapere da questo screening?» chiese Stephanie.

«Be', mi sembra un sistema ragionevole per cercare di avere una conferma della mia diagnosi. Di sicuro meglio di una biopsia cerebrale o un'autopsia.»

«Teme che la sua diagnosi possa essere imprecisa?»

«La consideriamo una possibilità reale» disse John.

«Bene, allora valutiamo prima di tutto che significato potrebbe avere per lei uno screening positivo o negativo della mutazione. Si tratta di mutazioni completamente penetranti. Se la mutazione di APP, PS1 o PS2 risultasse positiva, si tratterebbe di una conferma concreta della diagnosi. Le cose si complicherebbero, però, se risultasse negativa. Non siamo in grado di interpretare con certezza cosa potrebbe significare. Circa il cinquanta per cento dei pazienti affetti da Alzheimer presenile non mostra alcuna mutazione di questi tre geni. Questo non significa che non abbiano l'Alzheimer o che la loro malattia non abbia basi genetiche, è solo che non sappiamo ancora in quale gene si localizzi la loro mutazione.»

«Quella cifra non si aggira piuttosto attorno al dieci per cento, per le persone della sua età?» chiese John.

«Le cifre sono leggermente diverse per le persone della sua età, questo è vero. Ma se lo screening di Alice risultasse negativo, questo non ci consentirebbe purtroppo di stabilire con certezza che non ha la malattia. Potrebbe semplicemente rientrare nella piccola percentuale di persone della sua età affette da Alzheimer con una mutazione in un gene non ancora identificato.»

Era abbastanza plausibile, soprattutto se messo insieme al parere clinico espresso dal dottor Davis. Alice sapeva che John questo lo capiva, ma l'interpretazione che ne dava lui si adattava all'improbabile ipotesi di

"Alice non ha l'Alzheimer, la nostra esistenza non è rovinata", mentre quella di Stephanie no.

«Alice, tutto questo ha senso per lei?» chiese Stephanie.

Per quanto la situazione rendesse la domanda del tutto legittima, Alice se ne risentì, in un'anticipazione del sottotesto delle sue conversazioni future. Era abbastanza lucida da comprendere quello che le veniva detto? Era troppo incapace e confusa per accettarlo? Chiunque si rivolgesse a lei l'aveva sempre fatto con grande rispetto. Se l'eccellenza della sua mente era destinata a essere gradualmente rimpiazzata dalla malattia mentale, cosa avrebbe preso il posto di quel rispetto? Pietà? Condiscendenza? Imbarazzo?

«Sì» rispose Alice.

«Desidero anche mettere in chiaro che, nel caso lo screening confermi una mutazione positiva, la diagnosi genetica non porterà alcun cambiamento al suo trattamento o alla prognosi.»

«Lo capisco.»

«Bene. Cerchiamo allora di mettere insieme alcune informazioni sulla sua famiglia. Alice, i suoi genitori sono in vita?»

«No. Mia madre è morta in un incidente d'auto a quarantun anni, e mio padre è deceduto lo scorso anno, a settantuno, per insufficienza epatica.»

«Durante la loro vita hanno avuto problemi di memoria? Uno di loro ha mostrato segni di demenza o cambiamenti di personalità?»

«Mia madre stava benissimo. Mio padre è stato un alcolista per tutta la vita. È sempre stato un uomo tranquillo, ma invecchiando è diventato estremamente instabile, finché era praticamente impossibile avere con lui una conversazione coerente. Nel corso degli ultimi anni non credo neppure che mi riconoscesse.»

«È mai stato esaminato da un neurologo?»
«No. Avevo sempre pensato che fosse dovuto all'alcol.»
«Quando direbbe che sono iniziati questi cambiamenti?»
«Intorno ai cinquant'anni.»
«Era ubriaco fradicio, tutti i santi giorni. È morto di cirrosi, non di Alzheimer» disse John.
Alice e Stephanie tacquero e tacitamente concordarono di lasciargli credere quello che preferiva.
«Ha fratelli o sorelle?»
«La mia unica sorella è morta nello stesso incidente d'auto con mia madre, a sedici anni. Non ho fratelli.»
«E per quanto riguarda zie, zii, cugini, nonni?»
Alice riferì le sue scarse informazioni sulla salute di nonni e parenti vari, e di com'erano morti.
«Bene, se non avete altre domande, adesso un'infermiera verrà a farle un prelievo di sangue. Verrà mandato a sequenziare e dovremmo avere i risultati tra una quindicina di giorni.»

Alice guardava fuori dal finestrino mentre percorrevano Storrow Drive. Fuori faceva freddo, alle cinque e mezza del pomeriggio era già buio, e Alice non vedeva nessuno che si azzardasse a sfidare gli elementi lungo le rive del Charles. Nessun segno di vita. John aveva spento lo stereo. Non c'era niente a distrarla da pensieri di DNA danneggiato e tessuto cerebrale necrotico.
«Sarà negativo, Ali.»
«Ma non cambierebbe niente. Non vorrebbe dire che non ce l'ho.»
«Tecnicamente no, però ci sarebbe molto più spazio per pensare che si tratti di un'altra cosa.»
«Per esempio? Hai parlato con il dottor Davis. Mi ha già sottoposto a esami per ogni possibile altra causa di demenza.»

«Senti. Io credo che tu abbia messo il carro davanti ai buoi facendoti visitare da un neurologo. Lui considera i tuoi sintomi e vede l'Alzheimer perché è quello che è addestrato a cercare, ma questo non vuol dire che abbia ragione. Ti ricordi quando ti faceva male il ginocchio, l'anno scorso? Se fossi andata da un chirurgo ortopedico ti avrebbe trovato di sicuro un legamento strappato o una cartilagine malmessa e avrebbe voluto operarti. Perché un chirurgo vede come risposta la chirurgia. Invece ti sei limitata a smettere di correre per un paio di settimane, hai tenuto il ginocchio a riposo, hai preso dell'ibuprofene, e ti è passato.

Io credo che tu sia stanca e stressata, credo che le variazioni ormonali dovute alla menopausa ti stiano causando problemi fisiologici, e credo che tu sia depressa. Tutte cose che possiamo affrontare, Alice, una per volta.»

Sembrava ragionevole. Era poco plausibile che una persona della sua età avesse l'Alzheimer. Era in menopausa, ed era esausta. E forse anche depressa. Questo poteva anche spiegare perché non avesse respinto la diagnosi con maggiore decisione, perché non avesse combattuto con le unghie e con i denti contro la sola idea di un destino segnato. Non era certo da lei. Forse era stanca, stressata, in menopausa e depressa. Forse non aveva l'Alzheimer.

Giovedì:
- 7.00 prendere le medicine del mattino – fatto
- Finire la recensione per «Psychonomic» – fatto
- 11.00 appuntamento con Dan, nel mio ufficio – fatto
- 12.00 seminario-pranzo, stanza 700 – fatto
- 15.00 appuntamento con la counselor genetica (John ha i dettagli)
- 20.00 prendere le medicine della sera

Quando entrarono, Stephanie era seduta alla sua scrivania, ma questa volta non sorrise.

«Prima di parlare dei suoi risultati, vuole per caso ritornare su qualche dettaglio delle informazioni che mi ha dato l'ultima volta?»

«No» disse Alice.

«Vuole ancora vedere i risultati?»

«Sì.»

«Alice, mi dispiace doverle dire che risulta positiva alla mutazione PS1, ovvero presenilina-1.»

Eccola, la prova assoluta, servita a puntino, senza zucchero, senza sale, senza giri di parole. E bruciava mentre la mandava giù. Poteva farsi tutte le terapie ormonali sostitutive, lo Xanax e il Prozac, passare i prossimi sei mesi a dormire dodici ore al giorno al Canyon Ranch, e non avrebbe cambiato una virgola. Aveva l'Alzheimer. Avrebbe voluto guardare John, ma non riusciva a costringersi a voltare la testa.

«Come abbiamo detto, è una mutazione dominante autosomica; è associata a particolari sviluppi dell'Alzheimer, e il risultato corrisponde perciò alla diagnosi che le è già stata comunicata.»

«Qual è la percentuale di falsi positivi del laboratorio? Come si chiama il laboratorio?» chiese John.

«È l'Athena Diagnostics, e dichiarano un livello di accuratezza superiore al novantanove per cento nell'individuare questa mutazione.»

«John, è positivo» disse Alice.

A quel punto lo guardò. Il suo viso, di solito teso e determinato, le sembrò cascante e poco familiare.

«Mi dispiace, so che cercavate entrambi una via d'uscita da questa diagnosi.»

«Questo cosa significa per i nostri figli?» chiese Alice.

«Sì, c'è molto da riflettere a riguardo. Quanti anni hanno?»

«Tra i venti e i trenta, tutti e tre.»

«Quindi non c'è ancora da aspettarsi che siano sintomatici. Ciascuno di loro ha una probabilità del cinquanta per cento di ereditare la mutazione, che a sua volta causa la malattia al cento per cento. Esiste la possibilità di un test genetico presintomatico, ma ci sono diversi fattori da considerare. È una consapevolezza con la quale vorrebbero convivere? Come cambierebbe la loro vita? Se uno di loro è positivo e l'altro è negativo, che effetto avrebbe sui loro rapporti? Alice, loro hanno idea della sua diagnosi?»

«No.»

«Forse dovrebbe dirglielo al più presto. So che è un peso difficile da scaricare, soprattutto considerando che voi per primi state ancora metabolizzando il colpo. Ma con una malattia progressiva come questa, per quanto lei possa decidere di comunicarglielo in seguito, potrebbe non essere poi in grado di farlo nel modo prestabilito. O preferisce forse lasciare che sia John a farlo?»

«No, glielo diremo» disse Alice.

«Qualcuno di loro ha figli?»

Anna e Charlie.

«Non ancora.»

«Se ci stanno provando, si tratta di un'informazione che è molto importante che abbiano. Ecco alcune indicazioni scritte che ho raccolto, nel caso voglia consegnarle ai suoi figli. Ed ecco anche il mio biglietto da visita e quello di un terapeuta davvero bravissimo quando si tratta di parlare con famiglie che affrontano test genetici e diagnosi. Ci sono altre domande alle quali posso rispondere in questo momento?»

«No, non mi viene in mente niente.»

«Mi spiace di non averle potuto dare la risposta in cui speravate.»

«Anche a me.»

—

Nessuno dei due parlò. Salirono in auto, John pagò l'inserviente del garage e si avviarono in silenzio per Storrow Drive. Per la seconda settimana di fila, la temperatura era abbondantemente sotto lo zero, acuita dal fattore vento. I patiti della corsa dovevano rassegnarsi ai tapis roulant al chiuso, o ad aspettare un clima più clemente. Sedeva sul sedile del passeggero in attesa che John dicesse qualcosa. Ma lui non lo fece. Pianse per tutta la strada fino a casa.

Marzo 2004

Alice fece scattare il coperchietto del lunedì del suo dispenser settimanale di pillole e si fece cadere le sette pastiglie nel cavo della mano. John entrò in cucina con passo deciso ma, appena vide quello che stava facendo, girò sui tacchi e lasciò la stanza, nemmeno avesse sorpreso sua madre nuda. Si rifiutava di guardarla prendere le medicine. Poteva anche essere a metà di una frase, di una conversazione, ma appena la vedeva tirare fuori il contenitore delle pillole se ne andava dalla stanza. Fine del discorso.

Ingoiò le pillole con tre sorsi di tè bollente e si bruciò la gola. L'esperienza non era particolarmente piacevole neppure per lei. Si sedette al tavolo della cucina, soffiò sul tè e ascoltò i passi di John in camera da letto, sopra la sua testa.

«Cosa stai cercando?» gli urlò.

«Niente» gridò lui di rimando.

Probabilmente gli occhiali. Nel mese successivo alla visita dalla counselor genetica aveva smesso di chiedere il suo aiuto per cercare gli occhiali e le chiavi, benché lei sapesse che continuava a sudare sette camicie per ritrovarli.

John entrò in cucina a passi rapidi e impazienti.

«Posso aiutarti?» gli chiese.

«No, va bene così.»

Si domandò quale fosse la fonte di quella sua nuova e ostinata indipendenza. Cercava forse di risparmiarle il carico mentale di cercare quello che lui non trovava? Stava facendo pratica per un futuro senza di lei? O semplicemente lo imbarazzava troppo chiedere aiuto a una malata di Alzheimer? Continuò a sorseggiare il suo tè, fissando il quadro con una mela e una pera che era appeso su quella parete da almeno dieci anni, e ascoltandolo scartabellare tra i fogli e la posta sul bancone alle sue spalle.

Le passò davanti diretto verso l'ingresso. Lo sentì aprire la porta dello sgabuzzino. Lo sentì richiudere la porta dello sgabuzzino. Lo sentì aprire e chiudere i cassetti del tavolo dell'ingresso.

«Sei pronta?» le chiese John.

Finì il tè e lo raggiunse nell'entrata. Aveva già il cappotto addosso, gli occhiali appollaiati sui capelli arruffati e le chiavi in mano.

«Sì» rispose Alice e lo seguì fuori.

L'inizio della primavera a Cambridge era una tremenda e inaffidabile menzogna. Ancora nessuna gemma sugli alberi, nessun tulipano così coraggioso o così stupido da sbucare attraverso la neve incrostata di un mese, nessuna colonna sonora di pigolii in sottofondo. A ingombrare i lati delle strade c'erano ancora gli accumuli di neve anneriti dallo smog. Quel poco che riusciva a sciogliersi al relativo calore di mezzogiorno tornava subito a ghiacciarsi appena la temperatura precipitava nel tardo pomeriggio, trasformando i sentieri di Harvard Yard e i marciapiedi della città in pericolose piste di ghiaccio scuro. La data sul calendario serviva solo a offendere la gente o a farla sentire imbrogliata sapendo che altrove era già primavera, che si andava in giro in maniche corte e ci si svegliava con il cinguettio dei tordi. Lì, invece, freddo e desolazione non davano segno di resa, e i soli uccelli che Alice riusciva a sentire mentre procedevano verso il campus erano i corvi.

John aveva accettato di accompagnarla fino a Harvard tutte le mattine. Gli aveva detto che non voleva rischiare di perdersi. Ma in effetti rivoleva semplicemente quel tempo da trascorrere insieme, per recuperare la loro vecchia tradizione mattutina. Sfortunatamente, dopo aver deciso che il rischio di essere travolti da un'auto era inferiore a quello di farsi del male scivolando sui marciapiedi ghiacciati, camminavano in fila indiana per strada, senza parlare.

Le si infilò della ghiaia nello scarpone destro. Valutò se fermarsi per strada a svuotarlo o aspettare di raggiungere Jerri's. Per farlo avrebbe dovuto restare in equilibrio per strada su un piede solo, esponendo l'altro all'aria gelida. Decise di sopportare il fastidio per i rimanenti due isolati.

A metà strada tra Porter e Harvard Square, sulla Mass Avenue, Jerri's era diventato un'istituzione per i caffeinomani di Cambridge molto prima dell'avvento degli Starbucks. Il menu dei vari tipi di tè, caffè, paste e sandwich, scritto con il gesso in stampatello sulla lavagna dietro la cassa era rimasto inalterato fin dai tempi in cui Alice era ancora una studentessa. Solo i prezzi accanto alle singole voci mostravano segni di attenzioni più recenti, racchiusi in un alone di polvere di gesso della stessa forma di un cancellino da scuola e scritti in calligrafia diversa da quella dell'autore del testo sulla sinistra. Alice studiò la lavagna, perplessa.

«Buongiorno, Jess, un caffè e uno *scone* alla cannella, per favore» disse John.

«Lo stesso anche per me» disse Alice.

«A te non piace il caffè» disse John.

«Sì che mi piace.»

«No, non ti piace. Per lei tè al limone.»

«Voglio il caffè e uno *scone*.»

Jess guardò John per vedere se ribatteva il colpo, ma lo scambio sembrava concluso.

«Bene, due caffè e due *scone*» disse Jess.

Fuori, Alice bevve un sorso. Sapeva di rancido ed era cattivo, niente a che vedere con il suo delizioso profumo.

«Allora com'è il tuo caffè?» chiese John.

«Ottimo.»

Mentre raggiungevano il campus, Alice continuò a bere il suo caffè per pura ripicca. Non vedeva l'ora di arrivare in ufficio, dove avrebbe potuto gettare via quel che restava di quell'orrido intruglio. E poi desiderava ardentemente potersi levare la ghiaia dalla scarpa.

Senza scarpe e con il caffè ormai nella spazzatura, controllò per prima cosa la sua casella di posta. Aprì una e-mail di Anna.

Ciao mamma,
ci piacerebbe molto venire a cena, ma questa settimana siamo un po' sommersi per la causa di Charlie. Che ne dici della settimana prossima? Che giorni andrebbero bene per te e papà? Noi siamo liberi tutte le sere tranne giovedì e venerdì.

Anna

Guardò il cursore sarcasticamente pronto e lampeggiante sullo schermo del computer e cercò di immaginare le parole che intendeva usare nella risposta. La conversione dei pensieri tramite voce, penna o tastiera le richiedeva spesso uno sforzo cosciente e paziente insistenza. Era incerta su parole per le quali tanti anni prima aveva ottenuto premi e complimenti dell'insegnante in occasione delle gare di ortografia.

Squillò il telefono.

«Ciao, mamma.»

«Oh, bene, stavo giusto per rispondere alla tua mail.»

«Io non ti ho mandato nessuna mail.»

Incerta, Alice rilesse il messaggio che aveva sullo schermo.

«L'ho appena letta. Charlie questa settimana ha un processo...»

«Mamma. Sono Lydia.»

«Oh, come mai già alzata?»

«Adesso mi alzo sempre presto. Volevo chiamare te e papà ieri sera, ma lì da voi era troppo tardi. Ho appena ottenuto una parte fantastica in un lavoro che si intitola *La memoria dell'acqua*. È con questo regista fenomenale, si prevedono sei repliche a maggio. Credo che sarà un lavoro davvero buono, e con questo regista dovrebbe anche garantirci una buona attenzione. Speravo che forse tu e papà potreste fare una scappata a vedermi, eh?»

Aiutata dall'inflessione interrogativa della frase e dal silenzio che seguì, Alice si rese conto che era il suo turno di parlare, ma stava ancora cercando di mettere insieme quello che Lydia le aveva detto. Priva com'era dell'ausilio dei segnali visivi delle persone con cui parlava, Alice aveva spesso difficoltà a seguire le conversazioni telefoniche. Le parole sembravano ammucchiarsi, gli improvvisi cambi d'argomento le risultavano difficili da prevedere e da seguire, e la comprensione ne soffriva. Per quanto anche la scrittura presentasse la sua bella serie di problemi, riusciva comunque a non farsi scoprire, non essendo costretta a rispondere in tempo reale.

«Se non ti va basta che me lo dici» disse Lydia.

«No, mi piacerebbe, ma...»

«O se hai da fare, qualunque cosa sia. Sapevo che avrei dovuto chiamare papà.»

«Lydia...»

«Lascia stare, devo andare.»

Riattaccò. Alice era stata sul punto di dirle che doveva controllare con John, che se lui avesse potuto staccarsi dal laboratorio le avrebbe fatto molto piacere andare a vederla. Ma se lui non poteva, Alice non avrebbe potuto attraversare l'intero paese da sola, avrebbe dovuto inventarsi qualche scusa. Timorosa di ritrovarsi persa o confusa lontano da casa, ultimamente evitava di viaggiare. Aveva declinato l'offerta di parlare alla Duke University il mese successivo e gettato via i moduli di registrazione per un convegno sul linguaggio al quale partecipava ogni anno fin da quando era studentessa. Avrebbe voluto vedere Lydia sul palcoscenico, ma questa volta la sua partecipazione dipendeva dalla disponibilità di John.

Rimase con il telefono in mano, meditando di richiamare la figlia. Alla fine lo posò e lasciò perdere. Chiuse la mail di risposta ad Anna ancora da scrivere e ne aprì invece una nuova indirizzata a Lydia. Fissò l'ammiccare del cursore, le dita paralizzate sulla tastiera. Le pile del suo cervello erano quasi esaurite, quel giorno.

«Forza» si incoraggiò da sola, con il desiderio di potersi infilare in testa un paio di cavi di alimentazione per darsi una bella sferzata d'energia.

Non aveva tempo per l'Alzheimer, quel giorno. Doveva rispondere a una montagna di mail, stilare una richiesta di fondi, tenere una lezione e partecipare a un seminario. E per finire, una corsa. Forse correre le avrebbe restituito un po' di lucidità.

Alice si infilò nel calzino un pezzo di carta con sopra il suo nome, l'indirizzo e il numero di telefono. Certo, se fosse stata così confusa da non riuscire a ritrovare la strada di casa, difficilmente avrebbe avuto la presenza di spirito di ricordare che aveva addosso quelle utilissime informazioni. Ma era una precauzione che prendeva comunque.

La corsa diventava sempre meno efficace per schiarirle le idee. In effetti, in quel periodo le sembrava più che altro di inseguire fisicamente le risposte lungo un interminabile flusso di domande in fuga sfrenata. E non aveva importanza quanto pompasse sulle gambe, non le raggiungeva mai.

"Cosa dovrei fare adesso?" Prendeva le medicine, dormiva dalle sei alle sette ore per notte e si aggrappava alla normalità della vita quotidiana di Harvard. Si sentiva disonesta, una docente di Harvard che fingeva di non essere affetta da una malattia neurodegenerativa in peggioramento e che lavorava ogni giorno come se fosse tutto normale e potesse continuare a esserlo in futuro.

Non c'erano standard di misurazione del rendimento o resoconti giornalieri nella vita di un professore. Non aveva bilanci da rispettare, quote di prodotto da raggiungere o rapporti scritti da presentare. C'era spazio per l'errore, ma fino a che punto? Alla fine il suo funzionamento si sarebbe deteriorato a un livello tale da risultare evidente e non più tollerabile. Voleva lasciare Harvard prima di allora, prima dei pettegolezzi e della pietà, ma non aveva modo di sapere in anticipo quando sarebbe successo.

E per quanto il pensiero di trattenersi più del dovuto la terrorizzasse, la sola idea di lasciare Harvard la terrorizzava di più, molto di più. Cos'era lei, nel momento in cui non fosse più stata una docente di psicologia della Harvard University?

Doveva forse cercare di trascorrere più tempo possibile con John e con i suoi figli? In pratica cosa avrebbe significato? Starsene seduta a guardare Anna che batteva i suoi esposti, tallonare Tom che faceva i suoi giri di visite, assistere alle lezioni di teatro di Lydia? Come poteva dire a ciascuno di loro che avevano il 50 per cento di possibilità di subire lo stesso destino? E se l'avessero incolpata e detestata come lei aveva incolpato e detestato suo padre?

Per John era troppo presto per andare in pensione. Quanto tempo libero si sarebbe realisticamente potuto prendere senza affossare la sua carriera? Quanto tempo ancora le restava? Due anni? Venti?

Per quanto l'Alzheimer avesse la tendenza a progredire più rapidamente nei casi precoci rispetto a quelli in tarda età, le persone affette dalla forma presenile di solito convivevano con la malattia per molti più anni, dato che si insediava in corpi relativamente giovani e in salute. Era probabile che rimanesse in circolazione fino all'inevitabile ultimo giorno. Sarebbe stata del tutto incapace di nutrirsi da sola, di parlare, di riconoscere John e i loro figli. Sarebbe rimasta rannicchiata in posizione fetale e, incapace di deglutire, avrebbe sviluppato una polmonite. E John, Anna, Tom e Lydia avrebbero deciso di comune accordo di non sottoporla a trattamento con antibiotici, devastati dal senso di colpa perché grati che qualcosa fosse intervenuto a mettere fine alle sofferenze del suo corpo.

Smise di correre, si piegò in due e rigettò le lasagne che aveva mangiato a pranzo. Ci sarebbero volute diverse settimane perché la neve si sciogliesse a sufficienza da lavarle via.

Sapeva esattamente dov'era. Stava tornando a casa, davanti alla chiesa episcopale di Ognissanti, a pochi isolati dalla sua abitazione. Sapeva esattamente dov'era ma non si era mai sentita così sperduta in vita sua. Le campane della chiesa cominciarono a rintoccare, con un suono che le ricordò quello di un orologio a pendolo. Ruotò la grande maniglia di ferro sulla porta rosso pomodoro ed entrò seguendo l'impulso.

Fu sollevata nello scoprire che dentro non c'era nessuno, non avendo escogitato una spiegazione coerente per la sua presenza là. Sua madre era ebrea, ma suo padre aveva insistito affinché lei e Anne ricevessero un'istruzione cattolica. Perciò da bambina andava a messa tutte le domeniche, faceva la comunione, si confessava, aveva fatto la cresima, ma visto che sua madre non partecipava a niente di tutto questo, arrivata all'adolescenza Alice aveva cominciato a mettere in dubbio la validità di quelle credenze. E in mancanza di una risposta soddisfacente da suo padre o dalla Chiesa cattolica, non aveva mai sviluppato una fede concreta.

L'illuminazione prodotta dai lampioni esterni filtrava attraverso le vetrate gotiche e le forniva luce a sufficienza per distinguere l'interno della chiesa. Su ciascuna delle vetrate era raffigurato Gesù Cristo, vestito di rosso e bianco, come buon pastore o mentre operava miracoli. Uno stendardo sulla destra dell'altare proclamava che DIO È IL NOSTRO RIFUGIO E LA NOSTRA FORZA, SEMPITERNO SOSTEGNO NELLE DIFFICOLTÀ.

Non era mai stata più in difficoltà di così e avrebbe voluto con tutto il cuore chiedergli aiuto. Ma si sentiva un'intrusa, immeritevole e infedele. Chi era lei per chiedere aiuto a un Dio in cui non era sicura di credere, in una chiesa di cui non sapeva nulla?

Chiuse gli occhi, ascoltò le rassicuranti ondate oceaniche del traffico lontano, e cercò di aprire la propria mente. Non sapeva per quanto fosse rimasta seduta sulla panca rivestita di velluto di quella chiesa fredda e buia, in attesa di una risposta. Non arrivò. Si trattenne ancora, sperando che un prete o un parrocchiano venissero a chiederle chi era e cosa ci faceva lì. Adesso aveva una spiegazione da dare. Ma non venne nessuno.

Pensò ai biglietti da visita che le avevano dato il dottor Davis e Stephanie Aaron. Forse avrebbe dovuto parlare con l'assistente sociale o con un terapeuta. Forse potevano aiutarla. Poi, con totale e semplice lucidità, la risposta arrivò.

Parla con John.

Si ritrovò del tutto disarmata di fronte all'aggressione che dovette fronteggiare rientrando in casa.

«Dove sei stata?» chiese John.

«Sono andata a correre.»

«Hai corso per tutto questo tempo?»

«Sono anche stata in chiesa.»

«In chiesa? Non ce la faccio più, Alice. Ascoltami, tu non bevi mai caffè, e non vai mai in chiesa.»

Sentì l'odore dell'alcol nel suo alito.

«Be', oggi l'ho fatto.»

«Dovevamo andare a cena da Bob e Sarah. Ho dovuto chiamarli per disdire, non te ne ricordavi?»

Cena con i loro amici Bob e Sarah. Ce l'aveva segnata sull'agenda.

«Me ne sono dimenticata. Ho l'Alzheimer.»

«Non avevo idea di dove fossi, se ti eri persa. Devi prendere l'abitudine di portare sempre il cellulare con te.»

«Non posso portarmelo dietro quando corro, non ho tasche.»

«Allora appiccicatelo alla testa con il nastro adesivo, non mi interessa: non ho intenzione di stare in pensiero tutte le volte che ti dimentichi di dover fare qualcosa o andare da qualche parte.»

Lo seguì in salotto. John si sedette sul divano con il bicchiere in mano e non alzò lo sguardo su di lei. Le gocce di sudore che gli imperlavano la fronte somigliavano a quelle sul vetro appannato del bicchiere di scotch. Alice esitò, poi gli si sedette in grembo, lo abbracciò forte, la testa contro la sua testa, l'orecchio contro il suo, e si sfogò.

«Mi dispiace tanto di avere questa cosa. Non sopporto l'idea di come e quanto peggiorerà. Non sopporto l'idea che un giorno potrei guardarti, guardare questo viso che amo, e non sapere chi sei.»

Con le mani seguì la linea della sua mascella e le pieghe delle tristemente poco allenate rughe da sorriso. Gli asciugò il sudore dalla fronte e le lacrime dagli occhi.

«Mi manca il fiato quando ci penso. Però devo pensarci. Non so per quanto tempo ancora ti riconoscerò. Dobbiamo parlare di quello che sta per succedere.»

Lui rovesciò la testa prosciugando il contenuto del bicchiere fino all'ultima goccia, e succhiò il ghiaccio. Poi la guardò con una tristezza profonda e spaventata negli occhi, che non gli aveva mai visto prima.

«Non so se ce la faccio.»

Aprile 2004

Intelligenti com'erano, non riuscirono tra tutt'e due a stabilire un piano definitivo e a lungo termine. C'erano troppe incognite per risolvere l'equazione, la più importante delle quali era: "Quanto sarà veloce il decorso?". Sei anni prima, entrambi avevano approfittato insieme dell'anno sabbatico per scrivere *Dalle molecole alla mente*, quindi c'era da aspettare ancora un anno per poterne chiedere un altro. Ce l'avrebbe fatta Alice fino ad allora? Per il momento avevano deciso che avrebbe finito il semestre, evitato di viaggiare per quanto possibile, e avrebbero trascorso tutta l'estate al Cape. Non riuscivano a programmare più in là di agosto.

E concordarono di non dirlo ancora a nessuno, a parte i loro figli. Quell'inevitabile rivelazione, la conversazione che provocava più angoscia, si era svolta quella stessa mattina davanti a bagel, macedonia di frutta, frittata messicana, cocktail mimosa e uova di cioccolato.

Erano diversi anni che non si ritrovavano tutti insieme per Pasqua. A volte Anna trascorreva quei giorni in Pennsylvania con la famiglia di Charlie, ultimamente Lydia si era trattenuta a L.A. e prima ancora in Europa, e negli ultimi anni John aveva partecipato a un convegno che si teneva proprio in quel periodo a Boulder. C'era voluto del bello e del buono per convincere Lydia a tornare a casa, per quell'anno. Nel pieno delle prove per il suo spettacolo, aveva dichiarato di non potersi permettere l'interruzione né il volo, ma John l'aveva convinta che poteva concedersi un paio di giorni e le aveva pagato il viaggio.

Anna rifiutò un mimosa e un Bloody Mary e mandò giù con un bicchiere d'acqua ghiacciata gli ovetti al cioccolato che aveva continuato a ingurgitare come fossero popcorn. Ma prima che chiunque potesse indugiare in sospetti di gravidanza, si era lanciata nei dettagli dell'imminente procedura di inseminazione intrauterina.

«Siamo stati da uno specialista della fertilità giù a Brighton e neppure lui riesce a farsene una ragione. I miei ovuli sono perfetti, l'ovulazione regolare, e lo sperma di Charlie è a posto.»

«Anna, sul serio, non credo che vogliano sentir parlare del mio sperma.»

«Be', è vero, ed è frustrante. Ho provato persino con l'agopuntura, ma niente. Però mi sono sparite le emicranie. Così se non altro sappiamo che dovrei riuscire a rimanere incinta. Ho cominciato martedì con le iniezioni di FSH, e la prossima settimana dovrò iniettarmi una cosa che stimolerà il rilascio degli ovociti, e poi mi insemineranno con lo sperma di Charlie.»

«Anna» disse Charlie.

«Be', è così che faranno, e se tutto va bene la prossima settimana potrei essere incinta!»

Alice si costrinse a un sorriso di incoraggiamento, ingabbiando il terrore dietro i denti serrati. I sintomi dell'Alzheimer non si manifestavano fino a dopo l'età riproduttiva, dopo che il gene deforme era già stato inconsapevolmente trasmesso alla generazione successiva. E se lei avesse saputo già da prima di portare in sé il gene, quel destino, in ogni cellula del suo corpo? Avrebbe concepito i suoi figli o avrebbe preso precauzioni per evitarlo? Avrebbe consapevolmente affrontato l'azzardo del lancio di dadi della meiosi? Gli occhi color ambra come i suoi, il naso aquilino di John, la sua presenilina-1. Certo, adesso non riusciva a immaginare una vita senza di loro. Ma prima di avere figli, prima di sperimentare l'amore primordiale e fino allora inconcepibile che era arrivato insieme con loro, avrebbe deciso che era meglio evitarlo? E Anna?

Arrivò Tom, scusandosi per il ritardo e senza la sua nuova ragazza. Meglio così. Quel giorno era solo per la famiglia. E Alice non si ricordava neppure il suo nome. Tom era filato subito in cucina, probabilmente preoccupato di essersi perso il pranzo, poi era tornato in salotto con un piatto ricolmo di un po' di tutto. Si sedette sul divano accanto a Lydia, che con il copione in mano e gli occhi chiusi ripeteva tra sé le sue battute. C'erano tutti. Era il momento.

«Vostro padre e io abbiamo qualcosa di molto importante da dirvi, e volevamo aspettare di avervi tutti e tre qui riuniti.»

Guardò John. Lui annuì e le strinse la mano.

«Negli ultimi tempi ho avuto qualche problema di memoria, e in gennaio mi è stata diagnosticata una forma presenile di Alzheimer.»

L'orologio sulla mensola del camino ticchettò rumorosamente, come se qualcuno gli avesse alzato il volume, lo stesso suono che faceva quando non c'era nessuno in casa. Tom rimase paralizzato con una forchettata di frittata a metà strada tra il piatto e la bocca. Avrebbe dovuto aspettare che finisse almeno di mangiare.

«Sono sicuri che si tratti di Alzheimer? Hai chiesto un secondo parere?» chiese.

«Si è sottoposta a screening genetico. Ha la mutazione della presenilina-1» disse John.

«È autosomica dominante?» chiese Tom.

«Sì.»

Disse qualcosa di più a Tom, ma solo con gli occhi.

«Cosa significa, papà? Cosa gli hai appena detto?» chiese Anna.

«Significa che abbiamo una probabilità del cinquanta per cento di sviluppare l'Alzheimer» disse Tom.

«E il mio bambino?»

«Non sei ancora incinta» ribatté Lydia.

«Anna, se tu hai la mutazione, sarà lo stesso anche per tuo figlio. Ogni figlio avrà una probabilità del cinquanta per cento di ereditarla» disse Alice.

«Allora cosa dobbiamo fare? Sottoporci a controlli?» chiese Anna.

«Potresti farlo» disse Alice.

«Oh mio Dio, e se ce l'ho? Allora potrebbe averlo anche il mio bambino.»

«Probabile che se mai uno dei nostri figli ne avesse bisogno, nel frattempo avranno trovato una cura» disse Tom.

«Ma non in tempo per noi, è questo che stai dicendo? Così i miei figli staranno bene, mentre io sarò uno zombie incapace di intendere?»

«Anna, adesso basta!» scattò John.

Strinse i denti, rosso in viso. Dieci anni prima avrebbe spedito Anna in camera sua. Si limitò invece a stringere più forte la mano di Alice e fece dondolare una gamba. In più di un senso, si sentiva impotente.

«Scusa» disse Anna.

«È molto probabile che quando arriverai alla mia età ci sia qualche cura preventiva. È uno dei motivi per cui è importante sapere se hai la mutazione. Se ce l'hai potresti sottoporti alle cure molto prima che diventi sintomatica e si può sperare che non lo diventi mai» disse Alice.

«Mamma, ma al momento che tipo di cure ci sono, per te?» chiese Lydia.

«Be', mi curano con vitamine antiossidanti e aspirina, una statina, e diversi neurotrasmettitori.»

«E serviranno a impedire l'avanzata dell'Alzheimer?» chiese Lydia.

«Forse, per un po', in effetti non lo sanno per certo.»

«E per quanto riguarda i trattamenti sperimentali?» chiese Tom.

«Sto controllando adesso» rispose John.

John si era messo in contatto con clinici e scienziati di Boston che conducevano ricerche sull'eziologia dell'Alzheimer, per aggiornarsi sulle loro opinioni in merito alle relativamente promettenti terapie in fase di sperimentazione clinica. John era un biologo specializzato in cellule cancerose, non un neuroscienziato, ma non gli era poi troppo difficile comprendere la natura della furia omicida delle molecole di altri sistemi. Parlavano tutti il medesimo linguaggio: legante del recettore, fosforilazione, regolazione trascrizionale, vescicole rivestite di clatrina, secretasi. Come la tessera di appartenenza a uno dei club più esclusivi, essere di Harvard gli conferiva istantanea credibilità e accesso immediato ai più quotati luminari della comunità di ricerca sull'Alzheimer di Boston. Se un trattamento migliore era disponibile o lo sarebbe stato presto, John l'avrebbe individuato per lei.

«Ma mamma, a vederti stai benissimo. Devi aver preso la malattia davvero all'inizio, io non mi ero neppure accorto che ci fosse qualcosa che non andava» disse Tom.

«Io sì» intervenne Lydia. «Non che avesse l'Alzheimer, ma che c'era qualcosa che non andava.»

«Come?»

«Cose come rispondere sciocchezze al telefono e ripetersi spesso. Oppure non si ricorda cose che le ho detto cinque minuti prima. E a Natale non si ricordava come si fa il budino.»

«Da quanto tempo te n'eri accorta?» le chiese John.

«Da almeno un anno.»

La stessa Alice non riusciva a risalire così indietro, ma le credeva. E percepì l'umiliazione di John.

«Devo sapere se ce l'ho anch'io. Voglio fare i controlli. Voi non volete farli?» chiese Anna.

«Per quanto mi riguarda, credo che vivere con l'angoscia di non sapere se ce l'ho sarebbe peggio che sapere di averlo» disse Tom.

Lydia chiuse gli occhi. Erano tutti in attesa. Ad Alice passò per la testa l'assurda idea che si fosse messa a ripassare mentalmente la sua parte e si fosse addormentata. Dopo un fastidioso silenzio aprì gli occhi e disse la sua.

«Io non voglio saperlo.»

Lydia aveva sempre fatto tutto a modo suo.

Regnava uno strano silenzio nella William James Hall. Mancava il normale chiacchiericcio degli studenti nei corridoi che chiedevano, discutevano, scherzavano, protestavano, facevano gli sbruffoni, flirtavano. L'intervallo riservato allo studio tra la fine delle lezioni e l'inizio della sessione primaverile di esami di solito produceva un'improvvisa diserzione degli studenti dal campus e la loro segregazione nelle stanze dei dormitori e nei cubicoli della biblioteca, però mancava ancora una settimana. Molti degli studenti di psicologia cognitiva avevano in programma una giornata dedicata all'osservazione degli studi di risonanza magnetica funzionale a Charlestown. Forse era proprio quel giorno.

Qualunque fosse la ragione, Alice era ben contenta dell'opportunità per sbrigare una bella mole di lavoro senza interruzioni. Aveva deciso di non fermarsi da Jerri's per il suo tè nel tragitto verso l'ufficio, e adesso rimpiangeva di non averlo fatto. La caffeina le avrebbe fatto comodo. Diede una scorsa agli articoli dell'ultimo numero del «Linguistic Journal», preparò il testo dell'esame finale per la sua classe di motivazione ed emozione di quell'anno, e rispose a tutte le e-mail ancora in sospeso. Tutto senza uno squillo di telefono o qualcuno che bussasse alla porta.

Era di nuovo a casa prima di rendersi conto che non si era fermata da Jerri's. Aveva ancora voglia di quel tè. Andò in cucina e mise il bollitore sul fuoco. Sull'orologio del microonde vide che erano le 4.22 del mattino.

Guardò fuori della finestra. Solo buio e il suo riflesso nel vetro. Era in camicia da notte.

Ciao mamma,
l'inseminazione intrauterina non ha funzionato. Non sono incinta. Non ci sono rimasta male quanto credevo (e Charlie sembra quasi sollevato). Speriamo che anche l'altro test risulti altrettanto negativo. Per quello ho appuntamento domani. Dopo, Tom e io passeremo da voi, per farvi sapere quali sono i risultati.

Con affetto,

Anna

Le probabilità che entrambi fossero negativi alla mutazione scesero da improbabili a remote quando Alice non li vide arrivare dopo più di un'ora di ritardo rispetto al previsto. Se fossero stati entrambi negativi l'appuntamento si sarebbe concluso in fretta, con uno «state bene tutti e due», «molte grazie» e via fuori dalla porta. Forse Stephanie era semplicemente in ritardo quel giorno. Forse Anna e Tom erano rimasti in sala d'attesa più di quanto Alice avesse preventivato.

Le probabilità precipitarono da remote a infinitesimali quando finalmente entrarono in casa. Se fossero risultati entrambi negativi lo avrebbero semplicemente annunciato o sarebbe apparso chiaro, senza mezzi termini, dalla loro espressione. Invece trattennero a fatica sotto la superficie quello che sapevano mentre entravano in salotto, quasi a prolungare quanto più possibile la "vita prima che tutto questo accadesse", prima di dover rivelare l'orrenda informazione di cui erano evidentemente in possesso.

Si sedettero vicini sul divano, Tom a sinistra e Anna a destra, come facevano da piccoli sul sedile posteriore dell'auto. Tom era mancino e gli piaceva stare accanto al finestrino, ad Anna non importava stare nel mezzo. Stavano seduti ancor più vicini di quanto lo facessero allora, e quando Tom allungò la mano a stringere quella di Anna, lei non si mise a strillare: «Mamma, Tommy mi tocca!».

«Io non ho la mutazione» disse Tom.

«Io invece sì» disse Anna.

Dopo la nascita di Tom, Alice si era sentita così privilegiata per aver avuto quello che desiderava, un maschio e una femmina. C'erano voluti ventisei anni perché quel privilegio diventasse una maledizione. La facciata di stoica sopportazione genitoriale di Alice si sbriciolò, e si mise a piangere.

«Mi dispiace» disse.

«Andrà tutto bene, mamma. Come dicevi tu, troveranno una cura preventiva» disse Anna.

Quando Alice ci ripensò, più tardi, l'ironia del destino le apparve evidente. Almeno in apparenza, Anna era sembrata la più forte. Era stata lei a consolare gli altri. Eppure la cosa non la stupiva. Anna era la figlia che più le somigliava. Gli stessi capelli di Alice, la sua stessa carnagione e il suo temperamento. E la sua presenilina-1.

«Ho intenzione di insistere con la fecondazione in vitro. Ne ho già parlato con il mio medico, e faranno una diagnosi genetica preimpianto sull'embrione. Verificheranno la presenza della mutazione su una singola cellula di ciascun embrione e mi impianteranno solo quelli che non la presentano. Così avremo la certezza che i miei figli non svilupperanno la malattia.»

Era sicuramente un'ottima notizia. Ma mentre gli altri la assaporavano, per Alice il sapore cominciò a guastarsi leggermente. Nonostante il suo senso di colpa, invidiava Anna che poteva permettersi qualcosa che a lei non era toccato: salvaguardare i suoi figli. Anna non avrebbe mai dovuto sedersi davanti alla sua primogenita e guardarla mentre si sforzava di digerire la notizia che un giorno avrebbe sviluppato l'Alzheimer. Rimpianse che quel tipo di progressi nella medicina della riproduzione non fossero stati disponibili per lei. Ma in tal caso l'embrione che aveva poi prodotto Anna sarebbe stato scartato.

Secondo Stephanie Aaron, Tom era a posto, ma a vederlo non sembrava. Era pallido, scosso, fragile. Alice aveva immaginato che chiunque di loro avesse ottenuto un risultato negativo avrebbe provato sollievo, puro e semplice. Ma erano una famiglia, uniti dalla storia, dal DNA e dall'amore. Anna era la sua sorella maggiore. Era stata lei a insegnargli a schioccare le dita e a fare i palloncini con la gomma da masticare, e gli aveva sempre dato le sue caramelle per Halloween.

«Chi lo dice a Lydia?» chiese Tom.

«Glielo dico io» disse Anna.

Maggio 2004

Alice aveva pensato di darle un'occhiata la settimana dopo aver saputo la sua diagnosi, ma non lo aveva mai fatto. Biscotti della fortuna, oroscopi, tarocchi e residenze assistite non stuzzicavano il suo interesse. Per quanto le si avvicinasse un giorno dopo l'altro, non aveva fretta di sbirciare nel suo futuro. Quella mattina non era successo niente di particolare per innescare la sua curiosità o il coraggio di dare un'occhiata all'interno della casa di cura Mount Auburn Manor. Però lo fece.

L'ingresso non aveva niente di intimidatorio. Alla parete era appeso l'acquerello di un paesaggio oceanico, il pavimento era ricoperto da un tappeto orientale sbiadito e una donna dal trucco pesante e i capelli corti color liquirizia era seduta alla scrivania rivolta verso la porta d'ingresso. Un atrio che avrebbe potuto essere quello di un albergo, se non per il lieve odore di medicinali e l'assenza di bagagli, di un portiere e del normale andirivieni di clienti. Le persone che abitavano lì erano pazienti, non ospiti.

«Cosa posso fare per lei?» le chiese la donna.

«Ah, sì. Trattate pazienti con l'Alzheimer, qui?»

«Sì, abbiamo un reparto dedicato a persone con l'Alzheimer. Desidera dare un'occhiata?»

«Sì.»

Seguì la donna verso l'ascensore.

«È per un suo parente?»

«Sì, esatto» mentì Alice.

Attesero. Come la maggior parte delle persone che trasportavano, anche gli ascensori erano vecchi e lenti a rispondere.

«Che bella collana» disse la donna.

«Grazie.»

Alice si portò le mani allo sterno, sfiorando le pietre azzurre sulle ali della collana art nouveau a forma di farfalla che era appartenuta a sua madre. Lei la metteva solo in occasione di matrimoni o per il suo anniversario, e anche Alice l'aveva sempre riservata a occasioni speciali. Ma non aveva molte occasioni formali in agenda e adorava quella collana, così un giorno del mese precedente aveva provato a mettersela con un paio di jeans e una maglietta. Le stava benissimo.

E poi le piaceva avere qualcosa che le rammentasse le farfalle. Si ricordava di quella volta, aveva sei o sette anni, che in giardino si era messa a piangere per la sorte delle farfalle dopo aver scoperto che vivevano solo per pochi giorni. Sua madre l'aveva consolata spiegandole che per le farfalle non era triste e che solo perché la loro vita era breve non significava che fosse tragica. Guardandole svolazzare sotto il sole caldo tra le margherite del giardino, sua madre le aveva detto: «Vedi, hanno una vita meravigliosa». Ad Alice faceva piacere ricordarlo.

Scesero al terzo piano e percorsero un lungo corridoio rivestito di moquette, attraverso una serie di doppie porte prive di indicazioni. La donna fece un gesto vago verso le porte che si richiudevano automaticamente alle loro spalle.

«Il reparto speciale per la cura dell'Alzheimer è chiuso, vale a dire che non si possono superare queste porte se non si conosce il codice.»

Alice vide la tastiera sulla parete accanto alla porta. I numeri erano capovolti e ordinati da sinistra a destra.

«Come mai i numeri sono scritti in quel modo?»

«Oh, è per evitare che i pazienti scoprano e memorizzino il codice.»

Le sembrò una precauzione superflua. *Se potessero ricordarsi il codice non sarebbero qui, no?*

«Non so se le è già capitato con il suo parente, ma vagare irrequieti durante la notte è un comportamento comune per i malati di Alzheimer. Nel reparto i pazienti sono incoraggiati a muoversi a qualsiasi ora, purché avvenga in sicurezza e senza il rischio di perdersi. Di notte non somministriamo tranquillanti né li rinchiudiamo nelle stanze. Cerchiamo di aiutarli a mantenere quanta più libertà e indipendenza possibile. Sappiamo che è molto importante per loro e per le loro famiglie.»

Una donnina minuscola con i capelli bianchi e una vestaglietta da casa a fiori rosa e verdi si parò davanti ad Alice.

«Tu non sei mia figlia.»

«No, temo di no.»

«Ridammi i miei soldi!»

«Non li ha presi lei i tuoi soldi, Evelyn. I tuoi soldi sono in camera tua. Guarda nel primo cassetto del comò, credo che tu li abbia messi lì.»

La donna scrutò Alice con sospetto e disgusto, ma decise poi di seguire il consiglio dell'autorità e trascinò le ciabatte di spugna bianca e sudicia verso la sua stanza.

«Ha un biglietto da venti dollari che continua a nascondere perché ha paura che glielo rubino. Poi naturalmente si dimentica dove l'ha messo e accusa tutti di averglielo preso. Abbiamo cercato di convincerla a spenderlo o metterlo in banca, ma non vuole. A un certo punto si dimenticherà di averlo, e la faremo finita.»

Sfuggite all'indagine paranoica di Evelyn, proseguirono senza intralci fino alla sala comune in fondo al corridoio. C'erano diversi anziani che consumavano il pranzo seduti ai tavoli rotondi. Guardando meglio, Alice si rese conto che si trattava soprattutto di donne.

«Ci sono solo tre uomini?»

«In realtà solo due degli attuali trentadue pazienti sono uomini. Harold viene tutti i giorni per pranzare con la moglie.»

Forse ritornando alle vecchie regole dell'infanzia, i due uomini con l'Alzheimer sedevano soli allo stesso tavolo, separati dalle donne. Lo spazio tra i tavoli era ingombro di deambulatori. Molte donne erano in sedia a rotelle. Quasi tutti avevano radi capelli bianchi e occhiali dalle lenti spesse che ingrandivano gli occhi infossati, e tutti mangiavano al rallentatore. Non c'era socializzazione, nessuna conversazione, nemmeno tra Harold e sua moglie. Gli unici rumori di quel pasto venivano da una donna che cantava mentre mangiava, la puntina del suo giradischi interiore incantata sulla solita frase di *By the Light of the Silvery Moon* che ripeteva all'infinito. Senza che nessuno protestasse né applaudisse.

By the light of the silvery moon.

«Come avrà immaginato, questa è la sala per i pasti e le attività comuni. I residenti consumano qui colazione, pranzo e cena, tutti i giorni alla stessa ora. La regolarità degli orari è molto importante. Anche le attività si svolgono qui. Abbiamo le bocce e il lancio dei cerchietti, gli indovinelli, ballo e musica, e attività manuali. Stamani hanno fatto queste adorabili casette per gli uccelli. E tutti i giorni viene qualcuno a leggere i giornali ad alta voce per loro, così si tengono aggiornati sull'attualità.»

By the light

«I nostri ospiti hanno molte possibilità per tenersi occupati e arricchire il corpo e la mente.»

of the silvery moon.

«E amici e parenti sono sempre i benvenuti per venirli a trovare e prendere parte alle varie attività, e possono consumare i pasti con i loro cari.»

A parte Harold, non vide nessun altro caro. Niente mariti, mogli, figli o nipotini, nessun amico.

«Abbiamo anche personale medico altamente qualificato nel caso qualcuno dei pazienti necessiti di particolari attenzioni.»

By the light of the silvery moon.

«Avete nessun ospite che abbia meno di sessant'anni?»

«Oh, no, credo che i più giovani siano sui settanta. La media si aggira sugli ottantuno, ottantatré. È difficile vedere qualche malato di Alzheimer sotto i sessanta.»

Ne sta guardando uno proprio adesso, mia cara.

By the light of the silvery moon.

«Quanto costa tutto questo?»

«Posso fornirle un opuscolo con le informazioni complete mentre usciamo, ma la retta aggiornata a gennaio per il reparto speciale Alzheimer ammonta a duecentottantacinque dollari al giorno.»

Alice fece un rapido calcolo mentale. Circa centomila dollari all'anno. Moltiplicato per cinque, dieci, venti anni.

«Ha altre domande alle quali posso rispondere?»

By the light.

«No, grazie.»

Seguì di nuovo la sua guida fino alla doppia porta sbarrata e la osservò digitare il codice.

0791925.

Quel posto non faceva per lei.

Era una di quelle rarissime giornate di Cambridge, quel tipo di giornata quasi mitica che gli abitanti del New England sognano, ma della cui reale esistenza finiscono ogni anno per dubitare, una giornata soleggiata di primavera, con una temperatura di ventuno gradi. Una giornata di cielo azzurrissimo, da "finalmente non ci vuole il cappotto". Una giornata da non sprecare chiusa in ufficio, soprattutto avendo l'Alzheimer.

Un paio di isolati a sud-ovest dello Yard, deviò dalla solita strada per infilarsi da Ben & Jerry, con il brivido delizioso di una ragazzina che marinava la scuola.

«Vorrei un cono triplo al burro di arachidi, per favore.»

Al diavolo il colesterolo e il Lipitor.

Rimirò il suo enorme e pesante cono come se fosse un Oscar, pagò con cinque dollari e infilò il resto nella brocca per le mance, proseguendo poi verso il fiume Charles.

Molti anni prima si era convertita al frozen yogurt, apparentemente un'alternativa più salutista, e si era dimenticata quanto il gelato fosse più ricco, cremoso e soprattutto buono. Mentre leccava e camminava ripensò a quello che aveva appena visto alla casa di cura Mount Auburn Manor. Le serviva un piano migliore, che non includesse giocare a bocce con Evelyn nel reparto speciale Alzheimer. Che non costasse a John una fortuna per mantenere sana e salva una donna che non lo riconosceva più e che, per tutto quello che c'era di importante, neppure lui riconosceva. Non voleva più esserci, quando il doppio fardello emotivo e finanziario avrebbe largamente superato ogni possibile vantaggio dell'essere ancora in circolazione.

Faceva errori e si sforzava di compensarli, ma era sicura che il suo QI fosse ancora leggermente superiore alla media. E le persone con un QI standard non erano certo sull'orlo del suicidio. Be', alcune sì, ma per altre ragioni.

Nonostante la graduale erosione della memoria, il suo cervello continuava a servirla egregiamente in un'infinità di modi. In quel preciso momento, per esempio, stava mangiando il gelato senza lasciarlo colare sul cono né sulla mano, grazie a una tecnica "lecca e ruota" che le veniva automatica fin da bambina e che probabilmente era immagazzinata da qualche parte insieme con le informazioni su come si va in bicicletta e come si allacciano le scarpe. Nel frattempo era scesa dal marciapiede e stava attraversando la strada, mentre la corteccia motoria e il cervelletto risolvevano le complesse equazioni matematiche necessarie a portare il suo corpo dall'altra parte senza cadere o finire sotto un'auto di passaggio. Riconobbe il profumo soave del narciso e una fugace zaffata di curry proveniente dal ristorante indiano all'angolo. A ogni leccata avvertiva il sapore delizioso di cioccolato e burro di arachidi, dimostrando l'intatta attivazione dei percorsi di piacere del cervello, gli stessi che servivano per apprezzare del buon sesso o una bottiglia di vino pregiato.

Ma a un certo punto si sarebbe dimenticata come mangiare il gelato, come allacciarsi le scarpe e come camminare. A un certo punto i suoi neuroni del piacere sarebbero stati corrotti dall'assalto di accumuli di amiloide e lei non sarebbe più riuscita a godere delle cose che amava. A un certo punto non ne sarebbe più, semplicemente, valsa la pena.

Desiderò di avere piuttosto un cancro. Avrebbe barattato l'Alzheimer con il cancro in un batter d'occhio. Si vergognò per averlo desiderato e di sicuro era un patto inutile, ma si concesse comunque la fantasticheria. Un cancro era qualcosa contro cui potersi battere. C'erano la chirurgia, la radioterapia, la chemioterapia. La sua famiglia e la comunità di Harvard l'avrebbero sostenuta nella sua lotta e l'avrebbero considerata nobile. E se anche ne fosse stata sconfitta, alla fine, avrebbe potuto guardarli consapevolmente negli occhi e salutarli tutti prima di andarsene.

L'Alzheimer invece era una brutta bestia. Non c'erano armi che potessero abbatterlo. Prendere Aricept e Namenda era come puntare due pistoline ad acqua contro un furioso incendio. John continuava a informarsi sulle cure sperimentali, ma lei dubitava che ce ne fosse qualcuna pronta all'uso e capace di fare la differenza per il suo caso, altrimenti lui sarebbe già stato al telefono con il dottor Davis a insistere per fargliela prescrivere. Al momento, tutti i malati di Alzheimer condividevano lo stesso esito, che avessero ottantadue anni o cinquanta, che fossero pazienti della Mount Auburn Manor o titolari della cattedra di psicologia alla Harvard University. Il fuoco consumava tutto. Nessuno ne usciva vivo. E se una testa calva e un nastrino anticancro erano considerati emblemi di coraggio e speranza, il suo vocabolario difficoltoso e i ricordi annebbiati parlavano invece di instabilità mentale e demenza incombente. Chi era malato di cancro poteva contare sul sostegno della comunità. Alice si aspettava di essere emarginata. Persino le persone più istruite e meglio intenzionate tendevano a tenersi a timorosa distanza dai malati mentali. Non voleva diventare qualcuno che la gente temeva e allontanava.

Assodato che aveva davvero l'Alzheimer, che poteva contare soltanto su due medicinali del tutto inefficaci per trattarlo, che non poteva scambiare niente di tutto questo con un'altra malattia con qualche speranza di cura, allora cosa voleva? Sempre che la procedura in vitro funzionasse, voleva vivere abbastanza a lungo da tenere in braccio il bambino di Anna con la consapevolezza che era suo nipote. Voleva veder recitare Lydia in un ruolo che la rendesse orgogliosa. Voleva vedere Tom innamorato. Voleva un altro anno sabbatico con John. Voleva leggere tutti i libri che poteva prima di non essere più in grado di leggere.

Fece una risatina, sorpresa per quello che aveva appena scoperto di se stessa. Nella lista non c'era nulla che avesse a che vedere con la linguistica, l'insegnamento o Harvard. Mangiò l'ultimo pezzetto di cono. Voleva altre giornate tiepide di sole e altri coni di gelato.

E quando il fardello della malattia avesse superato il piacere di quel gelato, voleva morire. Ma avrebbe avuto la presenza di spirito, letteralmente, di riconoscere il momento in cui le due curve si sarebbero incrociate? Temeva che in futuro sarebbe stata incapace di ricordare e portare a termine quel piano. Chiedere a John o a uno dei suoi figli di aiutarla non era un'ipotesi praticabile. Non avrebbe mai addossato quel fardello a uno di loro.

Le serviva un piano che la costringesse in futuro a commettere un suicidio organizzato fin da ora. Le serviva una semplice verifica, qualcosa che fosse in grado di fare da sola tutti i giorni. Rifletté sulle domande che le avevano fatto il dottor Davis e il neuropsicologo, alle quali non era riuscita a rispondere a dicembre. Pensò a cosa voleva. Non era necessaria un'intelligenza particolarmente brillante per rispondere a nessuna di esse. Si sarebbe accontentata di vivere anche accettando qualche seria lacuna nella sua memoria a breve termine.

Sfilò il BlackBerry dalla borsetta Anna William celeste, un regalo di compleanno di Lydia. La portava sempre con sé, a tracolla sulla spalla sinistra e appoggiata al fianco destro. Era diventata un accessorio indispensabile, come la fede matrimoniale di platino e il cronometro da polso. Stava benissimo con la sua collana a farfalla. Conteneva il cellulare, il BlackBerry e le chiavi. La toglieva solo per andare a letto.

Digitò sul BlackBerry:

Alice, rispondi alle seguenti domande:

1. Che mese è?
2. Dove abiti?
3. Dov'è il tuo ufficio?
4. Quand'è nata Anna?
5. Quanti figli hai?

Se hai difficoltà a rispondere a qualcuna di queste domande apri il file "Farfalla" sul tuo computer e segui immediatamente le istruzioni che trovi.

Regolò la suoneria sulla vibrazione in modo che comparisse come appuntamento ricorrente sulla sua agenda tutte le mattine alle otto, senza scadenza. Si rese conto che il piano presentava tutta una serie di potenziali problemi, che non era certo infallibile. Si augurava solo di aprire "Farfalla" prima di diventare del tutto incapace.

Corse a lezione, quasi sicura di essere in ritardo, ma quando entrò nell'aula niente era ancora iniziato in sua assenza. Si accomodò in un posto vicino al corridoio, in quartultima fila, sulla sinistra. Qualche altro studente entrava alla spicciolata dalle porte in fondo alla sala, ma per la maggior parte la classe era già riunita e pronta. Guardò il suo orologio: le 10.05. L'orologio alla parete confermò. Piuttosto insolito. Si tenne occupata, riguardò il sommario della lezione e scorse in fretta i suoi appunti della lezione precedente. Preparò una lista delle cose da fare per il resto della giornata:

- Laboratorio
- Seminario
- Correre
- Studio per l'esame finale

Le 10.10: tamburellò con la penna al ritmo di *My Sharona*.

Gli studenti si agitavano, irrequieti. Controllavano i blocchi per gli appunti e l'orologio alla parete, sfogliavano i libri di testo e li richiudevano, accendevano computer portatili e scrivevano. Finivano i loro caffè. Scartavano rumorosamente confezioni di barrette dolci, patatine e merendine varie e mangiavano. Rosicchiavano unghie e tappi delle biro. Ruotavano il busto per guardare verso il fondo della sala, si sporgevano a consultare i colleghi seduti in altre file, alzavano le spalle e aggrottavano le sopracciglia. Sussurravano e ridacchiavano.

«Forse c'è qualche conferenziere esterno» disse una ragazza un paio di file dietro Alice.

Alice riaprì il sommario di motivazione ed emozione. Martedì 4 maggio: «Stress, impotenza e controllo (capitoli 12 e 14)». Nessun accenno a un conferenziere esterno. L'energia accumulata nella sala passò dall'aspettativa a una sgradevole dissonanza. Sembravano chicchi di popcorn su un fornello acceso. Appena ne fosse scoppiato uno gli altri l'avrebbero seguito, ma nessuno sapeva chi sarebbe stato il primo o quando. La regola formale di Harvard stabiliva che gli studenti dovevano attendere per venti minuti il docente in ritardo, dopodiché la lezione era ufficialmente cancellata. Senza timore di essere la prima ad andarsene, Alice chiuse il suo blocco, rimise il tappo alla penna e infilò il tutto nella cartella. Le 10.21: anche troppo.

Voltandosi per uscire, guardò le quattro ragazze che sedevano alle sue spalle. Tutte sollevarono gli occhi e le sorrisero, forse grate perché era stata lei ad allentare la pressione e a dare il via. Alice sollevò il polso, mostrando l'orologio come prova inconfutabile.

«Non so voi, ma io ho di meglio da fare.»

Risalì la rampa dell'auditorium e uscì dalle porte in fondo, senza voltarsi indietro.

Seduta nel suo ufficio, osservava il traffico intenso dell'ora di punta sul Memorial Drive. Una vibrazione al fianco. Erano le otto del mattino. Estrasse il BlackBerry dalla borsetta celeste.

Alice, rispondi alle seguenti domande:

1. Che mese è?
2. Dove abiti?
3. Dov'è il tuo ufficio?
4. Quand'è nata Anna?
5. Quanti figli hai?

Se hai difficoltà a rispondere a qualcuna di queste domande apri il file "Farfalla" sul tuo computer e segui immediatamente le istruzioni che trovi.

Maggio
34 Poplar Street, Cambridge, MA 02138
William James Hall, stanza 1002
14 settembre 1976
Tre

Giugno 2004

Una donna evidentemente anziana, con le unghie e le labbra rosa carico, faceva il solletico a una bimbetta sui cinque anni, con ogni probabilità la nipotina. Sembrava che entrambe si divertissero alla grande. La pubblicità diceva: «La nonna sprint prende la medicina sprint contro l'Alzheimer». Alice stava sfogliando un numero della rivista «Boston» ma non riusciva ad andare oltre quella pagina. Un odio profondo per quella donna e per quella pubblicità la saturava come un liquido ardente. Studiò la foto e le parole. In attesa che il pensiero raggiungesse quello che d'istinto aveva già capito, ma prima che avesse capito perché si sentiva così direttamente punta sul vivo, la dottoressa Moyer aprì la porta del suo studio.

«Allora, Alice, ho sentito che ha difficoltà a prendere sonno. Mi dica cosa sta succedendo.»

«Mi ci vuole più di un'ora per addormentarmi, poi di solito mi sveglio di nuovo dopo un paio d'ore e si ricomincia daccapo.»

«Quando è a letto soffre per caso di vampate o di altri disturbi fisici?»

«No.»

«Che farmaci prende?»

«Aricept, Namenda, Lipitor, vitamina C ed E e aspirina.»

«Be', purtroppo l'insonnia potrebbe essere un effetto collaterale dell'Aricept.»

«Certo, però non intendo rinunciare all'Aricept.»

«Mi dica cosa fa quando non riesce a dormire.»

«Di solito me ne sto lì distesa ad arrovellarmi. So che tutto questo è destinato a peggiorare, ma non so quando, e temo di potermi addormentare e risvegliarmi il mattino dopo senza sapere dove sono o chi sono o cosa faccio. Lo so che è irrazionale, ma ho come la sensazione che l'Alzheimer possa far fuori le mie cellule cerebrali solo quando dormo, e che finché mi mantengo sveglia, come se montassi la guardia, resterò la stessa.

So bene che è quest'ansia a tenermi sveglia, ma sembra che non possa evitarlo. Quando non riesco ad addormentarmi mi preoccupo, e allora non riesco a dormire perché sono preoccupata. È estenuante anche solo raccontarglielo.»

Quello che aveva raccontato era vero solo in parte. In effetti si preoccupava. Però continuava a dormire come una neonata.

«Questo tipo di ansia la angoscia anche in altri momenti della giornata?» chiese la dottoressa Moyer.

«No.»

«Potrei prescriverle un SSRI.»

«Non voglio prendere antidepressivi. Non sono depressa.»

In realtà forse lo era, un po' depressa. Le era stata diagnosticata una malattia fatale e incurabile. E anche a sua figlia. Aveva praticamente smesso di viaggiare, le sue lezioni un tempo stimolanti erano diventate di una noia mortale e, le rare volte che era in casa con lei, John sembrava mille miglia lontano. Quindi sì, era un po' triste.

Ma le sembrava una reazione commisurata alla situazione, non certo un motivo per aggiungere un altro farmaco, con ulteriori effetti collaterali, alla sua dose giornaliera. E non era per quello che era venuta.

«Potremmo provare con il Restoril, uno al dì prima di andare a dormire. Dovrebbe farla dormire in fretta per almeno sei ore, così non si sveglierebbe stordita la mattina dopo.»

«Vorrei qualcosa di più forte.»

Una lunga pausa.

«Preferirei che prendesse un appuntamento per tornare qui con suo marito, e allora potremmo esaminare la possibilità di prescriverle qualcosa di più forte.»

«Non riguarda mio marito. Non sono depressa e non sono disperata. Sono consapevole di quello che le sto chiedendo, Tamara.»

La dottoressa Moyer la fissò con attenzione. Alice fissò lei. Erano entrambe oltre i quaranta, più giovani che vecchie, tutt'e due donne sposate, istruite e in carriera. Alice non conosceva le convinzioni della sua dottoressa. Se necessario sarebbe andata da un altro medico. La sua demenza era destinata a peggiorare. Non poteva rimandare oltre. Rischiava di scordarsene.

Aveva provato tra sé altre battute, ma non ce ne fu bisogno. La dottoressa Moyer prese il ricettario e cominciò a scrivere.

Era di nuovo nella saletta dei test con Sarah Qualcosa, la neuropsicologa. Le si era presentata di nuovo solo un momento prima, ma Alice si era subito scordata il cognome. Non era un buon segno. La stanza però era ancora come se la ricordava da gennaio: angusta, sterile e impersonale. C'era una scrivania con sopra un iMac, due seggiole da bar e uno schedario metallico. Nient'altro. Niente finestre, niente piante, niente foto né calendari alle pareti o sulla scrivania. Nessuna distrazione, nessun possibile suggerimento, nessuna possibilità di associazioni casuali.

Sarah Qualcosa cominciò con quella che poteva passare per una conversazione quasi normale.

«Alice, quanti anni ha?»

«Cinquanta.»

«Quando li ha compiuti?»

«L'undici ottobre.»

«In che periodo dell'anno siamo?»

«Primavera, ma sembra già estate.»

«Lo so, oggi fa davvero caldo. E dove ci troviamo in questo momento?»

«Nel reparto Disturbi della memoria del Mass General Hospital di Boston, Massachusetts.»

«Può nominare i quattro oggetti raffigurati in questa immagine?»

«Un libro, un telefono, un cavallo e un'auto.»

«E cos'è questa cosa sulla mia camicia?»

«Un bottone.»

«E questa cosa sul dito?»

«Un anello.»

«Potrebbe compitare "acqua" al contrario?»

«A-U-Q-C-A.»

«Ripeta dopo di me: Chi, cosa, quando, dove, perché.»

«Chi, cosa, quando, dove, perché.»

«Può sollevare la mano, chiudere gli occhi e aprire la bocca?»

Lo fece.

«Alice, quali erano i quattro oggetti della figura che ha nominato poco fa?»

«Un cavallo, un'auto, un telefono e un libro.»

«Benissimo. Per favore, scriva una frase qui sopra.»

Non riesco a credere che un giorno non riuscirò più a fare tutto questo.

«Bravissima. Adesso cerchi di elencarmi tutte le parole che le vengono in mente che cominciano con la lettera S.»

«Sarah, subito, stupido, suono. Sopravvivere, studio. Sesso. Serio. Subito. Ops, l'avevo già detto. Solo. Spaventato.»

«Adesso elenchi quante più parole possibili che comincino con la lettera F.»

«Farfalla. Fiore. Fuoco. Flotta, fatto, fiocco. Fica.» Rise, stupita di se stessa. «Mi scusi per l'ultima.»

Scusi comincia con S.

«Va benissimo, la sento dire spesso.»

Alice si chiese quante parole sarebbe riuscita a snocciolare un anno prima. Si chiese quante parole al minuto era considerato normale.

«Adesso nomini quante più verdure le vengono in mente.»

«Asparagi, broccoli, cavolfiore. Porro, cipolla. Peperoni. Peperoni. Basta, non me ne vengono in mente altre.»

«E per concludere, mi elenchi quanti più animali a quattro zampe riesce.»

«Cani, gatti, leoni, tigri, orsi. Zebre, giraffe. Gazzelle.»

«Adesso mi legga ad alta voce questa frase.»

Sarah Qualcosa le porse un foglio di carta.

«Martedì 2 luglio a Santa Ana, in California, un incendio ha costretto alla chiusura il John Wayne Airport lasciando a terra trenta viaggiatori, tra cui sei bambini e due vigili del fuoco» lesse Alice.

Era un brano della New York University, un test per misurare la memoria dichiarativa.

«Adesso mi ripeta quanti più dettagli riesce a ricordare a proposito del brano che ha appena letto.»

«Martedì 2 luglio a Santa Ana, in California, un incendio ha lasciato a terra trenta persone in un aeroporto, tra cui sei bambini e due vigili del fuoco.»

«Ottimo. Adesso le mostrerò una serie di cartoncini con delle figure e lei dovrà dirmi cosa rappresentano.»

Il Boston Naming Test.

«Valigetta, girandola, telescopio, igloo, clessidra, rinoceronte.» *Animale a quattro zampe.* «Racchetta. Oh, aspetti, quello lo so cos'è, è un supporto per i rampicanti, un graticcio? No, un pergolato! Fisarmonica, pretzel, sonaglio. Oh, aspetti anche qui. Ne abbiamo uno in giardino, al Cape. Si mette tra due alberi e ci si corica sopra... una sdraio, no; una branda, nemmeno. Oddio, comincia per A ma non mi viene.»

Sarah Qualcosa prese un appunto sulla sua scheda di valutazione. Alice avrebbe voluto far presente che la sua dimenticanza poteva essere un normalissimo blocco, non necessariamente un sintomo di Alzheimer. Persino agli studenti universitari perfettamente sani capitavano di norma un paio di lapsus alla settimana.

«Va bene, continuiamo.»

Alice attribuì un nome a tutte le altre figure senza difficoltà, ma ancora non riusciva ad attivare il neurone che codificava il nome mancante di quell'aggeggio di rete per stendersi. Quello che avevano loro era teso tra due abeti rossi del giardino di Chatham. Alice ricordava diversi sonnellini pomeridiani con John, il piacere dell'ombra rinfrescata dalla brezza, l'incavo della sua spalla come cuscino, l'odore familiare dell'ammorbidente sulla camicia mescolato ai profumi estivi della sua pelle bruciata dal sole e salata di oceano, che la pervadevano a ogni inalazione. Ricordava tutto quanto, ma non il maledettissimo nome che iniziava per A di quella cosa su cui si adagiavano.

Si sottopose alla ricostruzione di figure WAIS-R, alle Matrici progressive di Raven, alla Rotazione mentale di

Luria, allo Stroop, alla copia e riproduzione di figure geometriche. Controllò l'orologio. Era in quella stanzetta da circa un'ora.

«Bene, Alice, adesso voglio che ripensi a quel brano che abbiamo letto prima. Cosa può dirmi in proposito?»

Deglutì per cacciare giù il panico che invece si insediò, massiccio e ingombrante, appena sopra il diaframma, rendendole difficoltosa la respirazione. O il percorso fino ai dettagli della storia era impraticabile, oppure le mancava l'energia elettrochimica per bussare sui neuroni che la racchiudevano con forza sufficiente a farsi sentire. Fuori da quel bugigattolo poteva controllare le informazioni mancanti sul suo BlackBerry. Poteva rileggere le mail e scriversi dei promemoria sui post-it. Poteva contare sul rispetto che la sua posizione a Harvard le garantiva. Fuori da quella minuscola stanza poteva nascondere i percorsi invalicabili e l'indebolimento dei segnali neurali. E pur sapendo che quei test servivano proprio a svelare a cosa non aveva più accesso, si sentì colta di sorpresa e in imbarazzo.

«In effetti non mi ricordo molto.»

Eccolo, il suo Alzheimer nudo e crudo sotto la luce fluorescente, in bella mostra affinché Sarah Qualcosa potesse esaminarlo e giudicarlo.

«Va tutto bene, mi dica quello che ricorda, qualunque cosa.»

«Allora, riguardava un aeroporto, credo.»

«La storia si svolgeva di domenica, lunedì, martedì o mercoledì?»

«Non ricordo.»

«Allora tiri a indovinare.»

«Lunedì.»

«Si trattava di un uragano, un'alluvione, un incendio o una valanga?»

«Un incendio.»

«La storia si svolgeva in aprile, maggio, giugno o luglio?»

«Luglio.»

«Quale aeroporto era stato chiuso: John Wayne, Dulles o LAX?»

«LAX.»

«Quanti viaggiatori erano rimasti a terra: trenta, quaranta, cinquanta o sessanta?»

«Non lo so, sessanta.»

«Quanti bambini erano rimasti a terra: due, quattro, sei, otto?»

«Otto.»

«Chi altro era rimasto a terra: due vigili del fuoco, due poliziotti, due uomini d'affari o due insegnanti?»

«Due vigili del fuoco.»

«Brava, qui abbiamo finito. Adesso la accompagnerò dal dottor Davis.»

Brava? Possibile che si fosse ricordata la storia senza sapere di saperla?

Entrò nell'ufficio del dottor Davis e la sorprese trovare John già installato sulla sedia rimasta vistosamente vuota nel corso delle due visite precedenti. Adesso c'erano tutti: Alice, John e il dottor Davis. Non riusciva a credere che tutto questo accadesse davvero, di essere una donna malata che il marito accompagnava alla visita dal neurologo. Si sentiva quasi il personaggio di una commedia, la donna con l'Alzheimer. Il marito teneva in grembo il copione. Solo che non era un copione ma il *Questionario delle attività quotidiane*. (*Interno dello studio medico. Il neurologo siede di fronte al marito della donna. Entra la donna.*)

«Alice, si accomodi. Ho avuto qualche minuto di conversazione con John.»

John giocherellava con la fede matrimoniale e faceva ballare la gamba destra. Le loro sedie si toccavano, e il movimento faceva vibrare anche la sua. Che cosa si erano detti? Avrebbe voluto parlare con John in privato, prima di cominciare, per capire cos'era successo prima e concordare le loro versioni. E avrebbe voluto dirgli di smettere di farla ballonzolare.

«Come si sente?» chiese il dottor Davis.

«Bene.»

Le sorrise. Era un sorriso gentile, che smussò gli spigoli della sua inquietudine.

«Ottimo, e come va la memoria? Ci sono state altre difficoltà o si sono verificati altri cambiamenti dall'ultima volta che è stata qui?»

«Be', direi che faccio più fatica a tenere traccia dei miei impegni. Devo fare riferimento di continuo al BlackBerry e alle mie liste. E detesto parlare al telefono. Se non vedo la persona con la quale sto parlando, faccio molta fatica a seguire la conversazione. Di solito mi perdo quello che stanno dicendo mentre cerco di star dietro alle parole nella mia testa.»

«E per quanto riguarda il disorientamento? Le è ancora capitato di sentirsi persa o confusa?»

«No. Be', qualche volta faccio fatica a capire che momento della giornata è, anche guardando l'ora, ma alla fine ci arrivo. Una volta sono andata in ufficio credendo che fosse mattino e finché non sono tornata a casa non mi sono resa conto che era piena notte.»

«Hai fatto questo?» chiese John. «E quando?»

«Non so di preciso, mi pare il mese scorso.»

«Io dov'ero?»

«Dormivi.»

«Com'è che lo vengo a sapere soltanto adesso, Ali?»

«Non lo so, mi sono scordata di dirtelo?»

Sorrise, ma non sembrò fargli effetto. Semmai sembrava più preoccupato.

«Questo genere di confusione e il vagabondare notturno sono piuttosto comuni, ed è probabile che si ripeterà ancora. Potreste considerare l'idea di appendere una campanella alla porta d'ingresso, o qualcosa che possa svegliare John se viene aperta nel cuore della notte. E dovrebbe anche registrarsi al programma "Ritorno sicuro" dell'Associazione malati di Alzheimer. Credo costi sui quaranta dollari e le daranno un bracciale di identificazione con un codice personale.»

«Ho "John" memorizzato sul cellulare, che mi porto sempre appresso in questa borsetta.»

«Brava, va benissimo, ma se dovesse scaricarsi o se John non fosse raggiungibile e lei si perde?»

«Che ne dice di un foglio da tenere in borsa con il mio nome, quello di John, il nostro indirizzo e i numeri di telefono?»

«Tutte cose che funzionano, purché le abbia sempre con sé. Potrebbe dimenticarsi di prendere la borsetta. Al braccialetto invece non dovrebbe pensarci.»

«È una buona idea» disse John. «Se lo metterà.»

«Come va con le medicine? Prende tutte le sue dosi?»

«Sì.»

«Problemi con gli effetti collaterali, nausea, capogiri?»

«No.»

«A parte la notte in cui è andata in ufficio, ha difficoltà a dormire?»

«No.»

«Continua a fare esercizio regolarmente?»

«Sì, continuo a correre, di solito circa otto chilometri al giorno.»

«Corre anche lei, John?»

«No, vado e torno dal lavoro a piedi, direi che è tutto.»

«Credo che sarebbe una buona idea andare a correre con lei. Nei modelli sperimentali ci sono dati convincenti che suggeriscono come il semplice esercizio fisico possa rallentare l'accumulo di beta-amiloide e il declino cognitivo.»

«Ho visto quegli studi» disse Alice.

«Bene, allora continui con la corsa. Ma preferirei che corresse con un compagno: così non dovrà preoccuparsi di perdersi o di non andarci perché se ne è dimenticata.»

«Andrò a correre con lei.»

John detestava correre. Giocava a squash e a tennis e di tanto in tanto faceva una partita a golf, ma non correva mai. Mentalmente, soprattutto ora, poteva di certo soverchiarla, ma fisicamente lei gli era di gran lunga superiore. Alice adorava l'idea di correre con John, ma dubitava che lui ce l'avrebbe fatta.

«Com'è il suo umore, si sente a posto?»

«In generale sì. Sono ovviamente frustrata e stanca per la fatica di star dietro a tutto. E sono preoccupata per quello che ci aspetta. Ma per il resto mi sento la stessa di prima, anzi meglio, da un certo punto di vista, da quando ne ho parlato con John e con i ragazzi.»

«L'ha già detto a qualcuno a Harvard?»

«No, non ancora.»

«È riuscita a tenere le lezioni e a rispettare tutti i suoi impegni professionali, questo semestre?»

«Sì, mi ci è voluto molto più sforzo che nei semestri precedenti, però sì.»

«Ha viaggiato da sola per andare a convegni e conferenze?»

«Ho smesso quasi del tutto. Ho annullato due conferenze universitarie e saltato un grosso convegno in aprile, e questo mese mancherò a quello che si terrà in Francia. Di solito viaggio molto nel periodo estivo, lo facciamo entrambi, ma questa volta trascorreremo l'intera estate nella nostra casa di Chatham. Ci andremo dal mese prossimo.»

«Bene, sembrerebbe perfetto. D'accordo, direi che per l'estate siete sistemati. Credo che dovreste cominciare a pensare al modo di dirlo a quelli di Harvard, magari escogitando un sistema indolore per tirarsi fuori dal lavoro, e direi che viaggiare da sola sia ormai fuori questione.»

Annuì. Temeva l'arrivo di settembre.

«Ci sono anche alcune questioni legali da prendere in esame, direttive da preparare come deleghe e testamento biologico. Ha mai riflettuto sulla possibilità di donare il suo cervello per la ricerca?»

Ci aveva pensato. Aveva immaginato il proprio cervello, prosciugato dal sangue, sotto formalina e colorato come il pongo da bambini, in mano a qualche studente di medicina. L'insegnante gli avrebbe indicato i vari solchi e giri, localizzando la corteccia somatosensoria, la corteccia uditiva e quella visiva. L'odore dell'oceano, il suono delle voci dei suoi figli, le mani e il viso di John. Oppure se lo immaginava ridotto in sottili sezioni coronali, come un prosciutto pregiato, e adagiato su vetrini da laboratorio. In quel caso i ventricoli dilatati sarebbero apparsi in tutta la loro evidenza. Gli spazi vuoti in cui un tempo lei aveva dimorato.

«Sì, vorrei farlo.»

John rabbrividì.

«Bene, allora le farò compilare i moduli prima che se ne vada. John, potrei vedere quel questionario che ha in mano?»

Cos'ha scritto di me? Non ne avevano mai parlato.

«Quand'è che Alice le ha detto della diagnosi?»

«Appena dopo averlo saputo da lei.»

«Bene, a suo parere come sta procedendo da allora?»

«Piuttosto bene, direi. Confermo quello che ha detto delle telefonate. Ormai non risponde più al telefono. Aspetta che risponda io, o lascia partire la segreteria.

È sempre incollata al suo BlackBerry, in modo quasi compulsivo. A volte, la mattina prima di uscire di casa lo controlla ogni due minuti. È un po' duro da digerire.»

Sembrava che trovasse sempre più difficile guardarla. Quando accadeva, lo faceva con occhio clinico, come se lei fosse uno dei suoi topi da laboratorio.

«Nient'altro, qualcosa che Alice non ha menzionato?»

«Non mi viene in mente altro.»

«Cosa mi dice del suo umore e del carattere, ha notato qualche cambiamento?»

«No, è la stessa. Un po' sulla difensiva, forse. E più silenziosa, difficile che sia lei a dare il via a una conversazione.»

«E lei come si sente?»

«Io? Bene.»

«Ho degli opuscoli informativi da consegnarle, sul nostro gruppo di sostegno per parenti e badanti. La nostra assistente sociale incaricata è Denise Daddario. Dovrebbe prendere un appuntamento con lei e farle sapere come procede.»

«Un appuntamento per me?»

«Sì.»

«Ma io non ne ho bisogno, davvero. Sto bene.»

«D'accordo. Be', sono tutte risorse a sua disposizione, qualora decidesse che possono servirle. Adesso avrei qualche domanda per Alice.»

«In realtà vorrei discutere con lei di qualche terapia aggiuntiva e di alcune sperimentazioni cliniche.»

«Certo, ne parleremo senz'altro, ma concludiamo prima l'esame di Alice. Alice, che giorno della settimana è?»

«Lunedì.»

«Quando è nata?»

«L'11 ottobre 1953.»

«Chi è il vice presidente degli Stati Uniti?»

«Dick Cheney.»

«Bene, ora le dirò un nome e un indirizzo, e lei dovrà ripetermelo. Poi le chiederò di ripetermelo nuovamente in seguito. Pronta? John Black, 42 West Street, Brighton.»

«Lo stesso dell'altra volta.»

«Sì, è il solito, molto bene. Adesso me lo può ripetere?»

«John Black, 42 West Street, Brighton.»

John Black, 42 West Street, Brighton.

John non veste mai di nero, Lydia vive sulla West Coast, Tom abita a Brighton, otto anni fa ne avevo 42.

John Black, 42 West Street, Brighton.

«Bene. Adesso può contare da uno a venti e poi da venti a uno?»

Lo fece.

«Adesso voglio che sollevi tante dita della mano sinistra quante ne corrispondono alla posizione nell'alfabeto della lettera iniziale della città in cui si trova.»

Ripeté nella mente quello che le aveva detto e poi sollevò la mano sinistra nel segno V di vittoria.

«Bene. Adesso mi può dire come si chiama questa cosa sul mio orologio?»

«Fibbia.»

«Bene. Adesso scriva su questo foglio una frase a proposito del tempo che fa oggi.»

È afoso, caldo e umido.

«Sull'altra facciata del foglio, disegni un orologio che segna le tre e quarantacinque.»

Disegnò un grosso cerchio e scrisse al suo interno i numeri delle ore, cominciando dal 12 in alto al centro.

«Ops, ho fatto il cerchio troppo grande.»

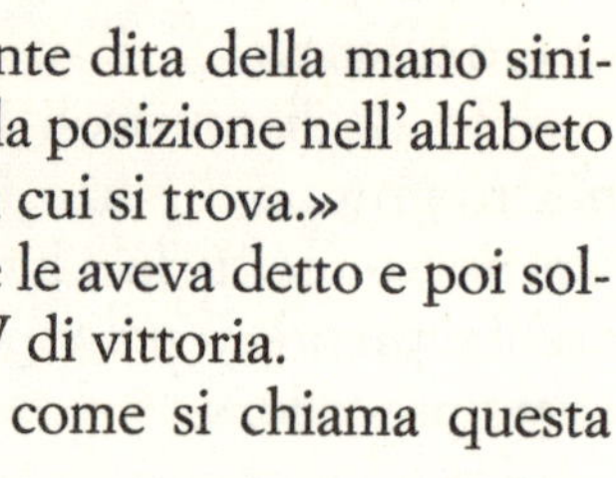

Lo cancellò con uno scarabocchio e scrisse:

3.45

«No, non digitale. Vorrei un orologio analogico» disse il dottor Davis.

«Ma sta cercando di capire se so disegnare o se sono ancora in grado di leggere l'ora? Se mi disegna lei un quadrante d'orologio, io le posso mostrare le 3.45. Non me la sono mai cavata bene con il disegno.»

A tre anni Anna adorava i cavalli e chiedeva spesso ad Alice di disegnarli per lei. Le illustrazioni di Alice ricordavano, nel migliore dei casi, dei cani-drago postmoderni, incapaci di accontentare persino l'ancora ingenua e largamente disponibile fantasia della sua piccolina. *No, mamma, non questo, disegnami un cavallo.*

«In effetti tutt'e due le cose, Alice. L'Alzheimer colpisce abbastanza presto i lobi parietali, vale a dire la sede della nostra rappresentazione interiore dello spazio extrapersonale. John, ecco perché preferirei che la accompagnasse a correre.»

John annuì. Si stavano alleando contro di lei.

«John, lo sai anche tu che non so disegnare.»

«Alice, è solo un orologio, non un cavallo.»

Sbalordita che non la difendesse, gli lanciò un'occhiataccia e inarcò le sopracciglia, concedendogli una seconda possibilità per confermare che la sua posizione era più che ragionevole. Lui si limitò a ricambiare lo sguardo, giocherellando con la fede.

«Se mi disegna un orologio, io le mostrerò le tre e quarantacinque.»

Il dottor Davis disegnò un quadrante su un nuovo foglio, e Alice aggiunse le lancette che indicavano l'ora giusta.

«Bene, ora vorrei che mi ripetesse il nome e l'indirizzo che le avevo chiesto di tenere a mente.»

«John Black, numero qualcosa West Street, Brighton.»
«Bene. Era quarantadue, quarantaquattro, quarantasei o quarantotto?»
«Quarantotto.»
Il dottor Davis scrisse una nota piuttosto lunga sul foglio con il disegno dell'orologio.
«John, potresti smettere di farmi ballare la sedia?»
«Bene, ora passiamo a esaminare le possibili cure sperimentali. Ci sono varie ricerche in corso, qui e al Brigham. Quella a mio parere più adatta a lei sta selezionando i pazienti proprio questo mese. È uno studio di fase III, il farmaco si chiama Amylix. Sembra che sia in grado di legare il beta-amiloide solubile e prevenirne l'aggregazione, quindi al contrario delle medicine che sta prendendo ora, dovrebbe impedire l'ulteriore progresso della malattia. Lo studio di fase II ha dato esiti molto incoraggianti. È ben tollerato, e dopo un anno di trattamento la funzione cognitiva dei pazienti sembra aver smesso di declinare e si nota addirittura qualche miglioramento.»
«Immagino sia controllato contro placebo» disse John.
«Certo, è uno studio controllato contro placebo, randomizzato e in doppio cieco o una dose su due.»
Quindi potrebbero anche toccarmi solo pillole di zucchero. Sospettava che il beta-amiloide se ne infischiasse altamente dell'effetto placebo o del potere dell'autosuggestione.
«Cosa ne pensa degli inibitori della secretasi?» chiese John.
Erano i preferiti di John. Le secretasi erano enzimi che rilasciavano livelli normali e innocui di beta-amiloide. La mutazione della secretasi presenilina-1 di Alice ne impediva la normale regolazione, con la conseguente produzione di livelli eccessivi di beta-amiloide. Troppo era

nocivo. Come se si fosse aperto un rubinetto che non si poteva più richiudere, la sua vasca stava per traboccare.

«Allo stadio attuale gli inibitori della secretasi si sono rivelati troppo tossici per l'applicazione clinica o...»

«E il Flurizan?»

Il Flurizan era un antinfiammatorio come l'Advil. Secondo la Myriad Pharmaceuticals diminuiva la produzione di beta-amiloide 42. Meno acqua nella vasca.

«Sì, c'è molto interesse a riguardo. È in corso uno studio di fase II, ma solo in Canada e nel Regno Unito.»

«E se Alice prendesse il flurbiprofen?»

«Non disponiamo ancora di dati che ci permettano di stabilire la sua efficacia nel trattamento dell'Alzheimer. Se dovesse decidere di non entrare in un trial clinico, direi che male non fa. Ma se vuole far parte della sperimentazione, il flurbiprofen verrebbe considerato un trattamento sperimentale per l'Alzheimer, e prenderlo la escluderebbe dal trial.»

«Capisco. E l'anticorpo monoclonale di Elan?» chiese John.

«Non male, ma è ancora in fase I e l'arruolamento di volontari è chiuso. Se anche passasse il controllo, è poco probabile che la fase II inizi prima della primavera ventura, e vorrei inserire Alice in una sperimentazione il più presto possibile.»

«Ha mai sottoposto qualcuno a terapia IVIg?» chiese John.

Gli piaceva l'idea di quella terapia. Derivata dal plasma sanguigno di donatori, l'immunoglobulina intravenosa era già approvata e in uso per trattare le immunodeficienze primarie e un certo numero di disturbi neuromuscolari autoimmuni. Sarebbe stata costosa e non rimborsabile dalla loro assicurazione sanitaria per via dell'applicazione off-label, ma non era una questione di prezzo, se avesse funzionato.

«Non l'ho mai sperimentata su un paziente. Niente in contrario, ma non conosciamo ancora l'esatto dosaggio, ed è un metodo poco mirato e rudimentale. Mi aspetterei effetti poco più che modesti.»

«Accetteremmo anche effetti modesti» disse John.

«D'accordo, ma dovete capire che si tratta di fare una scelta. Se decidete di procedere con la terapia IVIg, Alice non potrà rientrare in nessuno degli altri trial con terapie potenzialmente più specifiche ed efficaci per la sua malattia.»

«Però avrebbe la sicurezza di non ritrovarsi nel gruppo placebo.»

«Questo è vero. Entrambe le decisioni presentano dei rischi.»

«Dovrei smettere di prendere Aricept e Namenda per partecipare alla sperimentazione clinica?»

«No, continuerebbe a prenderli.»

«Posso sottopormi alla terapia ormonale sostitutiva?»

«Sì, ci sono sufficienti prove sperimentali che suggeriscono una sua limitata efficacia protettiva, quindi le prescriverei il cerotto transdermico. Ma anche questo sarebbe considerato un farmaco da sperimentazione clinica, e non potrebbe partecipare al trial con Amylix.»

«Quanto durerebbe il trial?»

«È uno studio di quindici mesi.»

«Come si chiama sua moglie?» chiese Alice.

«Lucy.»

«Cosa vorrebbe che facesse Lucy, se si trattasse di lei?»

«Vorrei che partecipasse alla sperimentazione con Amylix.»

«Quindi quella con Amylix è l'unica che raccomanda?» chiese John.

«Sì.»

«Secondo me dovremmo fare la IVIg in combinazione con flurbiprofen e terapia ormonale» disse John.

La stanza diventò immobile e silenziosa. C'era appena stato un enorme scambio di informazioni. Alice si premette le dita sugli occhi e cercò di riflettere analiticamente sui trattamenti a sua disposizione. Fece del proprio meglio per organizzarli nella sua testa in file e colonne per confrontare i farmaci, ma lo schema immaginario non le fu d'aiuto, e lo gettò nell'altrettanto immaginario cestino. Passò allora al pensiero concettuale e arrivò a un'unica, singola immagine significativa: una rosa di pallini o un colpo singolo.

«Non deve prendere una decisione oggi. Può tornare a casa, rifletterci con calma e poi farmi sapere.»

No, non aveva bisogno di rifletterci oltre. Era una scienziata. Sapeva come rischiare il tutto per tutto senza garanzie pur di arrivare alle verità sconosciute. Come aveva già fatto tante volte nel corso degli anni per le sue ricerche, scelse il colpo singolo.

«Voglio sottopormi al trial.»

«Ali, credo che su questo dovresti fidarti di me» disse John.

«Sono ancora in grado di trarre le mie conclusioni, John. Voglio fare quel trial.»

«D'accordo, le procuro i moduli da firmare.»

(*Interno dello studio medico. Il neurologo lascia la stanza. Il marito giocherella con la fede. La donna spera in una cura.*)

Luglio 2004

«John? John? Sei in casa?»

Era certa che non ci fosse, ma in quel periodo le sue certezze erano troppo sbrindellate per mantenere il significato che avevano un tempo. Era andato da qualche parte, ma non si ricordava quando fosse uscito né per andare dove. Un salto fino al negozio a comprare il latte o il caffè? A noleggiare un film? In un caso o nell'altro sarebbe rientrato nel giro di pochi minuti. Oppure era tornato a Cambridge in auto, e allora sarebbe rimasto fuori per diverse ore o addirittura tutta la notte? O alla fine aveva deciso che non ce la faceva a sopportare quello che l'aspettava e se n'era semplicemente andato per non tornare più? No, quello non l'avrebbe mai fatto. Ne era sicura.

La loro casa di Cape Cod, costruita a Chatham nel 1990, sembrava più grande, più aperta e meno suddivisa in comparti di quella di Cambridge. Entrò in cucina. Non somigliava per niente alla cucina di città. L'effetto omogeneo di pareti e pensili bianchi, piastrelle e sgabelli bianchi era appena incrinato dai piani di lavoro di pietra saponaria e da qualche chiazza color cobalto di ceramiche e contenitori di vetro. Sembrava la pagina di un album da colorare che qualcuno avesse appena cominciato a riempire solo con un pastello blu.

I due piatti e i tovaglioli di carta usati sul tavolo a penisola mostravano le tracce di una cena a base di spaghetti al pomodoro e insalata. In uno dei bicchieri c'era un rimasuglio di vino bianco. Con la curiosità distaccata di un tecnico della scientifica raccolse il bicchiere e con le labbra verificò la temperatura del vino. Era ancora fresco. Si sentiva sazia. Guardò l'ora. Erano passate da poco le nove.

Erano a Chatham da una settimana, ormai. Gli anni precedenti, dopo una settimana lontano dalle preoccupazioni quotidiane di Harvard, sarebbe stata già perfettamente adattata ai ritmi più tranquilli che la vita al mare imponeva, e ad almeno un terzo del suo quarto libro. Ma quell'anno era stata proprio la scansione dei suoi impegni quotidiani a Harvard, per quanto fitti e stancanti, a fornirle una struttura familiare e confortante. Riunioni, convegni, orari delle lezioni e appuntamenti l'avevano guidata attraverso ogni giornata come una traccia di briciole di pane.

Lì a Chatham non c'erano orari. Dormiva fino a tardi, non c'era un'ora precisa per mangiare, e faceva tutto a orecchio. Concludeva ogni giornata con le medicine, tutte le mattine faceva il suo test di controllo, e tutti i giorni andava a correre con John. Ma questo non le forniva una struttura sufficiente. Le servivano briciole più grosse e più numerose.

Spesso non sapeva che ora fosse, e nemmeno che giorno, per quel che valeva. In più di un'occasione si era seduta per mangiare senza sapere bene quale pasto stava per consumare. Il giorno prima, quando la cameriera del Sand Bar le aveva messo davanti un piatto di frutti di mare, avrebbe accolto con il medesimo entusiasmo una porzione di frittelle dolci.

Le finestre della cucina erano aperte. Guardò fuori verso il vialetto. Niente auto. L'aria esterna conservava le ultime tracce del calore della giornata e trasportava il gracidio lontano delle rane toro, una risata femminile e la marea di Harding Beach. Lasciò un biglietto per John accanto ai piatti sporchi:

Faccio due passi sulla spiaggia. Baci, A.

Inspirò l'aria tersa della sera. Il cielo blu scuro era trapunto di stelle, con una falce di luna da cartoni animati. Non era ancora buio come in piena notte, ma comunque più buio di quanto potesse mai essere a Cambridge. Senza lampioni e lontani com'erano dalla strada principale, c'erano solo le luci delle verande, degli interni delle case, i fari di qualche auto di passaggio e la luna a illuminare quella parte della spiaggia.

A Cambridge con un buio simile si sarebbe sentita a disagio a passeggiare da sola, ma in quella piccola comunità marina e vacanziera si sentiva perfettamente al sicuro.

Non c'erano auto parcheggiate o altre persone sulla spiaggia. La polizia locale scoraggiava le attività notturne. A quell'ora non c'erano bambini urlanti né gabbiani, nessuna conversazione telefonica impossibile da ignorare, nessuna preoccupazione assillante che imponesse di muoversi in tempo per l'impegno successivo, niente di niente a infrangere quella pace.

Camminò fino alla battigia e lasciò che l'oceano le consumasse i piedi. Onde tiepide le lambirono le gambe. Al riparo del Nantucket Sound, le acque prospicienti Harding Beach erano sempre tre o quattro gradi più calde di quelle delle spiagge circostanti, che si affacciavano direttamente sul freddo Atlantico.

Si tolse prima camicia e reggiseno, poi si sfilò gonna e mutandine in un solo movimento ed entrò in mare. L'acqua, libera dalle alghe che di solito arrivavano insieme con la risacca e serica come latte, le sfiorò dolcemente la pelle. Cominciò a respirare al ritmo della marea. Mentre si muoveva piano, galleggiando supina, ammirò la scia fosforescente che le sue dita e i talloni si lasciavano dietro, come polvere di fata.

Il chiaro di luna si rifletté sul suo polso destro. RITORNO SICURO era inciso sulla superficie piatta del bracciale d'acciaio. Un numero verde, il suo codice di identificazione e l'avvertimento AFFETTO DA ALZHEIMER erano invece incisi sulla superficie opposta, all'interno.

I suoi pensieri assunsero quindi un andamento a onde, da quell'ornamento indesiderato alla collana a farfalla di sua madre, da lì ai piani per il suicidio, ai libri che avrebbe voluto leggere, fino ad arenarsi sul comune destino di Virginia Woolf ed Edna Pontellier. Sarebbe stato così facile. Avrebbe potuto mettersi a nuotare in direzione di Nantucket fino a essere troppo stanca per continuare.

Scrutò la superficie scura. Il suo corpo sano e robusto la teneva a galla, le faceva solcare l'acqua, ogni istinto in lotta per sopravvivere. D'accordo, non ricordava di aver cenato con John né dove aveva detto che sarebbe andato. E probabilmente la mattina dopo non si sarebbe ricordata di quella sera, ma al momento non si sentiva disperata. Si sentiva viva e felice.

Guardò indietro verso la spiaggia, vagamente illuminata. Una figura si stava avvicinando. Sapeva che era John prima ancora di identificarlo dall'andatura e dalla misura dei suoi passi. Non gli chiese dov'era stato e per quanto tempo. Non lo ringraziò per essere tornato. Lui non la rimproverò per essere uscita senza portarsi il cellulare, e non le chiese di uscire dall'acqua e tornare a casa. Senza una parola tra loro, John si spogliò e la raggiunse nell'oceano.

«John?»

Lo trovò che imbiancava l'interno del garage adiacente alla casa.

«È da un po' che ti stavo chiamando per tutta la casa» disse Alice.

«Ero qui fuori, non ti sentivo» disse John.

«Quando parti per il convegno?» gli chiese.

«Lunedì.»

Andava per una settimana a Philadelphia per il nono Convegno internazionale sul morbo di Alzheimer.

«E sarebbe dopo l'arrivo di Lydia, giusto?»

«Sì, lei arriva domenica.»

«Ah, bene.»

In seguito a una richiesta scritta di Lydia, la compagnia di repertorio del Monomoy Theatre l'aveva invitata come artista ospite per la stagione estiva.

«Sei pronta per andare a correre?» chiese John.

La nebbia mattutina non si era ancora diradata e l'aria era un po' troppo fresca per come era vestita.

«Vado solo a infilarmi qualcosa di più caldo.»

Una volta in casa aprì l'armadio dell'ingresso. Coprirsi nel modo più adatto all'inizio estate del Cape era sempre una sfida, con le temperature che ogni santo giorno andavano dai dieci gradi della prima mattina fino ai venticinque del primo pomeriggio, per poi precipitare di nuovo a dieci la sera, a volte accompagnati dal vento freddo che veniva dall'oceano. Ci voleva una certa creatività nel vestire e la disponibilità a togliere e aggiungere vari strati diverse volte al giorno. Sfiorò le maniche delle giacche appese. Alcune sarebbero state perfette per starsene seduti sulla spiaggia o per una passeggiata, ma erano tutte decisamente troppo pesanti per una corsa.

Si precipitò su per le scale, in camera da letto. Dopo aver frugato in diversi cassetti trovò un pile leggero e se lo infilò. Notò sul comodino il libro che stava leggendo. Lo prese e scese le scale fino alla cucina. Si versò un bicchiere di tè freddo e uscì sulla veranda posteriore. La nebbia mattutina non si era ancora diradata e faceva più fresco del previsto. Posò libro e bicchiere di tè sul tavolo circondato dalle sedie bianche di legno e rientrò in casa a prendere una coperta.

Tornò, si avvolse nella coperta, si sedette e aprì il libro alla pagina con l'orecchia. Leggere stava rapidamente diventando un'impresa faticosa. Doveva rileggere più volte le stesse pagine per mantenere la continuità della narrazione o delle argomentazioni, e se per qualche ragione interrompeva la lettura, doveva a volte tornare indietro di un intero capitolo per riprendere il filo. E poi le prendeva l'ansia per la scelta dei libri da leggere. E se non avesse avuto il tempo di leggere tutto quello che voleva? Era doloroso stabilire delle priorità, le ricordava che l'orologio continuava a ticchettare, che certe cose sarebbero rimaste in sospeso.

Aveva appena cominciato a leggere *Re Lear*. Adorava le tragedie di Shakespeare ma quella non l'aveva mai letta. Purtroppo, come stava diventando sempre più normale, si bloccò dopo pochi minuti. Rilesse la pagina precedente, seguendo con l'indice la linea immaginaria sotto le parole. Bevve tutto il bicchiere di tè e osservò gli uccelli sugli alberi.

«Eccoti. Cosa stai facendo, non dovevamo andare a correre?» chiese John.

«Ah sì, bene. Questo libro mi sta facendo impazzire.»

«Allora andiamo.»

«Oggi vai a quel convegno?»

«Lunedì.»

«Oggi che giorno è?»

«Giovedì.»

«Ah. E Lydia quando arriva?»

«Domenica.»
«Quindi prima che tu parta?»
«Sì, Ali, te l'ho appena detto. Dovresti inserirlo nel tuo BlackBerry, credo che ti farebbe sentire meglio.»
«D'accordo, scusa.»
«Pronta?»
«Sì, aspetta che vado a fare pipì prima di andare.»
«Bene, ti aspetto fuori vicino al garage.»

Posò il bicchiere vuoto sul piano vicino al lavandino e lasciò cadere coperta e libro sulla poltrona del salotto. Era pronta a muoversi, ma le sue gambe erano in attesa di ulteriori istruzioni. Cos'era venuta a fare in salotto? Ripercorse mentalmente i suoi passi: coperta e libro, bicchiere sul piano, veranda con John. Lui doveva partire per partecipare al Convegno internazionale sul morbo di Alzheimer. Forse domenica? Meglio chiederglielo, per sicurezza. Stavano per andare a correre. Fuori faceva un po' fresco. Era entrata a prendere il pile! No, non era quello. Ce l'aveva già addosso. *Al diavolo!*

Proprio mentre arrivava alla porta avvertì la sensazione di uno stimolo urgente alla vescica e si ricordò che doveva proprio fare pipì. Tornò indietro nell'ingresso e aprì la porta del bagno. Solo che con suo grande disappunto non era il bagno. Una scopa, lo spazzolone, l'aspirapolvere, uno sgabello, la cassetta degli attrezzi, lampadine, torce elettriche, candeggina. Lo sgabuzzino.

Guardò lungo il corridoio. La cucina a sinistra, il salotto a destra, fine. C'era un bagno di servizio a quel piano, ma dove? Doveva esserci. Proprio lì. Ma non c'era. Corse in cucina, ma c'era solo una porta che conduceva fuori, in veranda. Si precipitò in salotto, ma ovviamente in salotto non c'era nessun bagno. Tornò in fretta nell'ingresso e afferrò la maniglia.

«Dio ti prego, Dio ti prego, Dio ti prego.»

Spalancò la porta come un illusionista che mostra il

suo numero migliore, ma il bagno non ricomparve magicamente.

Come posso perdermi in casa mia?

Pensò di andare di sopra nel bagno principale, ma era stranamente bloccata e confusa in quella specie di terra di nessuno che era il pianterreno senza bagno. Non riusciva più a trattenerla. Provò la strana sensazione di vedersi dall'esterno, quella poveraccia dall'aria familiare che piangeva nell'ingresso. Non sembrava il pianto in qualche modo controllato di una donna adulta. Era il pianto disperato, spaventato, sconfitto e irrefrenabile di una bambina piccola.

Non c'erano solo le lacrime che non riusciva più a trattenere. John si precipitò in casa giusto in tempo per vedere l'urina che le scorreva lungo la gamba destra e le inzuppava i pantaloni della tuta, il calzino e la scarpa.

«Non guardarmi!»

«Ali, non piangere, va tutto bene.»

«Non so dove sono.»

«Va tutto bene, sei qui.»

«Mi sono persa.»

«Non ti sei persa, Ali, sei qui con me.»

John la abbracciò, cullandola dolcemente, consolandola fino a tranquillizzarla come tante volte aveva consolato i loro bambini dopo svariati acciacchi fisici e ingiustizie sociali.

«Non trovavo il bagno.»

«Va tutto bene.»

«Scusami.»

«Non devi scusarti, va tutto bene. Coraggio, adesso andiamo a cambiarci. La giornata si sta già scaldando, ti ci vuole comunque qualcosa di più leggero.»

Prima di partire per il convegno, John diede a Lydia istruzioni dettagliate sulle medicine che Alice doveva prendere, sul suo programma di corsa, sul cellulare e sul programma "Ritorno sicuro". Le lasciò anche il numero di telefono del neurologo, per ogni eventualità. Quando Alice ripensò al suo discorsetto, le sembrò molto simile a quello che facevano entrambi alle baby-sitter quando dovevano lasciare i ragazzi per qualche weekend nel Maine o in Vermont. Adesso era lei a dover essere sorvegliata. Da sua figlia.

Dopo la loro prima cena da sole allo Squire, Lydia e Alice si incamminarono lungo la Main Street, senza parlare. La fila di auto di lusso parcheggiate lungo il marciapiede, complete di biciclette e kayak sul portabagagli, piene di passeggini, sdraio da spiaggia e ombrelloni, e le targhe del Connecticut, di New York e del New Jersey in aggiunta a quelle del Massachusetts, segnalavano che la stagione estiva era ufficialmente cominciata. Famiglie al completo passeggiavano lungo i marciapiedi senza curarsi delle corsie pedonali, senza fretta e senza una meta precisa, si fermavano, tornavano indietro e indugiavano davanti alle vetrine. Come se avessero tutto il tempo del mondo.

Una breve passeggiata di una decina di minuti le allontanò dal centro affollato. Si fermarono davanti al faro di Chatham a godersi il panorama della spiaggia sottostante, prima di scendere i trenta scalini che le separavano dalla sabbia. Una modesta serie di sandali e infradito era allineata in fondo alla scala, dove qualcuno le aveva lasciate prima di loro. Alice e Lydia aggiunsero anche le loro alla fila e continuarono a camminare. Sul cartello davanti a loro c'era scritto:

ATTENZIONE: CORRENTE FORTE. Battigia soggetta a ondate improvvise e pericolose. Nessuna sorveglianza. Area pericolosa per nuoto e bagni, immersioni e sci d'acqua, tavole a vela e piccole imbarcazioni, gommoni e canoe.

—

Alice guardò e ascoltò il moto incessante delle onde che si rompevano sulla spiaggia. Non fosse stato per il colossale frangiflutti costruito al limite dei terreni delle case da milioni di dollari che si susseguivano lungo Shore Road, l'oceano avrebbe spazzato via tutte quelle costruzioni, senza simpatia e senza chiedere scusa. Immaginò il proprio Alzheimer come quell'oceano a Lighthouse Beach: inarrestabile, feroce e distruttivo. Solo che nel suo cervello non c'erano frangiflutti a proteggere dall'assalto i suoi ricordi e i suoi pensieri.

«Mi spiace di non essere potuta venire al tuo spettacolo» disse a Lydia.

«Non preoccuparti. Lo so che questa volta è dipeso da papà.»

«Non vedo l'ora di vederti in quello che farai quest'estate.»

«A-ha.»

Il sole era basso ed enorme nel cielo rosa e azzurro, pronto a tuffarsi nell'Atlantico. Passarono accanto a un uomo inginocchiato sulla sabbia che puntava la macchina fotografica verso l'orizzonte, nel tentativo di catturarne la fugace bellezza prima che svanisse con il sole.

«Il convegno al quale è andato papà è sull'Alzheimer?»

«Sì.»

«Cerca di trovare un trattamento migliore?»

«Sì.»

«Credi che lo troverà?»

Alice guardò la marea crescente che cancellava le orme sulla sabbia, demoliva un elaborato castello di sabbia decorato con conchiglie, riempiva una buca scavata qualche ora prima con le palette di plastica, ripuliva la sabbia dalla sua storia quotidiana. Invidiò le bellissime case oltre il frangiflutti.

«No.»

Alice raccolse una conchiglia. La ripulì dalla sabbia,

rivelando lo splendore madreperlaceo dell'interno e gli eleganti bordi rosati. Le piaceva la sua levigatezza, ma aveva un angolo spezzato. Pensò di ributtarla in mare ma decise di tenerla.

«Be', sono sicura che non perderebbe tempo ad andarci se non pensasse di trovare qualcosa» disse Lydia.

Due ragazze che indossavano la felpa dell'università del Massachusetts camminavano verso di loro, ridacchiando. Alice sorrise e le salutò mentre passavano.

«Vorrei che fossi andata al college» disse Alice.

«Mamma, ti prego, no.»

Riluttante a cominciare la loro settimana insieme con la solita litigata, Alice si arrese e lasciò perdere. I professori che aveva adorato e di fronte ai quali aveva fatto la figura dell'imbecille, i ragazzi che aveva amato e di fronte ai quali aveva fatto figure ancora più da imbecille, le notti in bianco prima degli esami, le lezioni, le feste, le amicizie, l'incontro con John: i ricordi di quel periodo erano vividi, perfettamente intatti e facilmente accessibili. Le si presentavano davanti quasi spavaldi, così pronti e pieni, come se non si rendessero conto della guerra in corso pochi centimetri più in là.

Ogni volta che rievocava il college, i suoi pensieri finivano invariabilmente per concentrarsi su gennaio del secondo anno. Appena due ore dopo che la sua famiglia era partita per tornare a casa dopo essere venuta a trovarla, qualcuno aveva bussato esitante alla sua porta. Alice ricordava in ogni minimo dettaglio il professore sulla soglia: l'unica ruga profonda tra le sopracciglia, la scriminatura da ragazzo in una chioma canuta da nonno, gli infeltrimenti della lana che risaltavano sul suo maglione verde bosco, il tono basso e circospetto della sua voce.

Suo padre era uscito di strada sulla Route 93 e si era schiantato contro un albero con l'auto. Probabilmente un colpo di sonno. Forse aveva bevuto troppo a cena.

Beveva sempre troppo a cena. Era in ospedale a Manchester. Sua madre e sua sorella erano morte.

«John, sei tu?»

«No, sono io. Sto ritirando gli asciugamani. Tra un po' diluvia» disse Lydia.

L'aria era afosa e pesante. Un po' di pioggia ci voleva. Per tutta la settimana il tempo aveva collaborato con giornate di sole da cartolina e temperature perfette per dormire ogni notte. Anche il suo cervello aveva collaborato per tutta la settimana. Cominciava a rendersi conto della differenza tra giornate irte di difficoltà per ritrovare ricordi e parole e bagni, e giornate in cui l'Alzheimer rimaneva silente e non interferiva. In quei giorni di tregua era la solita se stessa, quella che capiva e di cui si fidava. Riusciva quasi a convincersi che il dottor Davis e la counselor genetica si erano sbagliati, o che gli ultimi sei mesi erano stati solo un brutto sogno, un incubo, e che il mostro che da sotto il letto le artigliava le coperte non era reale.

Dal salotto, Alice osservò Lydia che ripiegava gli asciugamani e li impilava su uno degli sgabelli della cucina. Indossava una canottiera celeste con le spalline sottili e una gonna nera. Sembrava si fosse appena fatta la doccia. Alice portava ancora il costume da bagno sotto un vestitino da spiaggia sbiadito, con una fantasia di pesci.

«Devo cambiarmi?» chiese.

«Se vuoi.»

Lydia ripose le tazze pulite in un pensile e controllò l'ora. Poi tornò in salotto, raccolse riviste e cataloghi dai divani e dal pavimento, e li sistemò in ordine su un tavolino. Controllò nuovamente l'ora. Prese dalla pila una copia del «Cape Cod Magazine», si sedette sul divano e cominciò a sfogliarlo. Sembrava che cercasse di ammazzare il tempo, ma Alice non capiva perché. C'era qualcosa che non andava.

«Dov'è John?» chiese Alice.

Lydia alzò lo sguardo dalla rivista, tra il divertito e il preoccupato, o forse tutt'e due: Alice non avrebbe saputo dire.

«Dovrebbe arrivare da un momento all'altro.»

«Allora lo stiamo aspettando.»

«A-ha.»

«Dov'è Anne?»

«Anna è a Boston, con Charlie.»

«No, Anne, mia sorella: dov'è Anne?»

Lydia la fissò senza battere ciglio, tutta la sua leggerezza scomparsa.

«Mamma, Anne è morta. È morta in un incidente stradale insieme a tua madre.»

Gli occhi di Lydia non si staccarono da quelli di Alice. Alice smise di respirare e il cuore le si strinse come un pugno. Aveva testa e mani intorpidite e il mondo attorno a lei si fece buio e piccino. Inspirò una gran boccata d'aria. Le riempì la testa e le mani d'ossigeno, e le riempì il cuore impazzito di rabbia e di dolore. Cominciò a tremare e a piangere.

«No, mamma, è successo molto tempo fa, ti ricordi?»

Lydia parlava con lei, ma Alice non riusciva a capire cosa le stesse dicendo. Sentiva solo la rabbia e il dolore che le invadevano ogni cellula, il cuore straziato, le lacrime cocenti, e nella testa sentiva solo la propria voce che urlava per Anne e per sua madre.

John torreggiava su di loro, bagnato fradicio.

«Cos'è successo?»

«Chiedeva di Anne. Crede che siano appena morte.»

Le prese la testa tra le mani, le parlava cercando di calmarla. *Perché non è sconvolto anche lui? Lui lo sapeva già da prima, ecco perché, e me l'ha tenuto nascosto.* Non poteva fidarsi di lui.

Agosto 2004

Sua madre e sua sorella erano morte quando lei era al secondo anno di università. Non c'erano foto di sua madre o di Anne per riempire anche solo una pagina del loro album di famiglia. Non c'era traccia di loro alle cerimonie di diploma, al suo matrimonio, oppure con lei, John e i ragazzi in occasione di vacanze, viaggi o compleanni. Non riusciva a immaginare sua madre come una donna anziana, come sarebbe stata certamente ora, e nella sua mente Anne non era mai andata oltre l'adolescenza. Eppure era stata così sicura che sarebbero entrate in casa da un momento all'altro, non come fantasmi del passato ma vive e vegete, e che sarebbero venute a trascorrere l'estate con loro nella casa di Chatham. Un po' la spaventava essersi confusa fino a quel punto, fino ad aspettarsi, sveglia e sobria, una visita di madre e sorella defunte da anni. E ancora di più la spaventava che questo la spaventasse solo un po'.

Alice, John e Lydia erano seduti in veranda per la colazione, Lydia raccontava dei membri della sua compagnia teatrale estiva e delle prove. Ma parlava più che altro con John.

«Prima di venire qui ero totalmente intimidita, sai?

Voglio dire, dovresti vedere le loro biografie. Master in teatro alla NYU, all'Actors Studio e a Yale, esperienze a Broadway.»

«Però! Sembra un gruppo di persone molto esperte. Quanti anni hanno, di media?» chiese John.

«Oh, io sono di gran lunga la più giovane. Per la maggior parte tra i trenta e i quaranta, ma ci sono un uomo e una donna che hanno l'età tua e della mamma.»

«Così vecchi, eh?»

«Sai cosa intendo. Comunque, temevo di trovarmi completamente fuori categoria, ma la preparazione che mi sono costruita e il lavoro che ho fatto finora mi hanno dato davvero gli strumenti giusti. So esattamente quello che faccio.»

Alice ricordò di aver provato le medesime incertezze e la medesima soddisfazione durante i suoi primi mesi di docenza a Harvard.

«Di sicuro hanno tutti molta più esperienza di me, ma nessuno di loro ha studiato la tecnica Meisner. Hanno studiato tutti il Metodo Stanislavskij, ma io sono convita che la Meisner costituisca davvero l'approccio più potente per un'autentica spontaneità nella recitazione. Quindi, pur non avendo molta esperienza di scena, porto ugualmente qualcosa di unico nel gruppo.»

«È fantastico, tesoro. Probabile che sia proprio uno dei motivi per cui ti hanno presa. Ma cosa significa esattamente "spontaneità nella recitazione"?» chiese John.

Alice si era chiesta la stessa cosa ma le sue parole, invischiate in una pania di amiloide, erano rimaste indietro rispetto a quelle di John, come le succedeva spesso nelle conversazioni in tempo reale. Si limitò quindi ad ascoltare suo marito e sua figlia che chiacchieravano senza sforzo lasciandola indietro, e a osservarli come attori sul palco dalla sua sedia in platea.

Tagliò a metà il suo bagel al sesamo e ne staccò un

boccone. Senza niente sopra non le piaceva. In tavola c'erano diverse possibilità di guarnizione: marmellata di mirtilli del Maine, un vasetto di burro di arachidi, un panetto di burro su un piattino e una ciotola di burro bianco. Ma non si chiamava burro bianco. Come si chiamava? Non maionese. No, era più consistente, come il burro. Com'è che si chiamava? Lo indicò con il coltello da burro.

«John, mi potresti passare quello?»

John le porse la ciotola di burro bianco. Se ne spalmò uno spesso strato sul mezzo bagel e lo guardò. Sapeva esattamente che sapore aveva, e che le piaceva, ma non riusciva a mangiarlo finché non si fosse ricordata come si chiamava. Lydia guardò la madre che fissava il bagel.

«Crema di formaggio, mamma.»

«Giusto. Crema di formaggio. Grazie, Lydia.»

Suonò il telefono, e John rientrò in casa per rispondere. Il primo pensiero che si affacciò alla mente di Alice fu che fosse sua madre, che chiamava per avvisare che sarebbe arrivata più tardi del previsto. Il pensiero, apparentemente realistico e colorato di immediatezza, le sembrò tanto ragionevole quanto aspettarsi che John tornasse a tavola in veranda di lì a pochi minuti. Alice corresse quel pensiero impetuoso, lo sgridò e lo mise via. Sua madre e sua sorella erano morte quando frequentava il secondo anno di università. La faceva impazzire doversi sforzare di ricordarlo.

Sola con la figlia, almeno per il momento, colse l'opportunità per dire qualcosa.

«Lydia, che ne diresti di tornare a scuola per un diploma in teatro?»

«Mamma, hai capito qualcosa di quello che stavo dicendo prima? Non ho bisogno di un diploma.»

«Ho sentito ogni parola di quello che hai detto, e le ho capite tutte. Stavo riflettendo su uno scenario più vasto. Sono certa che esistono aspetti del tuo lavoro che ancora non hai esplorato, cose che potresti ancora imparare, magari anche la regia. Il punto è che un diploma ti aprirebbe comunque altre porte, nel caso dovessi mai averne bisogno.»

«E quali porte?»

«Be', per esempio un diploma ti conferirebbe le qualifiche per insegnare, se lo volessi.»

«Mamma, io voglio fare l'attrice, non l'insegnante. Quella sei tu, non io.»

«Lo so, Lydia, me l'hai sempre fatto capire molto bene. E in ogni caso non stavo pensando necessariamente a un insegnamento scolastico o universitario, anche se potresti. Pensavo che potresti tenere dei workshop proprio come quelli che hai seguito anche tu e che ti sono tanto piaciuti.»

«Mamma, scusami ma non intendo sprecare energie per pensare a quello che potrei fare se non fossi abbastanza brava da cavarmela come attrice. Non mi serve farmi venire dei dubbi su me stessa.»

«Non sto mettendo in dubbio che tu possa far carriera come attrice. Ma cosa succederebbe se un giorno decidessi di mettere su famiglia e di rallentare un po' gli impegni pur rimanendo nel giro? Tenere dei workshop come insegnante, persino da casa, sarebbe una possibilità in più. E poi non dipende solo dalle cose che conosci, ma anche da chi conosci. Pensa a tutte le possibili relazioni con compagni di studi, professori, alunni: sono sicura che c'è un nucleo di professionisti al quale semplicemente non puoi avere accesso senza un titolo di studio o una carriera dimostrabile.»

Alice si fermò, in attesa del «Sì, ma...» di Lydia, che però rimase in silenzio.

«Mi basta che ci pensi. La vita diventa sempre più complicata. È difficile trovare il modo di adattarsi quando si invecchia. Potresti parlarne con qualcuno del tuo gruppo e verificare con loro cosa significa proseguire nella carriera di attore dopo i trenta e i quaranta e oltre. Va bene così?»

«Va bene.»

Va bene. Era quanto di più vicino a un accordo fossero mai arrivate su quell'argomento. Alice cercò di pensare a qualche altro spunto di conversazione, ma non ci riuscì. Era tanto tempo, ormai, che parlavano solo di quello. Il silenzio tra loro crebbe.

«Mamma, che effetto fa?»

«Che effetto fa cosa?»

«Avere l'Alzheimer. In questo momento senti di averlo?»

«Be', so che in questo momento non sono confusa e non mi sto ripetendo, ma solo pochi minuti fa non mi veniva in mente "crema di formaggio" e non riuscivo a partecipare alla conversazione con te e tuo padre. So che è solo questione di tempo prima che mi succeda di nuovo, e gli intervalli tra i singoli episodi di questo genere diventano sempre più brevi. Mentre i problemi che incontro diventano sempre più grandi. Perciò anche quando mi sento del tutto normale so di non esserlo. Non è passato, è solo una tregua. Non mi fido di me.»

Appena finì ebbe paura di aver ammesso troppo. Non voleva spaventare sua figlia. Ma Lydia non fece una piega, mostrandosi invece interessata, e Alice si rilassò.

«Quindi te ne rendi conto quando ti succede?»

«Di solito sì.»

«Per esempio che ti stava succedendo quando non ti ricordavi il nome della crema di formaggio?»

«Conosco quello che sto cercando di ricordare, solo che il mio cervello non ci arriva. È come se tu decidessi di voler prendere quel bicchiere d'acqua ma la tua mano non lo prendesse. Glielo chiedi con gentilezza, la minacci, ma non si muove. Alla fine magari riesci a muovere la mano, ma quella afferra invece la saliera oppure rovescia il bicchiere sulla tovaglia. Oppure, quando finalmente riesci a far sì che la mano afferri il bicchiere e lo porti alle labbra, il pizzicore in gola si è placato e non hai più bisogno di bere. Il momento di sete è passato.»

«Questo somiglia a una tortura, mamma.»

«Lo è.»

«Mi dispiace tanto che tu ce l'abbia.»

«Grazie.»

Lydia si sporse sopra i piatti e i bicchieri e gli anni di lontananza e prese la mano di sua madre. Alice la strinse e sorrise. Alla fine avevano trovato qualcos'altro di cui parlare.

Alice si svegliò sul divano. Ultimamente si appisolava spesso, anche due volte al giorno. Per quanto attenzione ed energia traessero grandi benefici da quel riposo aggiuntivo, rientrare nella giornata la frastornava. Guardò l'orologio alla parete. Quattro e un quarto. Non si ricordava a che ora si era addormentata. Ricordava di avere pranzato, quello sì. Un panino, un panino di qualche tipo, con John. Doveva essere stato verso mezzogiorno. Uno spigolo duro le premeva contro il fianco. Il libro che stava leggendo. Doveva essersi appisolata mentre lo sfogliava.

Quattro e venti. Le prove di Lydia duravano fino alle sette. Si drizzò a sedere e rimase in ascolto. Sentiva i gabbiani che stridevano ad Hardings Beach e immaginò la loro caccia da spazzini, una folle corsa a trovare e divorare fino all'ultima briciola dei rifiuti lasciati da quegli umani sbadati e scottati dal sole. Si alzò e si mise in caccia anche lei, meno frenetica dei gabbiani, di John. Controllò camera da letto e studio. Guardò nel vialetto. Niente auto. Stava per imprecargli contro perché non le aveva lasciato neppure un biglietto quando lo vide, infilato sotto un magnete sulla porta del frigo.

Ali, vado a fare un giro in auto, torno presto. John

Tornò a sedersi sul divano e riprese il libro, *Ragione e sentimento* di Jane Austen, ma senza aprirlo. In effetti non aveva voglia di mettersi a leggerlo adesso. Era arrivata a metà di *Moby Dick* e l'aveva perso. Lei e John avevano rivoltato la casa senza successo. Avevano controllato persino in posti in cui solo una persona con turbe mentali avrebbe messo un libro: nel frigo e nel congelatore, in dispensa, nei cassetti del comò, nell'armadio della biancheria, nel camino. Ma non l'avevano trovato. Probabile che l'avesse dimenticato in spiaggia. Sperava di averlo lasciato in spiaggia. Se non altro era una cosa che avrebbe potuto fare anche prima dell'Alzheimer.

John si era offerto di procurargliene un'altra copia. Forse era andato in libreria. Sperava che fosse così. Se aspettava troppo a lungo rischiava di dimenticare quello che aveva già letto e avrebbe dovuto ricominciare da capo. Tutto quel lavoro. Il solo pensiero la fece sentire di nuovo stanca. Nel frattempo aveva cominciato Jane Austen, che le era sempre piaciuta. Ma quel romanzo in particolare non la prendeva.

Vagabondò di sopra, in camera di Lydia. Dei suoi tre figli, era quella che conosceva meno. Sul piano del cassettone c'erano anelli d'argento e turchesi, una collana di cuoio e un'altra di perle colorate, sparpagliate sopra una scatola di cartone. Vicino alla scatola c'erano un mucchietto di pinze per capelli e un vassoio per bruciare l'incenso. Lydia era un po' hippy.

I suoi vestiti erano sparpagliati in giro per il pavimento, alcuni piegati, la maggior parte no. Non doveva esserci rimasto molto nei cassetti. Aveva lasciato il letto sfatto. Lydia era disordinata.

Sugli scaffali della libreria erano allineati testi di poesia e di teatro: *Buonanotte mamma* di Marsha Norman, *A cena con amici* di Donald Margulies, *Proof – La prova* di David Auburn, *Un equilibrio delicato* di Edward Albee, *Antologia di Spoon River* di Edgar Lee Masters, *Agnese di Dio* di John Pielmeier, *Angel in America* di Tony Kushner, *Oleanna* di David Mamet. Lydia era un'attrice.

Prese in mano diversi libri e li sfogliò. Ognuno era di appena ottanta o novanta pagine, ciascuna delle quali conteneva poco testo. "Forse sarebbe più facile e mi darebbe più soddisfazione leggere opere teatrali. E poi ne potrei parlare con Lydia." Si tenne *Proof*.

Sul comodino c'erano il diario di Lydia, l'iPod, *Sulla recitazione* di Sanford Meisner e una foto incorniciata. Alice prese il diario. Esitò, ma solo per un attimo. Non aveva il lusso del tempo. Seduta sul letto, lesse una pagina dopo l'altra dei sogni e delle confessioni di sua figlia. Lesse di blocchi e successi alle lezioni di recitazione, di paure e speranze per le audizioni, di delusioni e gioie per le scritture. Lesse della passione e tenacia di una giovane donna.

Lesse di Malcolm. Lydia si era innamorata di lui mentre insieme recitavano scene drammatiche a lezione. Una volta aveva creduto di essere incinta, ma non lo era. Aveva provato sollievo, non era ancora pronta a sposarsi o ad avere bambini. Prima voleva trovare la sua strada nel mondo.

Alice studiò la foto incorniciata di Lydia con un uomo, probabilmente Malcolm. I loro volti sorridenti si sfioravano. Erano felici, l'uomo e la donna nella foto. Lydia era una donna.

«Ali, ci sei?» la chiamò John.

«Sono di sopra.»

Rimise diario e foto sul comodino e scese di sotto.

«Dov'eri andato?» chiese Alice.

«A fare un giro in auto.»

Aveva due sacchetti di plastica, uno per mano.

«Mi hai comprato una nuova copia di *Moby Dick*?»

«Più o meno.»

Le porse uno dei sacchetti. Era pieno di DVD: *Moby Dick* con Gregory Peck, *Re Lear* con Laurence Olivier, *Casablanca*, *Qualcuno volò sul nido del cuculo* e *Tutti insieme appassionatamente*, che erano i suoi preferiti in assoluto.

«Pensavo che questi ti dovrebbero creare meno problemi. E possiamo vederli insieme.»

Lei sorrise.

«Cosa c'è nell'altra borsa?»

Era eccitata come una bambina la mattina di Natale. John tirò fuori un pacco di popcorn da microonde e una scatola di Milk Duds ricoperti di cioccolato.

«Possiamo guardare *Tutti insieme appassionatamente*, per primo?» chiese Alice.

«Certo.»

«Ti amo, John.»

Gli gettò le braccia al collo.

«Ti amo anch'io, Ali.»

Con le mani attorno a lui, gli premette il viso sul petto come per respirarlo. Avrebbe voluto dirgli di più, dirgli quanto significasse per lei, ma non trovava le parole. John l'abbracciò più stretta. Lo sapeva. Rimasero a lungo immobili in cucina, a stringersi forte, senza dire una parola.

«Forza, tu dai il via ai popcorn, io metto il film e ci incontriamo sul divano» disse John.

«D'accordo.»

Alice andò al microonde, aprì la porta e scoppiò a ridere. Doveva ridere.

«Ho trovato *Moby Dick*!»

Alice era in piedi da un paio d'ore, da sola. Nella solitudine del primo mattino bevve del tè verde, lesse un po'. Fece yoga fuori sul prato. Nella posizione del cane con la testa in giù, si riempì i polmoni con la deliziosa aria mattutina dell'oceano, godendosi il singolare, quasi doloroso piacere dell'allungamento di tendini e glutei. Con la coda dell'occhio osservò il proprio tricipite sinistro impegnato a mantenerla in quella posizione. Solido, scolpito, bellissimo. Tutto il suo corpo era forte e bello.

Non era mai stata così in forma in vita sua. Buon cibo ed esercizio quotidiano si traducevano nella forza dei tricipiti in tensione, flessibilità delle anche, polpacci saldi e respirazione regolare per la durata di una corsa di sette chilometri. Poi, certo, c'era la mente. Inerte, riottosa, indebolita.

Prendeva Aricept, Namenda, la pillola sperimentale a sorpresa di Amylix, Lipitor, vitamina C ed E e aspirinetta. Assumeva ulteriori antiossidanti sotto forma di mirtilli, vino rosso e cioccolato fondente. Beveva tè verde. Aveva provato con il ginkgo biloba. Meditava e giocava a carte. Si lavava i denti usando la sinistra, la mano non dominante. Dormiva quando si sentiva stanca. Eppure nessuno di questi sforzi sembrava conseguire risultati visibili e quantificabili. Forse le sue capacità cognitive sarebbero notevolmente peggiorate senza l'esercizio fisico, l'Aricept o i mirtilli. Forse, se non l'avesse contrastata, la demenza avrebbe avuto il sopravvento. Forse. Ma forse tutte quelle contromisure non servivano a niente. Non c'era modo di saperlo, se non smettendo di prendere le medicine, eliminando vino e cioccolato e restandosene seduta sulle proprie chiappe per tutto un mese. Non era un esperimento che avesse voglia di azzardare.

Passò alla posizione del guerriero. Espirò accentuando l'affondo, accettando il disagio e l'ulteriore sfida alla sua concentrazione e resistenza, decisa a mantenere la posizione. Decisa a rimanere un guerriero.

John emerse dalla cucina, con i capelli ritti di chi si è appena svegliato e l'aria da zombie, ma vestito per andare a correre.

«Vuoi un caffè, prima?» chiese Alice.

«No, andiamo, lo prenderò al ritorno.»

Tutte le mattine correvano per poco più di tre chilometri lungo la Main Street verso il centro, e tornavano per la stessa strada. John aveva sviluppato un fisico più magro e definito e adesso riusciva a percorrere con disinvoltura quella distanza, ma senza godersela nemmeno per un secondo. Correva con lei, rassegnato e senza lamentarsi, ma con lo stesso zelo ed entusiasmo di chi deve pagare una bolletta o fare il bucato. E Alice lo amava per quello.

Correva dietro a lui, lasciandogli stabilire il passo, lo guardava e ascoltava come se fosse uno splendido strumento musicale: il movimento a pendolo dei suoi gomiti, gli sbuffi ritmici del respiro, la percussione delle scarpe sull'asfalto coperto di sabbia. Poi lui sputò e lei rise. Non le chiese perché.

Sulla via del ritorno lo affiancò. In uno slancio di compassione fu tentata di dirgli che non doveva più venire a correre con lei se non gli andava, che poteva fare da sola. Ma subito dopo, seguendo la direzione di John, si ritrovò a svoltare a destra verso casa in Mill Road, dove lei avrebbe voltato a sinistra. All'Alzheimer non piaceva essere ignorato.

Una volta a casa lo ringraziò, gli baciò la guancia sudata e senza neppure farsi la doccia andò da Lydia, che ancora in pigiama stava bevendo il caffè in veranda. Tutte le mattine lei e Lydia parlavano del testo teatrale che Alice stava leggendo, davanti ai fiocchi di multicereali con mirtilli o a un bagel al sesamo con *crema di formaggio* e caffè e tè. L'istinto di Alice si era rivelato corretto. Le piaceva molto di più leggere commedie piuttosto che romanzi o biografie; e parlare con Lydia di quello che aveva appena letto, che fosse la prima scena del primo atto o l'intera opera, si era dimostrato un potente mezzo per ricordarselo. Analizzando scene, personaggi e trama con Lydia, Alice verificava la profondità dell'intelligenza di sua figlia, la sua capacità di comprendere bisogni, emozioni e lotte degli esseri umani. Vedeva Lydia. E l'amava.

Quel giorno discussero di una scena di *Angels in America*. Si scambiarono con entusiasmo domande e risposte, una conversazione a due sensi, tra uguali, divertente. E senza dover competere con John per completare i suoi pensieri, Alice poteva prendersi tutto il tempo necessario e non rimaneva indietro.

«Com'è stato fare la scena con Malcolm?» chiese Alice.

Lydia la fissò come se la domanda l'avesse sbalordita.

«Cosa?»

«Tu e Malcolm non avete provato questa scena insieme a lezione?»

«Hai letto il mio diario?»

Lo stomaco di Alice si contrasse. Credeva che Lydia le avesse già parlato di Malcolm.

«Tesoro, mi dispiace...»

«Non posso credere che tu l'abbia fatto! Non ne avevi il diritto!»

Lydia spinse indietro la sedia e schizzò via, piantando Alice sola al tavolo, stupefatta e a disagio. Pochi minuti dopo, Alice sentì sbattere la porta d'ingresso.

«Non temere, le passerà» disse John.

Per tutta la mattina aveva cercato di fare altro. Aveva provato a fare le pulizie, giardinaggio, leggere, ma alla fine l'unica cosa che le era riuscita di fare bene era preoccuparsi. Aveva paura di aver commesso qualcosa di imperdonabile. Temeva di essersi appena giocata il rispetto, la fiducia e l'amore della figlia che stava appena cominciando a conoscere.

Dopo pranzo Alice e John fecero una passeggiata a Hardings Beach. Alice nuotò fino a essere troppo esausta per provare altro. Sparito il senso di costrizione allo stomaco, tornò alla sua sedia a sdraio dove rimase distesa a meditare con gli occhi chiusi.

Aveva letto che una meditazione regolare poteva incrementare lo spessore corticale e ritardarne l'assottigliamento dovuto all'età. Lydia meditava già ogni giorno e, quando Alice aveva manifestato il suo interesse, le aveva insegnato come fare. Che aiutasse a incrementare lo spessore corticale o no, ad Alice piaceva quel momento di concentrazione silenziosa, che riusciva efficacemente a mettere a tacere la cacofonia indistinta e le preoccupazioni che le si agitavano nella mente. Le dava letteralmente la pace dello spirito.

Dopo una ventina di minuti tornò a uno stato più consapevole, rilassata, energica e calda. Rientrò in acqua, questa volta solo per una rapida rinfrescata, scambiando sudore e caldo con sale e frescura. Di nuovo sulla sdraio ascoltò una donna che su una coperta poco lontano da lei stava raccontando della bellissima rappresentazione cui aveva assistito al Monomoy Theatre. Lo stomaco le si contrasse di nuovo.

Quella sera John preparò cheeseburger alla griglia e Alice pensò all'insalata. Lydia non tornò per cena.

«Di sicuro le prove si saranno prolungate più del previsto» disse John.

«Adesso mi odia.»

«Non ti odia.»

Dopo cena Alice bevve altri due bicchieri di vino rosso, e John bevve tre bicchieri di scotch con ghiaccio. Ancora niente Lydia. Dopo che Alice ebbe aggiunto la dose serale di pillole allo stomaco ancora sottosopra, si sedettero insieme sul divano con una ciotola di popcorn e una scatola di Milk Duds, a guardare *Re Lear*.

John la svegliò sul divano. Il televisore era spento e la casa era al buio. Doveva essersi addormentata prima della fine del film. In ogni caso non ricordava la fine. L'accompagnò su per le scale, in camera.

Alice si fermò accanto al letto, la mano sopra la bocca incredula, le lacrime agli occhi, l'angoscia scacciata da stomaco e mente. Il diario di Lydia era posato sul suo cuscino.

«Scusate, ho fatto tardi» disse Tom entrando.

«Bene, adesso che è arrivato Tom ci siamo tutti. Charlie e io abbiamo una notizia importante da condividere. Sono incinta di cinque settimane, due gemelli!»

Baci e abbracci e congratulazioni furono subito seguiti da domande e risposte e interruzioni e altre domande e altre risposte. Mentre la sua capacità di seguire il filo di conversazioni complesse con più partecipanti declinava, era nel frattempo cresciuta la sensibilità di Alice rispetto al non detto, al linguaggio del corpo e ai sentimenti inespressi. Una quindicina di giorni prima aveva spiegato quel fenomeno a Lydia, e la figlia le aveva confermato che era una capacità invidiabile per un attore. Le aveva detto che lei e i suoi colleghi dovevano concentrarsi molto per riuscire a staccarsi dal linguaggio verbale e lasciarsi genuinamente influenzare da quello che gli altri attori stavano facendo e provando. Alice non aveva ben compreso la distinzione, ma aveva apprezzato che Lydia considerasse il suo handicap una qualità invidiabile.

John sembrava felice ed eccitato, ma Alice si accorse che esprimeva solo in parte la felicità ed eccitazione che provava davvero, forse per rispettare l'ammonimento di

Anna che «è ancora troppo presto». Anche senza la prudenza di Anna, John era superstizioso, come la maggior parte dei biologi, e non si sarebbe azzardato a far conto su quei due pulcini prima che le uova si schiudessero. Ma non stava nella pelle. Voleva dei nipotini.

Appena sotto la felicità e l'eccitazione di Charlie, invece, Alice riusciva a distinguere uno spesso strato di nervosismo che copriva uno strato ancora più spesso di terrore. Per Alice erano entrambi visibilissimi, ma Anna sembrava non accorgersene e nessuno degli altri aveva fatto commenti. Era semplicemente il classico terrore del padre in attesa per la prima volta? Lo innervosiva la responsabilità di dover nutrire due bocche in una volta sola e di dover pagare le rette per due università? Quello avrebbe spiegato il primo strato. Era anche terrorizzato di avere, in contemporanea, due figli all'università e una moglie affetta da demenza?

Erano meravigliosi, i suoi ragazzi ormai non più ragazzi. Lydia era raggiante; si godeva la bella notizia insieme alla consapevolezza che tutta la sua famiglia era là per vederla recitare.

Il sorriso di Tom era sincero, ma Alice scorse in lui un vago disagio, occhi e guance lievemente infossati, il fisico più ossuto. Era l'università? Una ragazza? Lui si sentì osservato.

«Mamma, come ti senti?» le chiese.

«Per la maggior parte del tempo bene, direi.»

«Davvero?»

«Sì, davvero. Mi sento benissimo.»

«Sembri troppo silenziosa.»

«È che siamo in troppi a parlare e troppo in fretta» disse Lydia.

Il sorriso di Tom scomparve, e sembrò sul punto di piangere. Il BlackBerry di Alice le vibrò contro l'anca nella borsetta celeste, segnalando l'ora delle medicine serali. Aspettò qualche minuto. Non voleva prenderle proprio adesso, davanti a Tom.

«Lydia, a che ora è il tuo spettacolo domani sera?» chiese Alice con il BlackBerry in mano.

«Alle otto.»

«Mamma, non c'è bisogno che lo inserisci. Ci saremo tutti. Non è che ci scordiamo di portarti con noi» disse Tom.

«Come si intitola la commedia?» chiese Anna.

«*Proof – La prova*» rispose Lydia.

«Sei nervosa?» chiese Tom.

«Un po', perché è il debutto e perché ci sarete voi. Ma appena sul palcoscenico mi dimenticherò di tutto.»

«Lydia, a che ora comincia il tuo spettacolo?» chiese Alice.

«Mamma, l'hai appena chiesto. Non preoccuparti per questo» disse Tom.

«È alle otto, mamma» disse Lydia. «Tom, così non sei d'aiuto.»

«No, sei tu che non sei d'aiuto. Perché dovrebbe preoccuparsi di ricordare cose che non ha bisogno di ricordare?»

«Non se ne preoccuperà più appena l'avrà inserito nel BlackBerry. Lascia che lo faccia» disse Lydia.

«Be' comunque non dovrebbe dipendere da quel BlackBerry. Dovrebbe esercitare la memoria ogni volta che può» disse Anna.

«Allora quale delle due: deve memorizzare l'ora del mio spettacolo o fare affidamento su di noi?» chiese Lydia.

«Dovresti incoraggiarla a concentrarsi e a fare attenzione. Dovrebbe sforzarsi di ricordare le informazioni e non impigrirsi» disse Anna.

«Non è pigra» replicò Lydia.

«Tu e quel BlackBerry la fate impigrire. Ascolta,

mamma, a che ora è lo spettacolo di Lydia, domani?» chiese Anna.

«Non lo so. Per questo lo chiedevo a lei» rispose Alice.

«Te l'ha già detto due volte, mamma. Puoi cercare di ricordare cosa ti ha detto?»

«Anna, smettila di interrogarla» intervenne Tom.

«Lo stavo memorizzando sul mio BlackBerry, ma mi hai interrotta.»

«Non ti sto chiedendo di guardare sul BlackBerry, ti sto chiedendo di ricordare l'ora che ha detto lei.»

«Be', non mi sono preoccupata di tenerla a mente perché stavo per inserirla.»

«Mamma, pensaci per un momento. A che ora è lo spettacolo di Lydia domani?»

Non sapeva la risposta, ma sapeva che la povera Anna doveva essere rimessa al suo posto.

«Lydia, a che ora è il tuo spettacolo domani?» chiese Alice.

«Alle otto.»

«È alle otto, Anna.»

Cinque minuti prima delle otto si sistemarono ai loro posti, al centro della seconda fila. Il Monomoy Theatre era un posticino intimo, con un centinaio di posti e il palcoscenico a poco più di un metro dalla prima fila.

Alice non vedeva l'ora che si spegnessero le luci. Aveva letto il testo e ne aveva parlato a lungo con Lydia. L'aveva persino aiutata a provare le battute. Lydia interpretava Catherine, figlia di un genio matematico ormai impazzito. Alice non aspettava altro che vedere quei personaggi prendere vita davanti a lei.

Dalla primissima scena la recitazione fu ricca di sfumature, sincera e multidimensionale, e Alice si ritrovò facilmente e completamente immersa nel mondo immaginario che gli attori avevano creato. Catherine sosteneva di aver scritto una stupefacente dimostrazione matematica ma né il suo innamorato né la sorella, con cui non era più in buoni rapporti, le credevano, mettendo in dubbio la sua sanità mentale. A torturarla c'era il timore che anche lei, proprio come il padre genio, stesse perdendo la ragione. Alice provò il dolore, il senso di tradimento e la paura che lei provava. Fu magnetica dall'inizio alla fine.

Dopo, gli attori si presentarono sul proscenio. Lydia era raggiante. John le diede i fiori e un enorme e robusto abbraccio.

«Sei stata fantastica, assolutamente incredibile» le disse.

«Grazie, grazie mille. Non è un lavoro splendido?»

Anche gli altri la abbracciarono e le fecero i complimenti.

«Bravissima, davvero meravigliosa da guardare» disse Alice.

«Grazie.»

«Avremo occasione di vederla in qualche altro allestimento quest'estate?» chiese Alice.

La ragazza fissò Alice per un tempo fastidiosamente lungo prima di rispondere.

«No, è il mio unico ruolo per l'estate.»

«È qui solo per la stagione estiva?»

La domanda sembrò intristirla mentre la prendeva in considerazione. Le si riempirono gli occhi di lacrime.

«Sì, rientrerò a L.A. alla fine di agosto, ma tornerò spesso a trovare la mia famiglia.»

«Mamma, è Lydia, tua figlia» disse Anna.

Il benessere di un neurone dipende dalla sua capacità di comunicare con altri neuroni. Gli studi dimostrano che la stimolazione elettrica e chimica in entrata e in uscita sviluppa processi vitali per la cellula. I neuroni incapaci di connettersi efficacemente con altri neuroni si atrofizzano. Ormai inutile, un neurone abbandonato muore.

Settembre 2004

Anche se a Harvard iniziava ufficialmente il semestre autunnale, il tempo si atteneva strettamente alle regole del calendario romano. In quel mattino estivo di settembre si registravano già ventisei gradi appiccicosi, mentre Alice si metteva in cammino per Harvard Yard. Ogni anno, nei giorni che precedevano e seguivano le immatricolazioni, non mancava di divertirla la vista degli iscritti del primo anno evidentemente non del New England. L'autunno a Cambridge evocava immagini di foglie vibranti, raccolta di mele, partite di football, maglioni e sciarpe di lana. E se in effetti non c'era niente di strano nello svegliarsi un mattino di fine settembre e trovare le zucche coperte di brina, i primi giorni del mese erano ancora saturi del ronzio instancabile dei condizionatori d'aria alle finestre e delle discussioni infervorate e patologicamente ottimiste sui Red Sox. Eppure ogni anno eccoli, gli studenti trapiantati di fresco, che si muovevano con l'incertezza di turisti inesperti lungo i marciapiedi di Harvard Square, sempre stracarichi di troppi strati di lana e pile e troppe borse della Harvard Coop zeppe di articoli di cancelleria e felpe con il logo HARVARD. Povere matricole fradice di sudore.

Persino con la canotta bianca di cotone e una leggerissima gonna alla caviglia, Alice si sentiva sgradevolmente sudaticcia quando raggiunse l'ufficio di Eric Wellman. Direttamente sopra il suo, aveva le medesime dimensioni, il medesimo arredamento e la medesima veduta sul fiume Charles e su Boston, ma per qualche ragione sembrava più imponente e maestoso. Ogni volta che entrava nel suo ufficio si sentiva una studentessa, e la sensazione era ancora più potente quel giorno dato che era stato lui a convocarla, «per parlare un minuto».

«Com'è andata l'estate?» chiese Eric.

«Molto rilassante. E la tua?»

«Ottima, solo che è finita troppo in fretta. Ci sei mancata al convegno di giugno.»

«Lo so, anche a me è dispiaciuto non esserci.»

«Senti, Alice, volevo parlarti delle valutazioni del tuo corso dello scorso semestre, prima che comincino le lezioni.»

«Oh, non ho ancora avuto il tempo di dargli un'occhiata.»

Nel suo ufficio, da qualche parte, c'era la pila di valutazioni del suo corso di motivazione ed emozione, legate insieme con un elastico e ancora da aprire. Le valutazioni stilate dagli studenti di Harvard erano assolutamente anonime, e le potevano leggere solo il titolare del corso e il preside del dipartimento. In passato le aveva sempre lette per pura vanità. Sapeva di essere un'ottima insegnante, e le valutazioni dei suoi studenti avevano sempre concordato in pieno e senza voci discordanti. Però Eric non le aveva mai chiesto di rivederle insieme. Per la primissima volta nella sua carriera ebbe paura che l'immagine di sé riflessa dalle schede non le sarebbe piaciuta.

«Ecco, allora prendiamoci qualche minuto e guardiamole insieme adesso.»

Le porse la sua copia della raccolta di schede, con la pagina di sommario in cima.

In una scala da uno, forte disaccordo, a cinque, completamente d'accordo: L'insegnante ha condotto gli studenti a un alto livello di rendimento.

Tutti quattro e cinque.

L'attività in classe ha migliorato la comprensione della materia.

Quattro, tre e due.

L'insegnante mi ha aiutato a comprendere concetti difficili e idee complesse.

Di nuovo: quattro, tre e due.

L'insegnante ha incoraggiato domande e preso in considerazione punti di vista diversi.

Due studenti le avevano dato uno.

In una scala da uno a cinque, da scarso a eccellente, assegnare un voto complessivo di valutazione dell'insegnante.

Una maggioranza di tre. Se ricordava bene, non le era mai capitato di ricevere meno di quattro in quella categoria.

Tutta la pagina riassuntiva era cosparsa di tre, due e uno. Non cercò di illudersi che rappresentasse altro che un accurato giudizio dei suoi studenti, senza alcuna malignità. La sua capacità di insegnare aveva evidentemente sofferto più di quanto le fosse sembrato. Eppure avrebbe tranquillamente scommesso di trovarsi ancora a un livello accettabile per il dipartimento. Anche se perdeva rapidamente posizioni, era ben lontana dal fondo del barile.

Alzò lo sguardo su Eric, pronta ad affrontare la musica, forse non proprio la sua melodia preferita, ma ancora non del tutto sgradevole.

«Se non ci fosse stato il tuo nome lì sopra, non mi avrebbe fatto alcuna impressione. È un giudizio decente, non certo quello che ti si attribuisce di solito, ma niente di tragico. Sono i commenti scritti che mi sembrano preoccupanti, e ho ritenuto di dovertene parlare.»

Alice non era andata oltre la pagina riassuntiva. Lui controllò i suoi appunti e lesse a voce alta.

«"Salta lunghe parti del programma e quindi le salti anche tu, però poi si aspetta che agli esami le sappiamo."

"Sembra che non sappia le cose che insegna."

"Le lezioni in classe sono una perdita di tempo. Avrei potuto limitarmi a leggere il libro di testo."

"Ho fatto fatica a seguire le lezioni. Persino lei ci si perde. Le lezioni non si sono mai neppure avvicinate al livello del corso introduttivo."

"Una volta è venuta in classe e non ha fatto lezione. Si è semplicemente seduta per qualche minuto e poi se n'è andata. Un'altra volta ha fatto la stessa identica lezione della settimana prima. Non mi è mai passato per la testa di far perdere tempo alla dottoressa Howland, ma credo che neppure lei dovrebbe farlo perdere a me."»

Era dura stare a sentire. Era molto, molto peggio di quanto si fosse resa conto.

«Alice, noi ci conosciamo da molto tempo, non è vero?»

«Sì.»

«Perciò corro il rischio di diventare troppo diretto e personale. A casa va tutto bene?»

«Sì.»

«Si tratta di te, allora? Sei forse troppo stressata o depressa?»

«No, non è questo.»

«È un po' imbarazzante dovertelo chiedere, ma hai forse problemi di alcol o di droga?»

Adesso aveva sentito anche troppo. "Non sopporto l'idea di farmi una reputazione da drogata depressa e stressata. Essere affetta da demenza non può fare un'impressione peggiore di questo."

«Eric, ho il morbo di Alzheimer.»

Il suo viso perse ogni espressione. Era pronto a sentire che John la tradiva. Era pronto con il nome di un buon psichiatra. Era preparato a orchestrare un intervento o a farla ammettere al McLean Hospital per disintossicarsi. Ma non era preparato per quello.

«Mi è stato diagnosticato a gennaio. Lo scorso semestre ho avuto difficoltà a insegnare, ma non mi ero resa conto che fosse così evidente.»

«Mi dispiace, Alice.»

«Anche a me.»

«Non mi aspettavo questo.»

«Nemmeno io.»

«Mi aspettavo qualcosa di temporaneo, qualcosa che avresti superato. Quello che abbiamo davanti non è un problema temporaneo.»

«No, non lo è.»

Alice lo osservò riflettere. Era come un padre per tutti, nel dipartimento, protettivo e generoso, ma anche severo e pragmatico.

«I genitori sborsano quaranta bigliettoni all'anno. Non sarebbero disposti a mandarlo giù.»

No, certo che no. Non avrebbero buttato via somme astronomiche per mandare i loro figli a lezione da una malata di Alzheimer. Le pareva già di sentire la rivolta, lo scandalo che rumoreggiava al notiziario serale.

«Inoltre un paio dei tuoi studenti stanno contestando i loro voti. Temo che potrebbe solo peggiorare.»

In venticinque anni di insegnamento, nessuno aveva

mai contestato un voto dato da lei. Nemmeno uno studente.

«Credo che non dovresti più insegnare, ma intendo rispettare i tuoi programmi. Avevi in mente qualcosa?»

«Avevo sperato di poter restare per quest'anno e poi prendere il mio sabbatico, ma non mi ero resa conto fino a che punto i sintomi fossero evidenti e compromettessero le mie lezioni. Non voglio essere una cattiva insegnante, Eric. Non è quello che sono.»

«Lo so che non lo sei. E un periodo di malattia per arrivare fino al sabbatico?»

La voleva fuori, subito. Aveva una serie impressionante di pubblicazioni e prestazioni accademiche invidiabili e, quel che più contava, una cattedra. Legalmente non poteva licenziarla. Ma non era così che Alice intendeva condurre la cosa. Per quanto non volesse rinunciare alla carriera, la sua battaglia era contro l'Alzheimer, non contro Eric o la Harvard University.

«Non sono pronta ad andarmene ma concordo con te, per quanto mi spezzi il cuore credo che dovrei smettere di insegnare. Mi piacerebbe però restare come relatrice di Dan, e vorrei poter continuare a partecipare a seminari e incontri.»

Non sono più un'insegnante.

«Credo che potremo sistemare la questione. Vorrei che tu parlassi con Dan, per spiegargli quello che succede e lasciare a lui la decisione. Sarò felice di condividere con te la responsabilità di seguirlo, se questo può farvi sentire meglio. E naturalmente non dovresti prendere nuovi laureandi. Dan sarà l'ultimo.»

Non sono più una ricercatrice scientifica.

«Probabilmente non dovresti accettare inviti per discorsi in altre università o conferenze. Non credo che sarebbe una buona idea rappresentare Harvard nelle tue condizioni. Mi sono accorto che hai quasi completamente smesso di viaggiare, quindi suppongo che tu sia arrivata alla stessa conclusione.»

«Sì, infatti.»

«Come vuoi procedere per dirlo agli amministratori della facoltà e agli altri del dipartimento? Anche in questo caso intendo rispettare i tuoi programmi, qualunque essi siano.»

Stava per smettere di insegnare, studiare, viaggiare e tenere conferenze. La gente se ne sarebbe accorta. Avrebbe cominciato a fare ipotesi e mormorare e spettegolare. Avrebbe pensato che fosse una drogata depressa e stressata. Forse qualcuno lo pensava già.

«Ci penserò io ad annunciarlo. Devono saperlo da me.»

17 settembre 2004

Cari amici e colleghi,
dopo attenta valutazione e con grande tristezza ho deciso di abbandonare l'insegnamento, la ricerca e le conferenze per la Harvard University. A gennaio di quest'anno mi è stata diagnosticata una forma presenile di Alzheimer. Con tutta probabilità sono ancora allo stadio iniziale della malattia, ma ho cominciato a sperimentare impreviste lacune cognitive che mi rendono impossibile mantenermi all'altezza di quegli elevatissimi standard professionali ai quali mi sono sempre ispirata e che sono qui richiesti.

Anche se non mi vedrete più sul podio nell'auditorium delle lezioni o impegnata a scrivere nuove proposte di finanziamenti, manterrò il mio ruolo di relatrice per la tesi di Dan Maloney e continuerò a partecipare a incontri e seminari, dove è mia speranza avere un ruolo attivo e gradito.

Con tutto il mio affetto e la mia stima,

Alice Howland

La prima settimana del semestre autunnale, Marty prese le consegne dell'insegnamento di Alice. Quando lo incontrò per consegnargli il registro delle lezioni e i materiali del corso, lui l'abbracciò, le disse quello che provava e le chiese se c'era niente che potesse fare per lei. Alice lo ringraziò e gli disse che si sentiva bene. E appena ebbe ricevuto tutto quello che gli serviva per il corso, Marty uscì dal suo ufficio più in fretta che poteva.

Più o meno tutti gli altri del dipartimento seguirono lo stesso schema.

«Alice, mi dispiace tanto.»

«Non ci posso credere.»

«Non avevo idea.»

«Posso fare qualcosa per te?»

«Ma sei sicura? A vederti non si direbbe.»

«Mi dispiace tanto.»

«Mi dispiace tanto.»

Poi si dileguavano il più velocemente possibile. Erano estremamente gentili con lei quando capitava di incrociarla, ma non capitava spesso. Soprattutto per via delle loro agende fittissime, rispetto a quella di Alice ormai quasi vuota. Ma una ragione non certo insignificante era che cercavano di evitarla. Affrontare lei significava affrontare la sua fragilità mentale e l'inevitabile riflessione che, in un batter d'occhio, sarebbe potuto succedere anche a loro. Affrontarla era inquietante. Perciò finché potevano, tranne che per riunioni e seminari, la evitavano.

Quel giorno c'era il primo seminario-pranzo di Psicologia del semestre. Leslie, una dei dottorandi di Eric, era già pronta e in posizione al tavolo delle conferenze, la diapositiva iniziale già proiettata sullo schermo. *In cerca di risposte: come l'attenzione influisce sulla capacità di identificare ciò che si vede*. Alice si sentiva altrettanto pronta e in posizione, seduta a tavola in prima fila, di fronte a Eric. Cominciò a consumare il suo pranzo, un calzone alle melanzane con insalata verde, mentre Eric e Leslie parlavano e la sala si riempiva.

Dopo qualche minuto Alice si accorse che tutti i posti a sedere erano occupati tranne quello accanto a lei, e le persone avevano cominciato ad accalcarsi in piedi in fondo alla stanza. I posti a tavola erano molto ambiti, non solo perché da lì era più facile seguire la presentazione, ma perché stando seduti si potevano evitare le scomode manovre con piatto, posate, bicchiere, blocco e penna. A quanto pareva, quelle manovre erano meno scomode che sedersi accanto a lei. Almeno una cinquantina di persone affollavano la sala, persone che conosceva da molti anni, persone che aveva sempre considerato la sua famiglia.

Dan arrivò trafelato, i capelli ritti, la camicia fuori dai calzoni, con gli occhiali anziché le solite lenti a contatto. Esitò un attimo, poi filò dritto al posto accanto ad Alice e lo dichiarò suo appoggiando il blocco sul tavolo.

«Sono rimasto alzato a scrivere tutta la notte. Prendo qualcosa da mangiare e torno subito.»

Il discorso di Leslie durò per circa un'ora. Ad Alice occorse tutta la sua riserva di energia, ma lo seguì fino in fondo. Dopo aver proiettato l'ultima diapositiva e quando lo schermo rimase vuoto, Leslie diede il via al dibattito. Alice fu la prima.

«Sì, dottoressa Howland?» disse Leslie.

«Credo che le manchi un gruppo di controllo che misuri l'effettiva distraibilità dei suoi distrattori. Si potrebbe obiettare che molti di essi, per varie ragioni, passano semplicemente inosservati, e la loro presenza non è distraente in sé. Potrebbe verificare la capacità dei soggetti di accorgersi dei distrattori e allo stesso tempo prestare loro attenzione, oppure potrebbe condurre una serie in cui si scambia il distrattore con l'obiettivo.»

Attorno al tavolo furono in molti ad annuire. Dan mugugnò un assenso con la bocca piena. Leslie afferrò la penna prima ancora che Alice finisse di esporre la sua idea e attaccò a prendere appunti.

«Sì. Leslie, per cortesia, torniamo un attimo alla diapositiva dello schema sperimentale» disse Eric.

Alice si guardò attorno nella stanza. Gli occhi di tutti erano incollati allo schermo. Ascoltavano con attenzione mentre Eric elaborava il commento di Alice. Molti continuarono ad annuire. Si sentì vittoriosa e un tantino compiaciuta. Il fatto che avesse l'Alzheimer non significava che non fosse più in grado di pensare analiticamente. Il fatto che avesse l'Alzheimer non significava che non meritasse di sedere in quella sala con loro. Il fatto che avesse l'Alzheimer non significava che non fosse più degna di essere ascoltata.

Domande e risposte e ulteriori domande e risposte continuarono per diversi minuti. Alice finì il suo calzone e l'insalata. Dan si alzò e tornò con i secondi. Leslie inciampò sulla risposta a una domanda insidiosa che le aveva posto il nuovo postdoc di Marty. La sua diapositiva con lo schema della sperimentazione era proiettata sullo schermo. Alice la lesse e alzò la mano.

«Sì, dottoressa Howland?» disse Leslie.

«Credo che le manchi un gruppo di controllo che misuri l'effettiva distraibilità dei suoi distrattori. È possibile che alcuni di essi passino inosservati. Potrebbe verificare la loro distraibilità simultaneamente, oppure scambiare il distrattore con l'obiettivo.»

Era un'osservazione valida. Era, in effetti, il modo corretto di condurre la sperimentazione, e il documento non avrebbe potuto essere pubblicato senza quella verifica. Alice ne era sicura. Eppure nessun altro sembrò accorgersene. Notò che nessuno la guardava. Il loro linguaggio del corpo suggeriva imbarazzo e timore. Rilesse i dati sullo schermo. Occorreva un ulteriore controllo per l'esperimento. Il fatto che avesse l'Alzheimer non significava che non fosse più in grado di pensare analiticamente. Il fatto che avesse l'Alzheimer non significava che non sapesse di cosa parlava.

«Ah, sì, grazie» disse Leslie.

Ma non prese appunti né guardò Alice negli occhi, e non le sembrò per niente grata.

Non aveva classi alle quali insegnare, richieste di fondi da stilare, nuove ricerche da condurre, inviti per tenere conferenze. Non li avrebbe avuti mai più. Le sembrava che la parte più importante di lei, quella che aveva esaltato e lucidato regolarmente sul suo maestoso piedistallo, fosse morta per sempre. Mentre le altre parti più insignificanti e meno pregiate si inondavano di autocommiserazione, chiedendosi se valevano qualcosa senza la prima.

Guardò fuori dall'enorme vetrata e vide i corridori che percorrevano le rive tortuose del Charles.

«Avrai tempo per una corsa, oggi?» chiese.

«Forse» disse John.

Guardò anche lui fuori dalla vetrata mentre beveva il caffè. Lei si chiese cosa osservasse, se i suoi occhi erano attratti dai medesimi corridori o se vedeva invece qualcosa di completamente diverso.

«Vorrei che avessimo passato più tempo insieme» gli disse.

«In che senso? Abbiamo appena passato tutta l'estate insieme.»

«No, non l'estate, le nostre vite. Ci ho riflettuto e vorrei che avessimo passato più tempo insieme.»

«Ali, noi viviamo insieme, lavoriamo nello stesso posto, abbiamo trascorso tutta la vita insieme.»

All'inizio lo avevano fatto. Vivevano insieme, l'uno con l'altra. Ma nel corso degli anni era cambiato. Avevano permesso che cambiasse. Pensò ai loro sabbatici separati, alla suddivisione delle attività che riguardavano i ragazzi, ai viaggi, alla loro singolare dedizione al lavoro. Per molti anni avevano vissuto l'uno di fianco all'altra ma non insieme.

«Credo che ognuno di noi abbia lasciato l'altro da solo troppo a lungo.»

«Io non mi sono sentito solo, Ali. Mi piace la nostra vita, credo che sia stato un buon compromesso tra l'indipendenza per coltivare le nostre passioni e una vita in comune.»

Pensò a John che seguiva le sue passioni, le ricerche, sempre più estreme di quelle di lei. Persino quando gli esperimenti fallivano, quando i dati si rivelavano incongrui, quando le ipotesi si dimostravano errate, l'attaccamento di John a quella sua passione non vacillava mai. Per quanto fallace, persino quando lo teneva in piedi per tutta la notte a strapparsi i capelli, lui l'adorava. Il tempo, la cura, l'attenzione e l'energia che John dedicava alle sue cose l'avevano sempre ispirata a lavorare con maggiore dedizione anche alle proprie ricerche. E così aveva fatto.

«Tu non sei sola, Ali. Sono qui con te.»

John guardò l'ora e finì quello che restava del caffè.

«Devo correre a fare lezione.»

Raccolse la borsa, gettò il bicchiere di carta nel cestino e le si avvicinò. Si chinò, le prese tra le mani la testa coperta di riccioli neri e la baciò dolcemente. Lei sollevò lo sguardo su di lui e strinse le labbra in un accenno di sorriso, trattenendo le lacrime per il tempo necessario perché lui uscisse.

Avrebbe voluto essere lei la sua passione.

Rimase seduta nel suo ufficio, mentre la classe di cognitiva si riuniva senza di lei, a osservare le strisce luminose del traffico che si snodava lungo Memorial Drive. Sorseggiò il tè. Aveva l'intera giornata davanti a sé e niente da fare. La sua anca cominciò a vibrare. Le otto. Tirò fuori il BlackBerry dalla borsetta celeste.

Alice, rispondi alle seguenti domande:

1. Che mese è?
2. Dove abiti?
3. Dov'è il tuo ufficio?
4. Quand'è nata Anna?
5. Quanti figli hai?

Se hai difficoltà a rispondere a qualcuna di queste domande apri il file "Farfalla" sul tuo computer e segui immediatamente le istruzioni che trovi.

Settembre
34 Poplar Street, Cambridge
William James Hall, stanza 1002
14 settembre
Tre

Bevve il tè osservando le strisce luminose del traffico che si snodava lungo Memorial Drive.

Ottobre 2004

Si drizzò a sedere sul letto e si chiese che fare. Era buio, ancora notte fonda. Non era confusa. Sapeva che avrebbe dovuto dormire. John russava, supino al suo fianco. Ma lei non riusciva ad addormentarsi. Ultimamente aveva difficoltà a dormire per tutta la notte, probabilmente perché sonnecchiava spesso durante il giorno. O forse sonnecchiava di giorno perché non dormiva bene di notte? Era un circolo vizioso, un circolo a retroazione positiva, una vertigine frastornante dalla quale non sapeva come uscire. Forse se avesse resistito alla tentazione di pisolare di giorno sarebbe riuscita a dormire per tutta la notte, interrompendo così lo schema. Ma ogni giorno arrivava così stanca al tardo pomeriggio, che regolarmente soccombeva a un riposino sul divano. E il riposino diventava sonno.

Ricordava di aver affrontato il problema quando i suoi figli erano sui due anni. Senza il sonnellino pomeridiano diventavano fastidiosi e intrattabili prima di sera. Con il sonnellino rimanevano svegli come grilli ben oltre l'ora prevista per la nanna. Non si ricordava la soluzione.

"Con tutte le pillole che prendo ci sarebbe da aspettarsi che la sonnolenza fosse almeno uno degli effetti collaterali. Oh, un momento, avevo quella ricetta per i sonniferi."

Si alzò dal letto e scese da basso. Abbastanza sicura che non fosse lì dentro, controllò per prima la borsetta celeste, svuotandone il contenuto. Portafoglio, BlackBerry, cellulare, chiavi. Aprì il portafoglio. Carta di credito, bancomat, patente, tesserino della Harvard University, assicurazione sanitaria, venti dollari, una manciata di spiccioli.

Frugò nella ciotola bianca a forma di fungo dove tenevano la posta. Bolletta della luce, del gas, del telefono, rendiconto del mutuo, fogli di Harvard, ricevute.

Aprì e richiuse i cassetti della scrivania e lo schedario dello studio. Svuotò i cesti portariviste in salotto. Lesse un paio di pagine di «The Week» e fece un'orecchia a una pagina del catalogo J.Jill dove c'era un bel golfino. Le sarebbe piaciuto azzurro mare.

Aprì il cassetto delle cianfrusaglie. Pile, un cacciavite, nastro adesivo, biadesivo, colla, chiavi, caricabatterie assortiti, fiammiferi, e un po' di tutto. Probabile che quel cassetto non venisse riordinato da anni. Lo estrasse completamente dalle guide e ne rovesciò il contenuto sul tavolo della cucina.

«Ali, che stai facendo?» chiese John.

Alice trasalì e sollevò lo sguardo sui capelli ritti e gli occhi assonnati del marito.

«Stavo cercando...»

Guardò gli oggetti ammucchiati davanti a lei sul tavolo. Pile, un kit da cucito, colla, un metro a nastro, diversi caricabatterie, un cacciavite.

«Stavo cercando una cosa.»

«Ali, sono le tre passate. Stai facendo un casino infernale qua sotto. Non puoi cercarlo domattina?»

Il tono era spazientito. Non gli piaceva essere svegliato di soprassalto.

«Va bene.»

Tornò a letto e cercò di rammentare cosa stava cercando. Era buio, ancora piena notte. Sapeva che avrebbe dovuto dormire. John si era riaddormentato senza cerimonie e russava già. Si addormentava sempre in fretta. Anche lei, prima. Ma adesso non riusciva a dormire. Ultimamente aveva difficoltà a dormire per tutta la notte, probabilmente perché sonnecchiava spesso durante il giorno. O forse sonnecchiava di giorno perché non dormiva bene di notte? Era un circolo vizioso, un circolo a retroazione positiva, una vertigine frastornante dalla quale non sapeva come uscire.

"Oh, ma aspetta, ce l'ho un modo per dormire. Ho quelle pillole della dottoressa Moyer. Dove le avrò messe?"

Si alzò dal letto e scese da basso.

Quel giorno non c'erano incontri né seminari. Tra i libri, i periodici e la posta che trovò in ufficio non c'era niente di interessante. Dan non aveva niente di pronto da farle leggere. Non c'erano nuovi messaggi di posta. La mail quotidiana di Lydia sarebbe arrivata solo nel pomeriggio. Guardò il movimento fuori dalla sua finestra. Le auto sfrecciavano sulle curve di Memorial Drive e i corridori sfilavano sul lungofiume. Le cime dei pini ondeggiavano nel vento autunnale.

Tirò fuori tutte le cartelle dal contenitore contrassegnato con COPIE HOWLAND che stava nello schedario. Era l'autrice di più di un centinaio di pubblicazioni. Tenne tra le mani il malloppo di articoli di ricerca, commenti e recensioni, tutta una carriera troncata di pensieri e opinioni. I suoi pensieri e le sue opinioni avevano un peso. O almeno lo avevano avuto. Le mancavano la ricerca, il ragionarci sopra, discuterne, le sue idee e riflessioni, l'arte elegante della scienza.

Posò la pila di cartelle e dalla libreria estrasse il suo

Dalle molecole alla mente. Anche quello era pesante. Era il suo scritto più ambizioso, le sue parole e le sue idee fuse con quelle di John, che insieme creavano qualcosa di unico nell'universo, informavano e influenzavano le parole e le idee di altri. Aveva dato per scontato che un giorno ne avrebbero scritto un altro. Sfogliò le pagine senza che la attraessero. Non le andava di leggere neppure quello.

Controllò l'orologio. A fine giornata doveva andare a correre con John. Però mancavano ancora troppe ore. Decise di correre fino a casa.

Casa loro era a meno di due chilometri dall'ufficio e ci arrivò in fretta, senza problemi. E adesso? Andò in cucina a prepararsi un tè. Riempì il bollitore con l'acqua del rubinetto, lo mise sul fornello e lo accese al massimo. Fece per prendere una bustina di tè. La scatola di latta che le conteneva non si vedeva da nessuna parte. Aprì l'armadietto dove teneva le tazze. Si ritrovò invece a fissare un triplo scaffale di piatti. Aprì l'armadietto immediatamente a destra, dove si aspettava di trovare file di bicchieri, ma c'erano invece ciotole e tazze.

Le tirò fuori tutte e le appoggiò sul piano di lavoro. Poi tirò fuori i piatti e li mise accanto a ciotole e tazze. Aprì l'armadietto successivo. Anche lì tutto fuori posto. Presto il piano fu ricoperto di pile di piatti, tazze, bicchieri da bibita, da acqua, da vino, pentole, padelle, contenitori di plastica, presine, asciugapiatti e argenteria. L'intera cucina in esposizione. "Allora, dov'è che tenevo tutta questa roba, prima?" Il bollitore fischiò, e non riusciva a pensare. Spense il fornello.

Sentì la porta che si apriva. "Ah, bene, John è tornato presto."

«John, perché hai spostato tutto, qui in cucina?» gli gridò.

«Alice, che stai facendo?»

La voce di donna la fece trasalire.

«Oh, Lauren, mi hai fatto paura.»

Era la vicina di fronte. Lauren non rispose.

«Scusami, vuoi accomodarti? Stavo preparando un po' di tè.»

«Alice, questa non è la tua cucina.»

"Cosa?" Si guardò attorno nella stanza: piano di lavoro di granito nero, armadietti di betulla, pavimento di piastrelle bianche, finestra sopra il lavandino, doppio forno. Aspetta, lei non ce l'aveva, un doppio forno. Poi, per la prima volta, notò il frigorifero. La prova inconfutabile. Le fotografie che alcuni magneti tenevano in posizione sulla porta erano di Lauren e del marito di Lauren, e del gatto di Lauren e di bambini che Alice non conosceva.

«Oh, Lauren, guarda cos'ho fatto alla tua cucina. Ti aiuterò a rimettere tutto a posto.»

«Non preoccuparti, Alice. Ti senti bene?»

«No, in effetti no.»

Voleva correre a casa sua, nella sua cucina. Non potevano semplicemente scordarsi cos'era successo? Era proprio necessario il discorsetto «Ho il morbo di Alzheimer» proprio adesso? Lo detestava, il discorsetto «Ho il morbo di Alzheimer».

Alice cercò di decifrare l'espressione di Lauren. Sembrava perplessa e spaventata. Il suo viso diceva: "Alice dev'essere impazzita". Alice chiuse gli occhi e sospirò.

«Ho il morbo di Alzheimer.»

Riaprì gli occhi. L'espressione di Lauren non era cambiata.

Adesso, ogni volta che entrava in cucina controllava il frigorifero, per sicurezza. Niente foto di Lauren. Era nella casa giusta. Nel caso non bastasse a dissipare i suoi dubbi, John aveva scritto un biglietto in grossi caratteri neri a stampatello, appiccicandolo con un magnete alla porta del frigorifero:

Alice,
non andare a correre senza di me.
Il mio cellulare: 617-555-1122
Anna: 617-555-1123
Tom: 617-555-1124

John le aveva fatto promettere di non andare a correre senza di lui. Aveva giurato di non farlo, croce sul cuore. Però se ne poteva dimenticare.

La sua caviglia avrebbe comunque tratto vantaggio dalla pausa. Aveva preso una storta scendendo dal marciapiede la settimana precedente. La sua percezione spaziale era un po' sfasata. A volte gli oggetti le sembravano più vicini o più lontani e in generale in una posizione diversa da dove in effetti erano. Doveva farsi controllare la vista. Ma ci vedeva bene. Aveva gli occhi di una ventenne. Il problema non erano la cornea, il cristallino o la retina. L'inghippo stava in qualche punto della trasmissione dell'informazione visiva, da qualche parte nella corteccia occipitale, secondo John. A quanto pareva, Alice aveva gli occhi di una ventenne e la corteccia occipitale di un'ottantenne.

Vietato correre senza John. Avrebbe potuto perdersi o farsi male. Ma negli ultimi tempi non correva più nemmeno con John. Lui era stato spesso in viaggio e, quando non era in giro, usciva di casa presto per andare a Harvard, dove lavorava fino a tardi. Quando tornava era sempre troppo stanco. Detestava doversi affidare a lui per andare a correre, soprattutto perché lui non era affidabile.

Prese il telefono e compose il numero appeso al frigo.

«Pronto?»

«Andiamo a correre, oggi?» chiese.

«Non lo so, forse, adesso sono in riunione. Ti richiamo più tardi» rispose John.

«Ho davvero bisogno di andare a correre.»

«Ti richiamo più tardi.»

«Quando?»

«Appena posso.»

«Bene.»

Riattaccò, guardò fuori dalla finestra e poi abbassò lo sguardo sulle scarpe da corsa che aveva ai piedi. Se le sfilò e le lanciò contro il muro.

Cercava di essere comprensiva. Lui doveva lavorare. Ma perché lui non capiva che invece lei aveva bisogno di correre? Se qualcosa di così semplice come il regolare esercizio fisico poteva davvero contrastare il progredire della malattia, allora avrebbe dovuto correre quanto più spesso poteva. Ogni volta che si sentiva rispondere «non oggi», probabilmente perdeva più neuroni di quanti avrebbe potuto salvarne. Moriva inutilmente più in fretta. John la stava uccidendo.

Riprese il telefono.

«Sì?» rispose John a voce bassa, irritato.

«Devi promettermi che oggi andremo a correre.»

«Scusatemi un attimo» disse rivolto a qualcun altro. «Alice, ti prego, lascia che ti richiami appena finisco questa riunione.»

«Ho bisogno di correre oggi.»

«Ancora non so a che ora finirà la mia giornata.»

«E allora?»

«Ecco perché credo che ti ci vorrebbe un tapis roulant.»

«Oh, vaffanculo» gli disse prima di riattaccare.

Supponeva di non essere stata molto comprensiva. Ultimamente si arrabbiava spesso. Se fosse un sintomo della malattia o una reazione giustificata non sapeva dirlo. Non voleva un tapis roulant. Voleva John. Forse non avrebbe dovuto essere tanto testarda. Forse anche lei si stava uccidendo.

Avrebbe anche potuto fare due passi da qualche parte senza di lui. Naturalmente il "da qualche parte" doveva essere un posto sicuro. Poteva andare fino al suo ufficio a Harvard. Ma non aveva voglia di andare in ufficio. Si annoiava, nel suo ufficio, si sentiva ignorata ed estranea. Si sentiva ridicola. Non era più il suo posto. Nell'incommensurabile grandezza morale di Harvard non c'era posto per una docente di psicologia cognitiva con una psiche cognitiva in disarmo.

Rimase seduta in poltrona cercando di pensare a qualcosa da fare. Non le venne in mente nulla di significativo. Cercò di immaginarsi domani, e la settimana prossima, e il prossimo inverno. Non le venne in mente niente che avesse senso. Si annoiava, si sentiva ignorata ed estranea su quella poltrona del suo salotto. Il sole del tardo pomeriggio gettava strane ombre alla Tim Burton che strisciavano e serpeggiavano sul pavimento e su per le pareti. Le osservò dissolversi mentre la stanza si faceva buia. Chiuse gli occhi e si addormentò.

Alice era in camera da letto, nuda a eccezione di un paio di calzini corti e del braccialetto "Ritorno sicuro", e grugniva litigando con un indumento che si ostinava a impigliarsi attorno alla sua testa. Come in una coreografia di Martha Graham, la battaglia contro il tessuto che le avvolgeva la testa sembrava esprimere un'angoscia fisica e poetica. Mandò un lungo gemito.

«Che succede?» chiese John arrivando di corsa.

Lo guardò con un solo occhio terrorizzato attraverso il buco rotondo dell'indumento attorcigliato.

«Non ci riesco! Non riesco a capire come si infila questo cazzo di reggiseno. John, non mi ricordo come si infila un reggiseno! Non riesco a mettermi il reggiseno!»

Le si avvicinò e le esaminò la testa.

«Alice, questo non è un reggiseno. Sono un paio di mutande.»

Lei scoppiò a ridere forte.

«Smettila, non è divertente. Senti, se vuoi andare a correre devi vestirti in fretta. Non ho molto tempo.»

Uscì dalla stanza, incapace di continuare a guardarla là in mezzo alla stanza, nuda, con le mutande in testa, a ridere della sua stessa follia.

Alice sapeva che la giovane donna seduta davanti a lei era sua figlia, ma aveva una sgradevole mancanza di fiducia in quella consapevolezza. Sapeva di avere una figlia di nome Lydia, ma quando guardava la giovane donna che aveva di fronte, sapere che *quella* era sua figlia Lydia era più una nozione accademica che una vera certezza, un fatto su cui concordare, un'informazione che aveva ricevuto e accettato come vera.

Guardò Tom e Anna, seduti anch'essi al medesimo tavolo: loro riusciva a collegarli automaticamente ai ricordi che conservava della primogenita e del figlio. Riusciva a richiamare le immagini di Anna in abito da sposa, alla facoltà di Legge, nella toga del giorno di laurea e in quella del diploma, e con la camicia da notte da Bella Addormentata che a tre anni si era ostinata a voler indossare tutti i giorni. Ricordava Tom in toga e tocco, con il gesso quando si era rotto una gamba a sciare, con l'apparecchio per i denti, in divisa da baseball, e tra le sue braccia, da neonato.

Poteva ricostruire altrettanto bene la storia di Lydia ma, strano a dirsi, la donna seduta di fronte a lei non era inestricabilmente legata ai suoi ricordi della minore dei suoi figli. Questo la turbava e la rendeva dolorosamente consapevole che stava peggiorando, che il suo passato si stava distaccando dal suo presente. Com'era strano che non avesse invece alcuna difficoltà a identificare l'uomo seduto accanto ad Anna come il marito della figlia, Charlie, che era entrato nelle loro vite appena un paio d'anni prima. Si raffigurò l'Alzheimer come un demone che nella sua testa si apriva un varco di distruzione sfrenata e priva di logica, una distruzione che strappava le connessioni tra "Lydia adesso" e "Lydia allora", lasciando invece inalterate tutte le connessioni su Charlie.

Il ristorante era affollato e rumoroso. Voci dagli altri tavoli si contendevano l'attenzione di Alice e la musica in sottofondo entrava e usciva dalla ribalta della sua coscienza. Le voci di Lydia e Anna le sembravano uguali. Tutti usavano troppi pronomi. Lottò per localizzare chi stava parlando al loro tavolo e per seguire quello che stava dicendo.

«Tesoro, ti senti bene?» chiese Charlie.

«Gli odori» disse Anna.

«Vuoi uscire un momento?» chiese Charlie.

«Vado con lei» disse Alice.

La schiena di Alice si irrigidì appena lasciarono il calduccio confortevole del ristorante. Avevano dimenticato entrambe i cappotti. Anna prese per mano Alice e la condusse lontano da un cerchio di giovani fumatori che ciondolavano davanti alla porta.

«Aaah, aria fresca» disse Anna respirando profondamente e con voluttà.

«E silenzio» disse Alice.

«Come ti senti, mamma?»

«Sto bene» rispose Alice.

Anna le accarezzò il dorso della mano, che teneva ancora stretta.

«Ho avuto momenti migliori» ammise.

«Vale anche per me» disse Anna. «Avevi tutta questa nausea quando aspettavi me?»

«Altroché.»

«Come facevi?»

«Devi solo resistere, finirà presto.»

«E prima di rendercene conto, i bambini saranno qui.»

«Non vedo l'ora.»

«Anch'io» disse Anna. Ma nella sua voce non c'era la stessa vivacità di Alice. Gli occhi le si riempirono di lacrime.

«Mamma, ho la nausea di continuo, sono sfinita, e ogni volta che mi dimentico qualcosa penso che siano i primi sintomi.»

«Oh, tesoro, ma non è così, sei solo stanca.»

«Lo so, lo so. È solo che quando penso che tu non insegni più e a tutto quello che stai perdendo...»

«Non farlo. Questo dovrebbe essere un periodo meraviglioso per te. Ti prego, pensa solo a quello che stai guadagnando.»

Alice le strinse la mano e appoggiò dolcemente l'altra sul ventre di Anna. Anna sorrise, ma le lacrime traboccavano ancora dagli occhi lucidi.

«È che non so per quanto tempo riuscirò a tenere tutto sotto controllo. Il mio lavoro e due bambini e...»

«E Charlie. Non dimenticarti di te e Charlie. Devi conservare quello che c'è tra voi. Mantieni l'equilibrio tra tutte queste cose: tu e Charlie, la tua carriera, i bambini, tutto quello che ami. Non dare mai per scontato niente di quello che è importante nella tua vita, e ce la farai a stare dietro a tutto. Charlie ti aiuterà.»

«Sarà meglio che lo faccia» minacciò Anna.

Alice rise. Anna si asciugò gli occhi con le mani ed emise dalla bocca un lungo sospiro da corso preparto.

«Grazie, mamma. Mi sento meglio.»

«Bene.»

Di nuovo nel ristorante, ripresero i loro posti a tavola. La giovane donna di fronte ad Alice, sua figlia Lydia, batté sul bicchiere vuoto con il coltello.

«Mamma, adesso vogliamo consegnarti il regalo più grosso.»

Lydia le porse un pacchettino rettangolare, avvolto in carta dorata. Doveva avere un grosso significato. Alice tolse l'incarto. Dentro c'erano tre DVD: *I ragazzi Howland*, *Alice e John* e *Alice Howland*.

«È un video ricordo per te. *I ragazzi Howland* è una raccolta di interviste ad Anna, Tom e me. Le ho girate quest'estate. Sono i ricordi che abbiamo di te, della nostra infanzia e della crescita. Quello di papà è il suo racconto di quando vi siete conosciuti e avete cominciato a uscire insieme, e il matrimonio e le vacanze e tutto il resto. Ci sono anche un paio di storie notevoli, di cui nessuno di noi era a conoscenza. Il terzo lo devo ancora fare. Sarà un'intervista a te, con le tue storie, se ti va di farlo.»

«Certo che voglio farlo. Li adoro. Grazie, non vedo l'ora di guardarli.»

La cameriera portò caffè, tè e una torta al cioccolato con una candela sopra. Cantarono *Happy Birthday* tutti insieme. Alice spense la candela mentre esprimeva un desiderio.

Novembre 2004

I film che John aveva comprato durante l'estate erano ormai caduti nella medesima sfortunata categoria dei libri abbandonati a metà che avevano sostituito. Alice non riusciva più a seguire il filo della trama né a ricordare il ruolo dei personaggi che non comparivano in ogni scena. Riusciva ad apprezzare qualche breve passaggio, ma quando scorrevano i titoli di coda le restava solo una sensazione molto vaga: "Questo film era divertente". Se John o Anna lo guardavano con lei si sbellicavano dalle risate, o sussultavano di paura, o rabbrividivano disgustati, reagendo in maniera viscerale ed evidente a quello che succedeva, e lei non capiva perché. Allora si univa a loro, faceva finta, cercando di nascondere quanto fosse disorientata. Guardare i film la rendeva acutamente consapevole del suo smarrimento.

I DVD di Lydia arrivavano proprio al momento giusto. Ciascuna delle storie raccontate da John e dai ragazzi durava appena pochi minuti, Alice riusciva a metabolizzarne una per volta, e non era costretta a tenere a mente qualche informazione in particolare per poter capire e apprezzare le altre. Le riguardava di continuo. Non ricordava tutto quello di cui parlavano, ma questo le sembrava del tutto normale: neppure John e i ragazzi ricordavano ogni dettaglio. E quando Lydia chiedeva loro di raccontare il medesimo episodio, ognuno se lo ricordava in modo leggermente diverso, ometteva alcune parti o ne esagerava altre, secondo la propria prospettiva individuale. Persino le biografie immuni dalla malattia erano vulnerabili a lacune e distorsioni.

Riuscì a guardare il video *Alice Howland* soltanto una volta. Allora era così eloquente, così a proprio agio a parlare di fronte a un pubblico. Adesso faceva un uso abnorme del termine "cosa" e si ripeteva in maniera imbarazzante. Ma era comunque grata di avere quel DVD, i suoi ricordi, le riflessioni e i consigli registrati e fermati, al sicuro dal caos molecolare dell'Alzheimer. Un giorno i suoi nipotini l'avrebbero guardato dicendo: «Questa era la nonna quando ancora parlava e si ricordava le cose».

Aveva appena finito di guardare *Alice e John*. Anche quando lo schermo televisivo si oscurò, rimase seduta sul divano, ad ascoltare. Il silenzio le piaceva. Si limitò a respirare, per diversi minuti non pensò a nient'altro che al ticchettio dell'orologio sulla mensola del camino. Poi di colpo il ticchettio assunse un significato, e spalancò gli occhi.

Guardò le lancette. Dieci minuti alle dieci. "O mio Dio, cosa faccio ancora qui?" Gettò in terra la coperta, infilò in fretta le scarpe, corse nello studio e chiuse al volo la borsa del computer. "Dov'è la borsetta celeste?" Non sulla sedia, non nel cassetto della scrivania, non nella borsa del computer. Corse su in camera. Non sul letto, non sul comodino, non sulla toeletta, non nell'armadio a muro, non sul tavolo. Nell'ingresso, mentre stava cercando di raccogliere le sue idee confuse, la vide, appesa alla maniglia del bagno.

L'aprì. Cellulare, BlackBerry, niente chiavi. Le metteva sempre lì dentro. Be', non era del tutto vero. L'idea era quella di metterle sempre lì. A volte le capitava di infilarle nel cassetto della scrivania, in quello dell'argenteria, in quello della biancheria, nel portagioie, nella cassetta della posta, in una tasca qualsiasi. A volte le lasciava semplicemente infilate nella toppa. Detestava pensare a quanti minuti perdeva ogni giorno per cercare tutte le cose che lasciava fuori posto.

Tornò di corsa in salotto. Niente chiavi, ma trovò il cappotto gettato sulla poltrona. Se lo infilò e mise la mano in tasca. Chiavi!

Corse di nuovo nell'ingresso ma si fermò di colpo prima di raggiungere la porta. Stranissimo. C'era un grosso buco nel pavimento proprio davanti alla soglia. Si estendeva per l'intera larghezza dell'ingresso ed era lungo quasi tre metri, lasciando vedere il buio dello scantinato sottostante. Impossibile da superare. Le assi del pavimento dell'ingresso erano deformate e scricchiolanti, e di recente lei e John avevano parlato di cambiarle. Che John avesse fatto venire un operaio? Era venuto qualcuno, prima? Non si ricordava. Qualunque fosse il motivo, non c'era modo di usare la porta d'ingresso finché non avessero richiuso il buco.

Mentre si avviava alla porta posteriore, squillò il telefono.

«Ciao, mamma. Arriverò verso le sette, porto io la cena.»

«D'accordo» ribatté Alice con un tono vagamente interrogativo.

«Sono Anna.»

«Lo so.»

«Papà rimarrà a New York fino a domani, ti ricordi? Stanotte mi fermerò a dormire da te. Non posso uscire dall'ufficio prima delle sei e mezzo, quindi aspettami per mangiare. Forse è il caso che te lo scrivi sulla lavagna bianca appesa al frigo.»

Guardò la lavagna bianca.

NON ANDARE A CORRERE SENZA DI ME.

Provocata, avrebbe voluto urlare al telefono che non le serviva una baby-sitter, e che poteva cavarsela benissimo da sola in casa sua. Invece respirò a fondo.

«D'accordo, ci vediamo più tardi.»

Riattaccò e si congratulò con se stessa per il "controllo redazionale" che riusciva ancora a esercitare sulle sue più basse emozioni. Uno di questi giorni, molto presto, non lo avrebbe più avuto. Le faceva piacere vedere Anna e sarebbe stato bello non stare da sola.

Aveva il cappotto addosso e la borsa del computer e la borsetta celeste appese alla spalla. Guardò fuori dalla finestra della cucina. Ventoso, umido, grigio. Mattina, forse? Non aveva voglia di uscire e non aveva voglia di starsene seduta in ufficio. Si sentiva annoiata, ignorata ed estranea, nel suo ufficio. Si sentiva ridicola. Quel posto non era più suo.

Posò borse e cappotto e puntò verso lo studio, ma un improvviso tonfo e un tintinnio la fecero tornare sui propri passi nell'ingresso. La posta era appena caduta dalla buca nella porta e si era fermata sopra la voragine, galleggiandoci sopra. Forse era rimasta in bilico su una trave o su un'asse che da lì non vedeva. "Posta fluttuante! Mi sono proprio bollita il cervello!" Tornò nello studio e cercò di non pensare al buco nell'ingresso che sfidava ogni legge di gravità. Era incredibilmente difficile.

Seduta nello studio, si abbracciava le ginocchia e guardava fuori dalla finestra la giornata che si oscurava, aspettando Anna che doveva portare la cena, aspettando John che doveva tornare da New York per poter andare a correre. Seduta, aspettava. Seduta, aspettava di peggiorare. Era stufa di starsene solo seduta ad aspettare.

Era l'unica persona di Harvard di sua conoscenza affetta da Alzheimer presenile. Di sicuro ce n'erano altri in giro. Doveva trovare i suoi nuovi colleghi. Doveva ambientarsi in quel nuovo mondo in cui si era ritrovata: il mondo della demenza.

Digitò su Google le parole "Alzheimer presenile", e ottenne un bel po' di fatti e di statistiche.

Si stima che negli Stati Uniti siano almeno cinquecentomila le persone affette da Alzheimer presenile.

Viene definito presenile l'Alzheimer che si manifesta a un'età inferiore ai sessantacinque anni.

I sintomi possono comparire tra i trenta e i quarant'anni.

C'era una serie di siti con elenchi di sintomi, fattori di rischio genetico e trattamenti. C'erano articoli sullo stato della ricerca e le scoperte sui medicinali. Li aveva già visti in precedenza.

Aggiunse la parola "sostegno" alla stringa di ricerca e premette "invio".

Trovò forum, link, risorse, liste di discussione e chat. Per chi si occupava dei malati. Gli argomenti comprendevano strutture di assistenza, chiarimenti sui medicinali, gestione dello stress, come comportarsi con i vaneggiamenti, come affrontare i vagabondaggi notturni, come trattare rifiuto e depressione. Chi assisteva i malati inviava domande e risposte, esprimeva comprensione e forniva possibili soluzioni per madri ottantunenni, mariti settantaquattrenni e nonne ottantacinquenni con l'Alzheimer.

E il sostegno per chi l'Alzheimer ce l'ha? Dove sono gli altri malati cinquantunenni? Dove sono le altre persone a metà della carriera alle quali la diagnosi ha strappato la vita da sotto i piedi?

Non negava che avere l'Alzheimer fosse tragico a qualunque età. Non negava certo che chi si prendeva cura dei malati avesse bisogno di sostegno. Non negava che soffrissero. Sapeva che John soffriva. "Ma io?"

Le tornò in mente il biglietto da visita dell'assistente sociale del Mass General Hospital. Lo trovò e digitò il numero.

«Denise Daddario.»

«Buongiorno Denise, sono Alice Howland. Sono una paziente del dottor Davis, che mi ha dato il suo biglietto. Ho cinquantun anni e circa un anno fa mi è stata diagnosticata una forma presenile di Alzheimer. Mi stavo chiedendo se per caso l'ospedale organizza dei gruppi di auto-aiuto per malati di Alzheimer.»

«No, purtroppo no. Abbiamo un gruppo di sostegno, ma solo per chi assiste i malati. La maggior parte dei nostri pazienti affetti da Alzheimer non sarebbe in grado di partecipare in alcun modo.»

«Ma qualcuno di loro sì.»

«Certo, però temo che non sarebbero sufficienti a giustificare le risorse necessarie per creare e gestire il funzionamento del gruppo.»

«Che genere di risorse?»

«Be', per il gruppo di chi assiste i malati si riuniscono dalle dodici alle quindici persone, un paio d'ore tutte le settimane. Abbiamo una stanza riservata per loro, caffè e dolci, un paio di persone del nostro staff, e una volta al mese interviene un oratore.»

«E non si potrebbe avere semplicemente una stanza vuota a disposizione dove si possano incontrare le persone affette da Alzheimer presenile per parlare di quello che ci sta succedendo?»

"Ciambelle e caffè le posso portare io, per l'amor del cielo!"

«Ci vorrebbe comunque qualcuno dell'ospedale che venga a controllare, e purtroppo non abbiamo nessuno disponibile.»

"E non si potrebbero utilizzare le solite due persone dell'altro gruppo?"

«Potrebbe almeno fornirmi i contatti dei pazienti con Alzheimer precoce di cui è a conoscenza, così posso provare a organizzare qualcosa per conto mio?»

«Temo di non poterle dare queste informazioni. Vuole fissare un appuntamento per venire a parlarne con me? Avrei posto alle dieci di mattina di venerdì diciassette dicembre.»

«No, grazie.»

Un rumore alla porta d'ingresso la risvegliò dal sonnellino pomeridiano sul divano. La casa era fredda e buia. La porta cigolò nell'aprirsi.

«Scusa, ho fatto tardi!»

Alice si alzò e andò nell'ingresso. C'era Anna, con un grosso sacchetto di carta marrone in una mano e un fascio di posta nell'altra. Era proprio sopra la voragine!

«Mamma, è tutto spento. Stavi dormendo? Non dovresti dormire a quest'ora, altrimenti rimarrai sveglia stanotte.»

Alice le si avvicinò e si chinò. Posò la mano sul buco. Solo che non fu il vuoto quello che sentì. Fece scorrere le dita sulla lana ruvida di un tappeto nero. Il suo tappeto nero dell'ingresso, che stava lì da anni. Ci batté sopra la mano aperta con tanta forza che il rumore echeggiò nella stanza.

«Mamma, cosa stai facendo?»

La mano le faceva male, era troppo stanca per sopportare l'umiliazione della risposta ad Anna, e l'odore nauseabondo di arachidi che proveniva dal sacchetto di carta la disgustò.

«Lasciami in pace!»

«Mamma, va tutto bene. Andiamo in cucina a mangiare.»

Anna posò la posta e fece per prendere la mano della madre, la mano che faceva male. Alice la ritirò di scatto e strillò.

«Lasciami stare! Fuori da casa mia! Ti odio! Non ti voglio qui!»

Le sue parole colpirono la figlia, peggio di uno schiaffo in pieno viso. Attraverso le lacrime, l'espressione di Anna si ricompose in una serena determinazione.

«Ho portato la cena, muoio di fame e rimango qui. Adesso vado in cucina a mangiare e poi me ne vado a letto.»

Alice rimase sola nell'ingresso, con la rabbia e la furia che le pulsavano follemente nelle vene. Aprì la porta e cominciò a strattonare il tappeto. Lo tirò con tutte le sue forze e cadde a terra. Si rialzò e riprese a tirare, torcere e lottare fino a trascinarlo fuori. Poi lo prese a calci e gli strillò contro selvaggiamente, finché scivolò mollemente dagli scalini e rimase afflosciato sul marciapiede.

Alice, rispondi alle seguenti domande:

1. Che mese è?
2. Dove abiti?
3. Dov'è il tuo ufficio?
4. Quand'è nata Anna?
5. Quanti figli hai?

Se hai difficoltà a rispondere a qualcuna di queste domande apri il file "Farfalla" sul tuo computer e segui immediatamente le istruzioni che trovi.

Novembre
Cambridge
Harvard
Settembre
Tre

Dicembre 2004

La tesi di Dan era di 142 pagine, senza contare la bibliografia. Alice non leggeva qualcosa di così lungo da molto tempo. Era seduta sul divano con le parole di Dan in grembo, una penna rossa in equilibrio dietro l'orecchio destro e un evidenziatore rosa in mano. Usava la penna per le correzioni e l'evidenziatore per tenere traccia di quello che aveva già letto. Evidenziava tutto quello che le sembrava importante, così quando doveva tornare indietro poteva limitarsi a rileggere le parti in rosa.

Si bloccò del tutto a pagina ventisei, completamente tinta di rosa. Il suo cervello era definitivamente sopraffatto e implorava riposo. Le parve che le parole sulla pagina si trasformassero in zucchero filato rosa e appiccicoso dentro la sua testa. Più leggeva, più doveva evidenziare per capire e ricordare quello che aveva letto. Più evidenziava, più la sua testa si riempiva di zucchero rosa lanoso che intasava e impastava i circuiti cerebrali che le servivano per capire e ricordare quello che leggeva. A pagina ventisei non capiva più niente.

Bip, bip.

Gettò la tesi di Dan sul tavolino e andò al computer,

nello studio. Trovò una nuova e-mail in arrivo, da parte di Denise Daddario.

Cara Alice,
ho parlato della sua idea di un gruppo di sostegno per i malati di Alzheimer presenile con gli altri pazienti che fanno capo al nostro reparto e con quelli del Brigham and Women Hospital. Tre persone che vivono in zona mi hanno fatto sapere di essere molto interessate all'idea. Mi hanno anche autorizzato a fornirle i loro nomi e contatti (vedere allegato).

Se desidera, può anche contattare l'Associazione Alzheimer del Mass Hospital. Può darsi che siano al corrente di altre persone desiderose di incontrarsi con lei.

La prego di tenermi aggiornata sugli sviluppi e di farmi sapere se posso esserle utile per altre informazioni o suggerimenti. Mi spiace che non possiamo fare nulla di più ufficiale per lei.

In bocca al lupo!

Denise Daddario

Aprì l'allegato.

Mary Johnson, cinquantasette anni, demenza frontotemporale.
Cathy Roberts, quarantotto anni, Alzheimer presenile.
Dan Sullivan, cinquantatré anni, Alzheimer presenile.

Eccoli, i suoi nuovi colleghi. Lesse e rilesse i loro nomi. *Mary, Cathy e Dan. Mary, Cathy e Dan.* Cominciò ad avvertire la stessa sensazione di eccitata aspettativa e timore a stento controllato che aveva provato il primo giorno di scuola, di liceo e di università. Che aspetto avevano? Lavoravano ancora? Da quanto era stata loro diagnosticata la malattia? Avevano i suoi stessi sintomi, o più leggeri, o più gravi? Avevano qualcosa in comune con lei? "E se io fossi molto più grave di loro?"

Cari Mary, Cathy e Dan,
sono Alice Howland. Ho cinquantun anni e l'anno scorso mi è stata diagnosticata una forma presenile di Alzheimer. Sono stata docente di psicologia alla Harvard University per venticinque anni, ma in sostanza ho dovuto lasciare l'incarico a settembre a causa dell'aggravarsi dei sintomi.

Adesso sono a casa e mi sento molto sola ad affrontare tutto questo. Ho telefonato a Denise Daddario al MGH *per avere informazioni a proposito di gruppi di sostegno per l'Alzheimer presenile. Ne hanno solo per chi assiste i malati, ma non per noi. Però mi ha fornito i vostri nomi.*

Vorrei invitarvi a casa mia per un tè, un caffè e due chiacchiere domenica prossima, il 5 dicembre, alle 14. Sono benvenute anche le persone che vi assistono, se lo gradite. Qui di seguito troverete il mio indirizzo e le istruzioni per raggiungerlo.

Spero di conoscervi presto,

Alice

"Mary, Cathy e Dan. Mary, Cathy e Dan. Dan. La tesi di Dan. Sta aspettando le mie correzioni." Tornò sul divano del salotto e aprì la tesi di Dan a pagina ventisei. Il rosa le invase la mente. Aveva mal di testa. Si chiese se qualcuno avesse già risposto. Abbandonò la cosa di Dan prima ancora di aver completato il pensiero.

Cliccò sulla posta in arrivo. Niente di nuovo.

Bip, bip.

Prese il telefono.

«Pronto?»

Segnale di libero. Aveva sperato che fosse Mary, o Cathy, o Dan. "Dan. La tesi di Dan."

Di nuovo sul divano, sembrava pronta e attiva con l'evidenziatore in mano, ma gli occhi non erano a fuoco sui caratteri della pagina. Sognava piuttosto a occhi aperti.

Chissà se Mary, Cathy e Dan riuscivano ancora a leggere ventisei pagine e a capire e ricordare quello che leggevano? "E se fossi io l'unica a poter scambiare per un buco il tappeto dell'ingresso?" E se fosse stata lei l'unica in quelle condizioni? Era consapevole del suo peggioramento. Si sentiva scivolare nell'abisso della demenza. Sola.

«Sono sola, sono sola, sono sola» mormorava, sprofondando ancora di più in quell'abisso solitario ogni volta che sentiva la propria voce che ripeteva quelle parole.

Bip, bip.

Il campanello della porta la trascinò in superficie. Erano arrivati? Li aveva invitati per oggi?

«Solo un momento!»

Si strofinò gli occhi con le maniche, passò le dita tra i capelli arruffati mentre camminava, respirò a fondo e aprì la porta. Non c'era nessuno.

Allucinazioni visive e uditive erano la norma per metà delle persone affette da Alzheimer, ma fino a quel momento non le aveva ancora sperimentate. O forse sì. Quando era sola non c'era modo di sapere se quello che percepiva fosse la realtà o la realtà dell'Alzheimer. Non è che i suoi disorientamenti, elucubrazioni, illusioni e tutte le altre cose demenziali fossero evidenziati in rosa fluo per renderli immediatamente distinguibili da quello che era invece normale, reale e corretto. Dalla sua prospettiva, molto semplicemente non vedeva la differenza. Il tappeto era un buco. Quel rumore era il campanello della porta. Ricontrollò un'altra volta la posta in arrivo. Una nuova mail.

Ciao mamma,
come stai? Ieri sei andata al seminario-pranzo? Sei andata a correre? La mia lezione è stata fantastica come sempre. Oggi ho avuto un'altra audizione per la pubblicità di una banca. Vedremo. Come sta papà? È a casa questa settimana? So che il mese scorso non è stato facile. Resistete, tornerò a casa presto!
Con affetto,

Lydia

Bip, bip.

Prese il telefono.
«Pronto?»
Segnale di libero. Aprì il primo cassetto dello schedario, ci lasciò cadere il telefono, lo sentì battere sul metallo sotto le cartelline sospese e richiuse il cassetto. "Aspetta, forse era il cellulare."
«Cellulare, cellulare, cellulare» cantilenò ad alta voce mentre girava per casa sforzandosi di tenere a mente lo scopo della sua ricerca.
Frugò dappertutto ma senza trovarlo. Poi le venne in mente che doveva cercare la borsetta celeste. Cambiò cantilena.
«Borsetta, borsetta, borsetta.»
La trovò sul piano della cucina, con dentro il cellulare che però era spento. Forse quel suono era l'allarme di un'auto parcheggiata fuori, che qualcuno aveva inserito o disinserito. Riprese posto sul divano e riaprì la tesi di Dan a pagina ventisei.

«Ci sei?» chiese una voce maschile.

Alice sollevò lo sguardo, spalancando gli occhi, e rimase in ascolto come se avesse appena sentito la voce di un fantasma.

«Alice?» chiese la voce incorporea.

«Sì?»

«Alice, sei pronta per uscire?»

John comparve sulla soglia del soggiorno con l'aria di chi si aspettava qualcosa. Alice era sollevata, ma le servivano più informazioni.

«Sbrigati. Dobbiamo cenare con Bob e Sarah e siamo già un po' in ritardo.»

Cena. Si rese conto che stava morendo di fame. Non ricordava di aver mangiato in tutta la giornata. Forse era per quello che non riusciva a leggere la tesi di Dan. Forse aveva solo bisogno di cibo. Ma il pensiero della cena e della conversazione in un ristorante rumoroso la svuotarono ancora di più.

«Non mi va di andare a cena. Ho avuto una giornata difficile.»

«Ho avuto una giornataccia anch'io. Una bella cenetta insieme è quel che ci vuole.»

«Vai tu. Io voglio solo starmene a casa.»

«Forza, ti divertirai. Non siamo andati neppure alla festa di Eric. Ti farà bene uscire un po', e so che a loro farebbe piacere vederti.»

"No che non gli fa piacere. Se io non ci fossi sarebbe un sollievo. Quando entro in una stanza faccio l'effetto di un grosso elefante rosa di peluche. Metto tutti a disagio. Trasformo una cena in un folle spettacolo da circo, con la gente che si arrabatta tra imbarazzo nervoso e sorrisetti forzati e giocherella con bicchieri e posate per darsi un contegno."

«Non ho voglia di andarci. Di' loro che mi dispiace, ma non mi sentivo dell'umore giusto.»

Bip, bip.

Vide che anche John sentiva il suono e lo seguì in cucina, dove lui aprì lo sportello del microonde e tirò fuori una tazza.

«È gelato. Vuoi che te lo riscaldi?»

Doveva essersi preparata il tè quella mattina e si era scordata di berlo. Poi l'aveva infilato nel microonde per scaldarlo e se n'era scordata di nuovo.

«No, grazie.»

«Va bene. Bob e Sarah probabilmente sono già là che ci aspettano. Sei sicura di non voler venire?»

«Sono sicura.»

Le diede un bacio e se ne andò senza di lei. Alice rimase a lungo in cucina, dove lui l'aveva lasciata, con la tazza di tè ormai freddo in mano.

Stava per andare a letto e John non era ancora rientrato dalla cena.

La luce bluastra del computer che brillava nello studio catturò la sua attenzione mentre imboccava le scale. Entrò a controllare la posta, più per abitudine che per vera curiosità.

Eccoli.

Cara Alice,
sono Mary Johnson. Ho 57 anni e cinque anni fa mi hanno diagnosticato una demenza frontotemporale. Abito a North Shore, non molto lontano da te. Hai avuto una bellissima idea. Mi piacerebbe molto venire. Mi porterà mio marito Barry. Non so se lui vorrà trattenersi. Siamo andati entrambi in pensionamento anticipato e siamo sempre in casa tutti e due. Credo che gli farebbe piacere prendersi una pausa da me. A presto,

Mary

Ciao Alice,
sono Dan Sullivan, 53 anni, mi hanno diagnosticato l'Alzheimer presenile 3 anni fa. Ci sono altri casi nella mia famiglia. L'hanno avuto mia madre, due zii e una zia, e ce l'hanno quattro dei miei cugini. Perciò l'ho sentito arrivare e ci ho convissuto fin da quando ero piccolo. Buffo, ma questo non ha reso più facile accettare la diagnosi né vivere adesso con la malattia. Mia moglie sa dove abiti. Non molto lontano dall'ospedale. Vicino a Harvard. Mia figlia ha frequentato Harvard. Prego tutti i giorni che non venga anche a lei.

Dan

Ciao Alice,
grazie per la tua e-mail e per l'invito. Mi hanno diagnosticato l'Alzheimer presenile un anno fa, come a te. È stato quasi un sollievo. Pensavo di star diventando pazza. Mi perdevo in mezzo alle conversazioni, non riuscivo a finire le mie stesse frasi, mi dimenticavo la strada di casa, non sapevo più usare il libretto degli assegni, facevo confusione con gli orari dei ragazzi (ho una figlia di 15 anni e un figlio di 13). Avevo solo 46 anni quando si sono manifestati i primi sintomi, perciò a nessuno è venuto in mente che potesse trattarsi di Alzheimer. Credo che le medicine mi aiutino molto. Sono sotto Aricept e Namenda. Ho giornate buone e giornate cattive. In quelle buone, la gente e persino la mia famiglia ne approfitta per illudersi che io stia bene, e che esageri! Non ho mica tutto questo disperato bisogno di attenzione! Poi arriva una giornata cattiva e non riesco a trovare le parole né a concentrarmi e non posso fare più di una cosa alla volta. E mi sento sola anch'io. Non vedo l'ora di conoscerti.

Cathy Roberts

P.S. Sai niente della Dementia Advocacy and Support Network International? Da' un'occhiata alla loro pagina www.dasninternational.org. È un sito fantastico per chi ha la forma presenile, e per trovare altre persone come noi con cui parlare, sfogarsi, ottenere sostegno e condividere informazioni.

Eccoli, c'erano. E stavano arrivando.

Mary, Cathy e Dan si tolsero i cappotti e si accomodarono in salotto. I loro accompagnatori non si spogliarono, li salutarono con una certa riluttanza e uscirono insieme con John per andare a prendere un caffè da Jerri's.

Mary aveva i capelli biondi lunghi fino al mento e tondi occhi castani dietro un paio di occhiali dalla montatura scura. Cathy aveva un viso intelligente e gradevole, e occhi che sorridevano prima che lo facesse la bocca. Ad Alice piacque immediatamente. Dan aveva folti baffi, una calvizie incipiente e la corporatura robusta. Avrebbero potuto essere professori in visita da un'altra città, membri di un club del libro o vecchi amici.

«Volete qualcosa da pensare?» chiese Alice.

Guardarono prima lei e poi si guardarono tra loro, riluttanti a rispondere. Erano troppo timidi o ciascuno di loro aspettava che fosse un altro a parlare per primo?

«Alice, intendevi "qualcosa da bere"?» chiese Cathy.

«Perché, cos'ho detto?»

«Hai detto "pensare".»

Alice avvampò. La confusione di parole non era esattamente la prima impressione che voleva dare.

«In effetti una tazza di pensieri mi andrebbe. La mia è rimasta più o meno vuota da giorni, e una ricarica non mi farebbe male» disse Dan.

Risero, e quella risata li unì immediatamente. Alice portò tè e caffè mentre Mary raccontava la sua storia.

«Ho fatto l'agente immobiliare per ventidue anni. Di

colpo ho cominciato a dimenticarmi gli appuntamenti, le riunioni, le case da far vedere. Arrivavo agli appartamenti senza chiavi. Mi sono persa per strada in una zona che conoscevo come le mie tasche, con la cliente in auto con me. Ho guidato per tre quarti d'ora pur sapendo che avrei dovuto impiegare dieci minuti al massimo. Posso solo immaginare cosa può aver pensato la cliente.

Ho cominciato ad arrabbiarmi per un niente e a prendermela con i colleghi in agenzia. Ero sempre stata una persona accomodante e amichevole, e d'un tratto passavo per una sempre incazzata. Mi stavo rovinando la reputazione. La mia reputazione era tutto per me. Il medico mi mise sotto antidepressivi. E quando uno non funzionava me ne prescriveva un altro, e poi un altro ancora.»

«Per un bel po' ho continuato a credere di essere troppo stanca e di fare troppe cose insieme» disse Cathy. «Facevo la farmacista part-time, avevo due bambini, mandavo avanti la casa, correvo di continuo da un impegno all'altro come una gallina decapitata. Avevo solo quarantasei anni, quindi non mi era neppure passato per la testa di poter soffrire di demenza. Poi un giorno, al lavoro, non mi venivano in mente i nomi delle medicine, e non sapevo più come misurare dieci millilitri. In quel preciso momento mi sono resa conto che rischiavo di dare a qualcuno una dose sbagliata di qualche sostanza o addirittura la medicina sbagliata. In pratica, avrei potuto uccidere qualcuno accidentalmente. Così mi sono tolta il camice, sono tornata a casa prima, e non sono mai più tornata. Credevo di essere diventata pazza.»

«E tu, Dan? Quali sono stati i primi sintomi che hai notato?» chiese Mary.

«Ero davvero bravo con i lavoretti in casa. Poi un giorno mi sono accorto improvvisamente di non riuscire più ad aggiustare quello che avevo sempre aggiustato.

Avevo sempre tenuto in ordine il mio laboratorio, ogni attrezzo al suo posto. Adesso è un macello. Incolpavo gli amici di aver preso gli attrezzi e non averli rimessi a posto quando non li trovavo. Invece ero io. Facevo il pompiere. Ho cominciato a scordarmi i nomi dei ragazzi della mia squadra. Non riuscivo a finire le frasi. Mi sono dimenticato come si fa una tazza di caffè. Avevo visto capitare le stesse cose a mia madre, quando ero ragazzo. Anche lei aveva l'Alzheimer presenile.»

Condivisero le esperienze dei primi sintomi, le difficoltà per arrivare a una diagnosi corretta, le strategie per affrontare la malattia e conviverci. Raccontarono e risero e piansero per storie di chiavi smarrite, pensieri smarriti e sogni di vita smarriti. Alice si sentiva ascoltata, senza che nessuno si preoccupasse di correggerla. Si sentiva normale.

«Alice, tuo marito lavora ancora?» chiese Mary.

«Sì. Questo semestre era sommerso tra ricerca e insegnamento. Ha viaggiato molto. Non è stato facile. Ma il prossimo anno avremo tutti e due un sabbatico. Quindi devo solo resistere fino alla fine del prossimo semestre e poi potremo stare a casa insieme per tutto un anno.»

«Ce la puoi fare, ci sei quasi» disse Cathy.

Mancavano solo pochi mesi.

Anna mandò Lydia in cucina a preparare il budino di pane alla cioccolata bianca. Evidentemente incinta e ormai superate le nausee, Anna sembrava mangiare di continuo, come se avesse la missione di controbilanciare le calorie perse durante i mesi di vomito mattutino.

«Ho delle notizie importanti» disse John. «Mi hanno offerto l'incarico di presidente del programma di biologia e genetica del centro oncologico Sloan-Kettering.»

«E dove sarebbe?» chiese Anna con la bocca piena di mirtilli ricoperti di cioccolato.

«A New York.»

Nessuno disse una parola. Dallo stereo Dean Martin intonò *A Marshmallow World*.

«Be', tu non starai mica considerando la possibilità di accettarlo, vero?» chiese Anna.

«Invece sì. Sono stato da loro diverse volte quest'autunno, e sarebbe l'incarico ideale per me.»

«E la mamma?» chiese Anna.

«Lei non lavora più, e ha quasi smesso del tutto di andare al campus.»

«Ma ha bisogno di stare qui» disse Anna.

«No che non ne ha bisogno. Starà con me.»

«Oh, ti prego! Io vengo qui la sera, così tu puoi lavorare fino a tardi, e mi fermo a dormire quando sei fuori città, e Tom viene quando può nel weekend» disse Anna. «Non siamo qui a tempo pieno, ma...»

«Appunto, non ci siete a tempo pieno. Non vi rendete conto di quanto stia peggiorando. Finge di essere molto più presente di quanto lo sia davvero. Credete davvero che di qui a un anno riuscirà ancora a rendersi conto di essere a Cambridge? Già ora non riconosce i posti a tre isolati da qui. Se fossimo a New York e le dicessi che siamo ancora in Harvard Square, non si accorgerebbe della differenza.»

«Sì che se ne accorgerebbe, papà, non dire così» disse Tom.

«Be', non dovremmo trasferirci prima di settembre. Manca ancora parecchio.»

«Non ha importanza quand'è, lei ha bisogno di stare qui. Peggiorerà molto più in fretta se la porti via» disse Anna.

«Sono d'accordo» disse Tom.

Parlavano di lei come se non fosse seduta in poltrona a pochi passi da loro. Parlavano di lei, davanti a lei, come se fosse sorda. Parlavano di lei, davanti a lei, senza coinvolgerla, come se avesse l'Alzheimer.

«Un incarico del genere potrebbe non ripresentarsi mai più, e vogliono me.»

«Voglio che lei possa vedere i gemelli» disse Anna.

«New York non è poi così lontana. E non c'è nessuna garanzia che continuerete tutti ad abitare a Boston.»

«Potrei esserci io, a New York» disse Lydia.

Lydia era sulla porta tra il salotto e la cucina. Alice non l'aveva vista prima che aprisse bocca e l'apparizione improvvisa nella sua visione periferica la fece trasalire.

«Ho fatto domanda di ammissione alla NYU, alla Brandeis University e a Yale. Se mi accettano alla NYU e tu e la mamma sarete a New York, potrei venire a stare con voi e dare una mano. E se invece resterete qui e mi accettano alla Brandeis, potrei essere comunque nelle vicinanze» disse Lydia.

Alice avrebbe voluto dire a Lydia che erano tutte scuole eccellenti. Voleva chiedere quali programmi le interessavano di più. Voleva dirle che era fiera di lei. Ma quel giorno i pensieri si muovevano lenti dall'idea alla bocca, come se dovessero nuotare per chilometri in un fiume scuro e melmoso prima di emergere e farsi sentire, e la maggior parte di essi affogassero lungo la strada.

«È fantastico, Lydia» disse Tom.

«Allora è tutto qui? Vuoi continuare con la tua vita come se la mamma non avesse l'Alzheimer e noi non possiamo dire la nostra?» chiese Anna.

«Io mi sto già sacrificando molto» disse John.

L'aveva sempre amata, ma lei glielo aveva reso facile. Aveva sempre considerato il tempo che restava loro da trascorrere insieme come qualcosa di prezioso. Non sapeva per quanto ancora sarebbe rimasta se stessa, ma era convinta di potercela fare per tutto l'anno sabbatico. Un ultimo sabbatico insieme. Non intendeva rinunciarci per niente al mondo.

Lui invece sì, a quanto pareva. Come poteva farlo? La

domanda infuriò senza risposta nella melma scura del fiume che aveva in testa. Come poteva? La risposta che trovò la colpì come un calcio dietro alla testa e le serrò il cuore in una morsa. Uno di loro avrebbe dovuto sacrificare tutto.

Alice, rispondi alle seguenti domande:

1. Che mese è?
2. Dove abiti?
3. Dov'è il tuo ufficio?
4. Quand'è nata Anna?
5. Quanti figli hai?

Se hai difficoltà a rispondere a qualcuna di queste domande apri il file "Farfalla" sul tuo computer e segui immediatamente le istruzioni che trovi.

Dicembre
Harvard Square
Harvard
Aprile
Tre

Gennaio 2005

«Mamma, svegliati. Da quanto sta dormendo?»

«Ormai sono quasi diciotto ore.»

«Le era mai successo prima d'ora?»

«Un paio di volte.»

«Papà, sono preoccupata. E se ieri avesse preso troppe pillole?»

«No, ho controllato flacone e dispenser.»

Alice poteva sentirli parlare e capiva quello che dicevano, ma era solo vagamente interessata. Era come origliare una conversazione tra estranei a proposito di una donna che non conosceva. Non aveva voglia di svegliarsi. Non si rendeva conto di essere addormentata.

«Ali, mi senti?»

«Mamma, sono io, Lydia, ce la fai a svegliarti?»

La donna di nome Lydia disse che voleva chiamare un dottore. L'uomo di nome papà disse di lasciar dormire un altro po' la donna di nome Ali. Parlarono di ordinare qualcosa al ristorante messicano e cenare in casa. Forse l'odore di cibo avrebbe risvegliato la donna di nome Ali. Poi le voci cessarono. Tutto tornò buio e silenzioso.

Camminava lungo un sentiero sabbioso che conduceva nel fitto di un bosco. Attraverso una serie di tornanti risalì oltre il bosco fino a una scogliera ripida ed esposta. Camminò fino al bordo e guardò in basso. Sotto di lei l'oceano era ghiacciato, le rive sepolte sotto cumuli di neve. Davanti a lei si allargava un paesaggio senza vita, senza colore, incredibilmente immobile e silenzioso. Chiamò forte John, la sua voce però non aveva suono. Si voltò per tornare indietro, ma il sentiero e il bosco erano scomparsi. Abbassò lo sguardo sulle proprie caviglie pallide e ossute e sui piedi scalzi. In mancanza di un'altra scelta, si preparò a saltare dalla scogliera.

Era seduta su una sdraio e seppelliva ed estraeva i piedi dalla finissima sabbia calda. Guardava Christina, la sua migliore amica dell'asilo, che aveva ancora cinque anni e faceva volare un aquilone a forma di farfalla. Le margherite rosa e gialle sul costumino di Christina, le ali celesti e viola dell'aquilone fatto a farfalla, le tonalità di azzurro del cielo, il sole rosso, lo smalto rosso che aveva sulle unghie dei piedi, tutti i colori che le scorrevano davanti agli occhi sembravano in effetti più netti e brillanti di qualunque altra cosa avesse mai visto. Guardando Christina si sentì sopraffatta dalla gioia e dall'amore, non tanto per l'amica d'infanzia quanto per i colori sbalorditivi e brillanti del suo costume e del suo aquilone.

Sua sorella Anne e Lydia, entrambe sui sedici anni, erano distese l'una accanto all'altra su teli da spiaggia a strisce rosse, bianche e blu. I loro lucidi corpi ambrati in bikini uguali rosa confetto risplendevano al sole. Anche loro erano radiose, colorate come cartoni animati e incantevoli.

«Pronta?» chiese John.

«Ho un po' paura.»

«Adesso o mai più.»

Lei si alzò e lui le strinse attorno al busto le cinghie di un'imbracatura attaccata a un parasail arancio vivo. Fece scattare gli agganci e aggiustò le fibbie finché lei si sentì comoda e sicura. La tenne per le spalle, opponendo resistenza alla forza invisibile che cercava di sollevarla.

«Pronta?» chiese John.

«Sì.»

La lasciò andare e lei si sollevò con una velocità inebriante nell'azzurro del cielo. I venti che la trasportavano erano vortici abbaglianti color uovo di pettirosso, pervinca, lavanda e fucsia. L'oceano sotto di lei era un caleidoscopio in movimento di turchese, acquamarina e viola.

L'aquilone a farfalla di Christina si era guadagnato la libertà e fluttuava poco lontano. Era la cosa più bella che Alice avesse mai visto e lo voleva più di quanto avesse mai desiderato qualunque altra cosa. Allungò la mano per afferrare la cordicella ma un cambiamento improvviso della corrente d'aria la fece girare su se stessa. Si guardò indietro ma a coprirle la vista c'era l'arancio vivo del suo parasail. Per la prima volta si rese conto che non poteva cambiare direzione. Guardò in basso verso il terreno, verso i puntini in movimento che erano la sua famiglia. Si chiese se quelle meravigliose correnti così vivide l'avrebbero mai riportata da loro.

Lydia era rannicchiata su un fianco sopra le coperte sul letto di Alice. Le tende erano tirate e una fioca luce soffusa illuminava la stanza.

«Sto sognando?» chiese Alice.

«No, sei sveglia.»

«Per quanto ho dormito?»

«Ormai sono un paio di giorni.»

«Oh no, mi dispiace.»

«Va tutto bene, mamma. È bello sentire la tua voce. Pensi di aver preso troppe pillole?»

«Non mi ricordo. Può darsi. Ma non l'ho fatto apposta.»

«Sono preoccupata per te.»

Alice guardò Lydia un pezzo alla volta, istantanee ravvicinate dei suoi tratti. Li riconobbe uno alla volta come le persone riconoscono la casa in cui sono cresciute, la voce dei genitori, le pieghe delle proprie mani, d'istinto, senza sforzo né riflessione. Ma stranamente aveva difficoltà a riconoscere Lydia nel suo complesso.

«Sei così bella» disse Alice. «Ho tanta paura di guardarti e non sapere chi sei.»

«Credo che se anche un giorno non mi riconoscessi, sapresti comunque che ti voglio bene.»

«E se invece ti guardo e non so che sei mia figlia e non so che mi vuoi bene?»

«Allora te lo dirò io che te ne voglio, e tu mi crederai.»

Detto così le piaceva. "Ma io le vorrò sempre bene? Il mio amore per lei risiede nella testa o nel cuore?" La scienziata che era in lei credeva che le emozioni si originassero nelle strutture cerebrali del sistema limbico, strutture che nel suo caso, in quel momento, erano in trincea a combattere una battaglia che non avrebbe lasciato sopravvissuti. La madre che era in lei era convinta che l'amore per sua figlia fosse al sicuro dal caos della sua testa, perché era nel cuore che dimorava.

«Come ti senti, mamma?»

«Non troppo bene. Questo semestre è stato difficile senza il mio lavoro, senza Harvard, e con la malattia che peggiora e tuo padre che non è mai a casa. È stato quasi troppo da sopportare.»

«Mi dispiace tanto. Vorrei poter passare più tempo con te. Il prossimo autunno sarò più vicina. Avevo pensato di tornare prima, ma ho appena ottenuto una parte in questo lavoro importante. È una particina, ma...»

«Va bene così. Anch'io vorrei vederti più spesso, ma non potrei mai permetterti di non vivere la tua vita per colpa mia.»

Pensò a John.

«Tuo padre vuole trasferirsi a New York. Ha avuto una proposta dallo Sloan-Kettering.»

«Lo so. C'ero anch'io.»

«Io non ci voglio andare.»

«Non l'ho mai pensato.»

«Non posso andarmene di qui. I gemelli nasceranno in aprile.»

«Non vedo l'ora che arrivino quei bambini.»

«Anch'io.»

Alice immaginò di tenerli tra le braccia, i corpicini caldi, le piccole dita incurvate e i piedini paffuti ancora nuovi, gli occhietti tondi e un po' gonfi. Chissà se avrebbero somigliato più a lei o a John. E l'odore. Non vedeva l'ora di sentire l'odore dei suoi deliziosi nipotini.

La maggior parte dei nonni si diverte a immaginare la vita dei nipotini, la prospettiva di assistere a recite e feste di compleanno, diplomi e matrimoni. Lei sapeva che non ci sarebbe stata, a recite e feste di compleanno, ai diplomi e ai matrimoni. Però ci sarebbe stata per tenerli in braccio e annusarli, e neanche per idea aveva intenzione di starsene invece da qualche parte a New York.

«Come sta Malcolm?»

«Bene. Abbiamo appena partecipato insieme alla Memory Walk a Los Angeles.»

«Che tipo è?»

Il sorriso di Lydia arrivò prima della sua risposta.

«È molto alto, ama la vita all'aria aperta, un po' timido.»

«E con te com'è?»

«È molto dolce. Adora la mia intelligenza, è orgoglioso della mia recitazione, si vanta di me, è quasi imbarazzante. Ti piacerebbe.»

«E tu come sei con lui?»

Lydia ci rifletté per diversi minuti, come se non lo avesse mai fatto prima.

«Me stessa.»

«Bene.»

Alice sorrise e strinse la mano di Lydia. Pensò di chiederle cosa significasse questo per lei, di descriversi, di ricordarlo anche a lei, ma il pensiero evaporò troppo in fretta per metterlo in parole.

«Di cosa stavamo parlando?» chiese Alice.

«Malcolm, Memory Walk? New York?» provò a suggerire Lydia.

«Qui attorno posso andare a passeggio, e mi sento al sicuro. Anche quando mi capita di perdermi, prima o poi vedo qualcosa di familiare, e nei negozi c'è sempre qualcuno che mi conosce e che mi rimette sulla strada giusta. La ragazza che c'è da Jerri's tiene sempre d'occhio il mio portafoglio e le chiavi.

E qui ho anche i miei amici del gruppo di sostegno. Ho bisogno di loro. Non ce la farei più a imparare New York, adesso. Perderei quella poca indipendenza che mi resta. Un nuovo lavoro: tuo padre lavorerebbe tutto il tempo. Perderei anche lui.»

«Mamma, tutto questo dovresti dirlo a papà.»

Aveva ragione. Ma era molto più facile dirlo a lei.

«Lydia, sono così fiera di te.»

«Grazie.»

«Se mai dovessi dimenticarmelo, sappi che ti voglio bene.»

«Ti voglio bene anch'io, mamma.»

«Non voglio trasferirmi a New York» disse Alice.

«Manca ancora molto tempo, non dobbiamo decidere subito» disse John.

«Io *voglio* decidere subito. Sto decidendo in questo momento. Voglio essere molto chiara in proposito finché ancora ci riesco. Non voglio trasferirmi a New York.»

«E se ci fosse anche Lydia?»

«E se non ci fosse? Avresti dovuto discuterne con me, prima di annunciarlo ai ragazzi.»

«L'ho fatto.»

«No, non è vero.»

«Sì che te l'ho detto, diverse volte.»

«Ah, e così sono io che non me lo ricordo? Molto comodo.»

Respirò, inspirazione dal naso, espirazione dalla bocca, concedendosi un momento per calmarsi e tirarsi fuori da quella lite puerile in cui si stavano cacciando.

«John, sapevo che ti incontravi con delle persone dello Sloan-Kettering, ma non ho mai saputo che ti stavano proponendo un incarico per l'anno prossimo. Se lo avessi saputo te lo avrei detto prima.»

«Ti ho spiegato perché li incontravo.»

«Va bene. Sarebbero disponibili a lasciarti prendere il tuo sabbatico e cominciare a settembre dell'anno successivo?»

«No, vogliono una persona subito. È già stato abbastanza difficile convincerli ad aspettare fino a ora, ma avevo bisogno di tempo per finire alcune cose qui al laboratorio.»

«Non potrebbero prendere qualcuno temporaneamente, tu prendi il sabbatico con me, e poi cominci più avanti?»

«No.»

«Gliel'hai almeno chiesto?»

«Senti, in questo campo c'è una forte concorrenza e tutto si muove molto rapidamente. Siamo alla vigilia di scoperte importanti. Voglio dire, stiamo bussando alla porta di una cura contro il cancro. Le aziende farmaceutiche sono interessate. E a Harvard, con tutte le lezioni e le scartoffie amministrative, perdo solo tempo. Se non colgo questa occasione, potrei giocarmi l'unica possibilità di scoprire qualcosa che conti davvero.»

«Questa non è la tua unica possibilità. Sei in gamba e non hai l'Alzheimer. Ne avrai un sacco, di possibilità.»

Lui la guardò senza dire nulla.

«L'anno prossimo è l'unica possibilità *per me*, John, non per te. L'anno prossimo è la mia ultima possibilità di vivere la mia vita e di sapere che senso ha per me. Non credo mi resti molto tempo per essere ancora me stessa, e quel tempo voglio trascorrerlo con te, e non riesco a credere che non lo voglia anche tu.»

«Certo che lo voglio. E saremo insieme.»

«Stronzate, e lo sai. La nostra vita è qui. Tom e Anna e i bambini, Mary, Cathy e Dan, e forse Lydia. Se accetti quel posto non farai altro che lavorare, lo sai che è così, e io sarò là da sola. Questa decisione non c'entra niente con il voler stare con me, e porterebbe via tutto quello che mi resta. Io non ci vengo.»

«Non lavorerei tutto il tempo, te lo prometto. E se Lydia andasse davvero a vivere a New York? E se tu potessi trascorrere una settimana al mese con Anna e Charlie? Ci sono tanti modi per organizzarci in modo che tu non rimanga sola.»

«E se Lydia non andasse a New York? Se andasse invece alla Brandeis?»

«Ecco perché credo che dovremmo aspettare, decidere in seguito, quando avremo più informazioni.»

«Voglio che tu prenda l'anno sabbatico.»

«Alice, per me la scelta non è tra il posto allo Sloan o l'anno sabbatico. È tra il posto allo Sloan o continuare qui a Harvard. Non posso prendermi un sabbatico l'anno prossimo.»

Lui si fece indistinto mentre Alice cominciava a tremare e gli occhi le bruciavano per le lacrime di rabbia.

«Non ce la faccio più! Ti prego! Non ce la faccio a resistere senza di te! Sì che puoi prenderti un anno. Se volessi, potresti farlo! Ho bisogno che tu lo faccia.»

«E se rinuncio al posto e prendo l'anno sabbatico, e tu non sai più neppure chi sono?»

«E se invece continuassi a saperlo, ma non lo sapessi più l'anno successivo? Come puoi anche solo pensare di trascorrere il poco tempo che ci resta insieme rintanato in quel tuo cazzo di laboratorio? Io non te lo farei mai.»

«Io non ti chiederei mai di farlo.»

«Non ne avresti bisogno.»

«Non credo di poterlo fare, Alice. Scusami, ma non credo di sopportare di starmene qui in casa un anno intero a guardare questa malattia che ti porta via tutto. Non ce la faccio a guardarti quando non sai come fare a vestirti o come far funzionare il televisore. Se sono in laboratorio non sono costretto a guardarti mentre appiccichi post-it ai pensili e sulle porte. Non ce la faccio a stare qui in casa a guardarti peggiorare. Mi uccide.»

«No, John. Sta uccidendo *me*, non te. Peggioro comunque, che tu sia in casa a guardarmi o nascosto nel tuo laboratorio. Mi stai perdendo. Io mi sto perdendo. Ma se non ti prendi il prossimo anno libero per stare qui con me, perderemo te per primo. Io ho l'Alzheimer. E tu che cazzo di scusa hai?»

Tirò fuori barattoli e scatole e bottiglie, bicchieri e piatti e ciotole, pentole e padelle. Impilò tutto sul tavolo della cucina, e quando finì lo spazio usò il pavimento.

Tirò fuori tutti i cappotti dall'armadio a muro dell'ingresso, aprì e rovesciò tutte le tasche. Trovò soldi, matrici di biglietti, fazzoletti di carta, e niente. Dopo ogni ispezione infruttuosa, lasciava cadere in terra il cappotto innocente.

Estrasse i cuscini da poltrone e divani. Svuotò il cassetto della sua scrivania e lo schedario. Rovesciò il contenuto della cartella dei libri, della borsa del computer e della borsetta celeste. Frugò tra gli oggetti, toccandoli uno per uno per registrarne il nome nella memoria. Niente.

La ricerca non esigeva che ricordasse dove aveva già controllato. I mucchi del suo materiale di scarto evidenziavano i precedenti siti di scavo. A giudicare dalle apparenze aveva già coperto l'intero pianterreno. Era frenetica, sudata fradicia. Non intendeva mollare. Corse di sopra.

Rovistò nel cesto della biancheria, nei comodini, nei cassetti della toeletta, negli armadi in camera, nel portagioielli, nell'armadio delle lenzuola, nell'armadietto dei medicinali. "Il bagno del pianterreno." Corse giù di nuovo frenetica, sudata.

Nell'ingresso c'era John, in mezzo a uno strato di cappotti che gli arrivava alle caviglie.

«Che diavolo è successo qui dentro?» chiese.

«Cerco una cosa.»

«Cosa?»

Non le veniva il nome, ma era sicura che da qualche parte nella sua testa c'era, e se lo sarebbe ricordato.

«Lo saprò appena la trovo.»

«Qua dentro è un macello. Sembra che ci abbiano svaligiati.»

A quello non aveva pensato. Ecco perché non lo trovava.

«Oh mio Dio, forse qualcuno l'ha rubato.»

«Non c'è stato nessun ladro. Sei tu che hai rivoltato la casa.»

Adocchiò un cesto portariviste ancora intatto vicino al divano del salotto. Lasciò John e la teoria del furto nell'ingresso, sollevò il pesante cesto, rovesciò in terra le riviste, le esaminò in fretta e poi si allontanò lasciandole dov'erano. John la seguì.

«Smettila, Alice, non sai neppure cosa stai cercando.»

«Sì che lo so.»

«Cosa, allora?»

«Non te lo so dire.»

«Che aspetto ha, a cosa serve?»

«Non lo so, te l'ho detto, lo saprò appena lo trovo. Devo trovarlo, altrimenti muoio.»

Ripensò a quello che aveva appena detto.

«Dove sono le mie medicine?»

Andarono in cucina, camminando tra scatole di cereali e scatolette di zuppa e di tonno. John trovò i suoi numerosi flaconi di medicine e vitamine sul pavimento, il dispenser suddiviso per i giorni della settimana era in una ciotola sul tavolo di cucina.

«Eccole» disse.

L'urgenza, l'idea che fosse questione di vita o di morte, non si dissipò.

«No, non era questo che cercavo.»

«È pura follia. Devi smetterla. Sembra di essere in una discarica di spazzatura.»

Spazzatura.

Aprì il compattatore, tirò fuori il sacchetto di plastica e lo rovesciò.

«Alice!»

Fece passare le dita tra bucce d'avocado, grasso viscido di pollo, fazzolettini e tovaglioli di carta appallottolati, scatole e incarti vuoti e rifiuti vari. Vide il DVD *Alice Howland.* Tenne in mano la custodia bagnata e rimase a fissarla. "Uh, questo non volevo buttarlo via."

«Eccolo, dev'essere questo» disse John. «Sono contento che tu l'abbia trovato.»

«No, non è questo.»

«D'accordo, senti, c'è spazzatura in giro per tutto il pavimento. Adesso basta, va' a sederti e rilassati. Sei agitata. Forse se ti fermi e ti rilassi ti tornerà in mente.»

«D'accordo.»

Forse se si fosse seduta tranquilla le sarebbe venuto in

mente cos'era e dove l'aveva messo. O forse si sarebbe dimenticata che stava cercando qualcosa.

La nevicata che era cominciata il giorno prima, formando uno strato di più di mezzo metro su gran parte del New England, era appena cessata. Non se ne sarebbe neppure accorta se non fosse stato per lo stridio dei tergicristalli che continuavano il loro andirivieni sul parabrezza ormai asciutto. John li fermò. Le strade erano segnate dagli pneumatici, ma non c'erano altre auto in giro oltre la loro. Alice aveva sempre amato la quiete serena e l'immobilità che seguivano una nevicata abbondante, ma quel giorno la irritavano.

John condusse l'auto all'interno del Mount Auburn Cemetery. Uno spazio limitato per il parcheggio era stato liberato dalla neve, ma il cimitero vero e proprio, i sentieri e le lapidi non erano stati ancora sgombrati.

«Temevo che sarebbe stato ancora così. Sarà meglio tornare un altro giorno» disse.

«No, aspetta. Lasciami guardare soltanto per un momento.»

I vetusti alberi neri, con i rami varicosi e contorti spolverizzati di bianco, regnavano su quel paese delle meraviglie in versione invernale. Dalla distesa di neve sporgevano giusto le sommità grigie delle lapidi più alte ed elaborate di chi era stato un tempo ricco e famoso, e nient'altro. Tutto il resto era sepolto. Corpi in decomposizione nelle loro bare sepolti sotto pietra e terra, pietra e terra sepolte sotto la neve. Tutto era nero e bianco e ghiacciato e morto.

«John?»

«Cosa?»

Aveva detto il suo nome troppo forte, rompendo di colpo il silenzio e facendolo trasalire.

«Niente, possiamo andare. Non voglio stare qui.»

«Possiamo provare a tornarci più avanti questa settimana, se vuoi» disse John.

«Tornare dove?» chiese Alice.

«Al cimitero.»

«Ah.»

Era seduta al tavolo della cucina. John versò del vino rosso in due bicchieri e gliene porse uno. Per abitudine Alice fece ruotare il bicchiere. Continuava a dimenticarsi il nome di sua figlia, l'attrice, però si ricordava di ruotare il bicchiere, e che le piaceva farlo. Che strana malattia. Studiò il movimento ipnotico del vino nel bicchiere, il suo colore rosso sangue, l'intenso profumo d'uva, di quercia e di terra, e il calore che sviluppava quando le scendeva nello stomaco.

Davanti alla porta del frigo, John stava tirando fuori un blocco di formaggio, un limone, una cosa liquida e piccante e un paio di cosi verdurosi rossi.

«Che ne dici di *enchiladas* di pollo?» le chiese.

«Ottime.»

Aprì il freezer e ci frugò dentro.

«Ne abbiamo di pollo?» chiese.

Lei non rispose.

«Oh no, Alice.»

Si voltò a mostrarle qualcosa che aveva in mano. Non era pollo.

«È il tuo BlackBerry. Era nel freezer.»

Premette i pulsanti, lo scrollò, lo strofinò.

«Sembra che ci sia entrata dell'acqua. Vedremo quando si scongela, ma mi sa che è andato» disse.

Lei scoppiò in un pianto immediato e sincero.

«Va tutto bene. Se è andato ne compreremo uno nuovo.»

"È ridicolo. Perché me la prendo tanto per un'agenda elettronica rotta?" In realtà forse stava piangendo per la morte di sua madre, di sua sorella e di suo padre. Forse stava dando sfogo a emozioni che aveva provato prima ma che non era riuscita a manifestare al cimitero. Avrebbe avuto più senso. Solo che non era così. Forse la morte dell'agenda simboleggiava la morte della sua docenza a Harvard, e in realtà stava piangendo per la perdita del suo lavoro. Anche così sembrava sensato. Ma quello che provava davvero era un dolore inconsolabile proprio per la morte del BlackBerry.

Febbraio 2005

Si lasciò cadere sulla sedia accanto a John, di fronte al dottor Davis, emotivamente esausta e intellettualmente svuotata. Si era sottoposta a numerosi test neuropsicologici nella minuscola stanzetta con quella donna, la donna che le faceva i test neuropsicologici in quella minuscola stanzetta, per un tempo tormentosamente lungo. Le parole, le informazioni, il senso delle domande di quella donna e delle sue stesse risposte le sembravano bolle di sapone, come quelle che i bambini soffiano via dalle cannucce di plastica in una giornata ventosa. Si allontanavano in fretta da lei, vorticavano via, e richiedevano un enorme sforzo di concentrazione per seguirle. E quando anche riusciva a tenerne sott'occhio un certo numero, invariabilmente arrivava troppo presto il *pop!* con cui scoppiavano, sparivano nel nulla senza causa apparente, come se non fossero mai esistite. E adesso era il turno del dottor Davis alla cannuccia.

«Bene, Alice, può compitare per me la parola "acqua" al contrario?» le chiese.

Sei mesi prima, quella richiesta le sarebbe sembrata banale e quasi insultante, ma adesso era una richiesta seria che richiedeva un serio sforzo per venire soddisfatta.

Questo riusciva a preoccuparla e umiliarla solo marginalmente, e di certo non la preoccupava e umiliava come avrebbe fatto sei mesi prima. Sperimentava un allentamento sempre maggiore dalla propria autocoscienza. Il suo senso di Alice – quello che sapeva e capiva, quello che le piaceva o non piaceva, quello che sentiva e percepiva – era anch'esso una bolla di sapone, sempre più alta nel cielo e sempre più difficile da individuare, senza nient'altro che una impalpabile membrana lipidica a impedirle di scoppiare nell'aria ormai rarefatta.

Alice compitò "acqua" prima per il suo verso, tra sé, usando le cinque dita della mano sinistra, una per lettera, mentre lo faceva.

«A.» Ripiegò il mignolo. Compitò di nuovo per il verso giusto, tra sé, fermandosi all'anulare, che solo a quel punto ripiegò.

«U.» Ripeté il medesimo procedimento.

«Q.» Rimanevano pollice e indice puntati, come una pistola. Sussurrò tra sé «C, A».

«C, A.»

Sorrise, la mano sinistra sollevata a pugno in segno di vittoria, e guardò John. Stava facendo ruotare la fede e le scoccò un sorrisetto stentato.

«Ben fatto» disse il dottor Davis. Le fece un gran sorriso e sembrò soddisfatto. Quell'uomo le piaceva.

«Adesso vorrei che indicasse la finestra dopo essersi toccata la guancia destra con la mano sinistra.»

Alice sollevò fino al viso la mano sinistra. *Pop!*

«Mi scusi, mi può ripetere le istruzioni?» chiese con la mano ancora vicina al viso.

«Ma certo» disse il dottor Davis amabilmente, come un padre che permette al figlio di dare una sbirciata alla prima carta del mazzo durante una partita, o lo lascia avvicinare di una spanna alla linea di partenza prima di gridare «Via!».

«Indichi la finestra dopo essersi toccata la guancia destra con la mano sinistra.»

La mano sinistra sulla guancia destra prima ancora che avesse finito di parlare, fece poi scattare il braccio destro verso la finestra più in fretta che poteva e si abbandonò a un enorme sospiro.

«Brava, Alice» disse il dottor Davis sorridendo di nuovo.

John non espresse apprezzamento, neanche una traccia di compiacimento o di orgoglio.

«Bene, adesso vorrei che mi dicesse il nome e indirizzo che le avevo chiesto di tenere a mente prima.»

Il nome e indirizzo. Ne aveva un vago ricordo, come quando si svegliava di notte con la sensazione di aver sognato, addirittura di aver sognato qualcosa di particolare, ma per quanto si sforzasse di rifletterci i dettagli del sogno continuavano a sfuggirle. Svanito per sempre.

«È John Qualcosa. Sa, me lo chiede tutte le volte e non sono mai riuscita a ricordarmi dove abita questo tizio.»

«Va bene, tiriamo a indovinare. Era John Black, John White, John Jones o John Smith?»

Non ne aveva idea ma poteva senz'altro stare al gioco.

«Smith.»

«Abita in East Street, West Street, North Street o South Street?»

«South Street.»

«La città era Arlington, Cambridge, Brighton o Brookline?»

«Brookline.»

«Bene, Alice, l'ultima domanda. Dove sono i miei venti dollari?»

«Nel suo portafoglio?»

«No, prima avevo una banconota da venti dollari da qualche parte qui nella stanza, si ricorda dove l'ho messa?»

«L'ha fatto mentre io ero qui?»

«Sì. Le viene in mente niente? Se la trova potrà tenersela.»

«Be', se l'avessi saputo, di sicuro avrei trovato un sistema per ricordarmelo.»

«Ne sono certo. Nessuna idea di dove sia?»

Alice vide che la direzione del suo sguardo si spostava sulla destra, oltre la sua spalla, giusto per un istante, prima di tornare su di lei. Si voltò. Alle sue spalle c'era una lavagna bianca con tre parole scarabocchiate in pennarello rosso: "Glutammato"; "LTP"; "Apoptosi". Il pennarello rosso era appoggiato su un vassoietto in basso, proprio accanto a una banconota da venti dollari. Felice, si avvicinò alla lavagna e reclamò il suo premio.

Il dottor Davis ridacchiò. «Se tutti i miei pazienti fossero così in gamba sarei rovinato.»

«Alice, non puoi tenerli, hai visto che li guardava» disse John.

«Li ho vinti» replicò Alice.

«Va bene così, li ha trovati» disse il dottore.

«È normale che sia in questo stato dopo appena un anno e sotto medicinali?» chiese John.

«Be', ci sono diversi fattori da considerare. La malattia era probabilmente iniziata molto prima della diagnosi del gennaio scorso. Lei, Alice, la vostra famiglia e i suoi colleghi forse avevate considerato alcuni dei sintomi come sciocchezze, niente di rilevante, o li avete liquidati come stanchezza, mancanza di sonno, un bicchiere di troppo o chissà che altro. Può darsi che questo sia andato avanti anche per un anno o due, se non di più.

E lei è incredibilmente intelligente. Se una persona normale ha, tanto per fare un esempio, dieci sinapsi che conducono a una particolare informazione, Alice potrebbe averne una cinquantina. Quando la persona normale perde le dieci sinapsi, quell'informazione diventa inaccessibile, dimenticata. Ma Alice può perdere quelle dieci e disporre di altri quaranta modi per raggiungere il bersaglio. Perciò le sue perdite anatomiche sono funzionalmente meno evidenti, almeno in un primo momento.»

«Però a questo punto ne ha perse molte più di dieci» disse John.

«Sì, temo di sì. La memoria recente è ricaduta nell'ultimo tre per cento di chi riesce a completare i test, le capacità di linguaggio hanno subito un notevole degrado e sta perdendo la coscienza di sé, tutte cose che purtroppo ci aspettavamo di vedere.

Ma è anche incredibilmente piena di risorse. Oggi si è servita di diverse strategie per rispondere correttamente a domande per le quali non ricordava la risposta esatta.»

«Però a molte domande non è comunque riuscita a rispondere correttamente» disse John.

«Sì, questo è vero.»

«È solo che sta peggiorando molto, e così in fretta. Possiamo aumentare il dosaggio dell'Aricept o del Namenda?»

«No, ha già raggiunto il dosaggio massimo per entrambi. Sfortunatamente si tratta di una malattia degenerativa progressiva e incurabile. Continuerà a peggiorare, nonostante le medicine di cui disponiamo al momento.»

«E mi sembra evidente che o le è toccato il placebo, oppure l'Amylix non funziona» disse John.

Il dottor Davis rifletté, come se valutasse l'opportunità di concordare o ribattere.

«Capisco che sia scoraggiato. Ma ho visto spesso periodi inaspettati di stabilità, in cui la malattia sembra fermarsi, e che possono anche prolungarsi per qualche tempo.»

Chiudendo gli occhi, Alice riusciva a vedersi saldamente piantata al centro di un altopiano. Una mesa. Ci si vedeva, e valeva la pena di sperarci. John riusciva a vederla? Riusciva ancora ad avere una speranza per lei o aveva già rinunciato? O peggio ancora, si augurava un suo rapido declino per poterla portare, ormai assente e incapace, a New York in autunno? Avrebbe deciso di restare con lei sull'altopiano, o l'avrebbe spinta giù per il pendio?

Incrociò le braccia, disincrociò le gambe e appoggiò i piedi ben saldi sul pavimento.

«Alice, va ancora a correre?» chiese il dottor Davis.

«No, ho smesso da un po'. Tra gli impegni di John e la mia mancanza di coordinazione... sembra che non riesca a vedere i cordoli o i dossi per strada, né a calcolare le distanze. Ho fatto dei capitomboli disastrosi. Persino a casa, continuo a scordarmi di quelle cose rialzate su ogni soglia e inciampo entrando in ogni stanza. Sono piena di lividi.»

«Capisco. John, sarebbe il caso di eliminare quei rialzi dalle soglie o dipingerli con un colore a contrasto ben visibile, o coprirli con un nastro adesivo brillante, in modo che Alice li veda. Altrimenti si confondono con il pavimento.»

«Va bene.»

«Alice, mi racconti del suo gruppo di sostegno» disse il dottor Davis.

«Siamo in quattro. Ci troviamo una volta alla settimana per qualche ora, a casa di uno di noi, e ci teniamo in contatto via e-mail a giorni alterni. È meraviglioso, parliamo di tutto.»

Il dottor Davis e la donna nella stanzetta le avevano fatto un sacco di domande, quel giorno, domande intese a misurare con precisione il livello di distruzione dentro la sua mente. Ma nessuno meglio di Mary, Cathy e Dan capiva quello che c'era di ancora vivo dentro la sua testa.

«Desidero ringraziarla per l'iniziativa e per aver colmato l'ovvia lacuna nelle strutture di sostegno che abbiamo qui in ospedale. Se mi capitassero nuovi pazienti a uno stadio iniziale o affetti dalla forma presenile, posso indicare loro come mettersi in contatto con lei?»

«Sì, la prego. Dovrebbe anche dire loro del DASNI. È il Dementia Advocacy and Support Network International, un forum online per le persone affette da demenza. Ci ho conosciuto una dozzina di persone, da tutto il paese e dal Canada e persino dal Regno Unito e dall'Australia. Be', non che li abbia conosciuti di persona, è tutto virtuale, ma mi sembra di conoscerli, e loro mi conoscono più intimamente di molte altre persone che frequento da tutta la vita. Non perdiamo tempo, non ne abbiamo abbastanza. Parliamo delle cose che contano davvero.»

John si agitò sulla sedia e fece dondolare la gamba.

«Grazie, Alice, aggiungerò il sito web al nostro pacchetto standard di informazioni. E lei, John? Ha parlato con la nostra assistente sociale o è stato a qualche incontro del gruppo di sostegno per chi assiste i malati?»

«No, non ci sono andato. Un paio di volte ho preso il caffè con mariti e mogli del gruppo di Alice, ma nient'altro.»

«Potrebbe considerare la possibilità di un sostegno anche per lei. Non è lei il malato, ma vivendo con Alice convive con la malattia, e non è facile per chi assiste. Vedo ogni giorno quale tributo richieda, attraverso i familiari che vengono qui. Ci sono Denise Daddario, l'assistente sociale, e il gruppo di sostegno dell'ospedale per i familiari dei malati, e so che anche la Massachusetts Alzheimer's Association ha organizzato diversi gruppi di sostegno a livello locale. Le risorse ci sono e sono a sua disposizione, quindi non esiti se ne sente il bisogno.»

«D'accordo.»

«A proposito dell'Alzheimer's Association, Alice, ho

appena ricevuto il programma per la loro conferenza annuale sulla cura della demenza, e ho visto che terrà lei il discorso di apertura» disse il dottor Davis.

La conferenza annuale dell'Alzheimer's Association era un convegno a livello nazionale per professionisti che operavano nella cura di pazienti affetti da demenza e per le famiglie dei pazienti. Neurologi, medici generici, geriatri, neuropsicologi, infermieri e assistenti sociali si riunivano per scambiarsi informazioni sui nuovi approcci diagnostici, trattamenti e cura dei pazienti. Qualcosa di simile al gruppo di sostegno di Alice e al DASNI, solo più in grande e per i non malati. Quell'anno l'incontro si sarebbe tenuto a Boston, il mese successivo.

«Sì» rispose Alice. «Volevo proprio chiederle se ci sarà anche lei.»

«Certo, e farò in modo di essere in prima fila. Sa, a me non hanno mai chiesto di parlare davanti a tutti» disse il dottor Davis. «Lei è una donna eccezionale e coraggiosa, Alice.»

Il complimento, genuino e per niente paternalistico, era proprio lo stimolo di cui il suo ego avvertiva il bisogno dopo essere stato maltrattato da tutti quei test. John fece ruotare la fede. La guardò con le lacrime agli occhi e un sorriso teso che la confuse.

Marzo 2005

Alice era sul podio con la stampata del discorso stretta in mano e osservava il pubblico seduto nel salone delle feste dell'hotel. In passato aveva la capacità, con un'occhiata, di giudicare con precisione quasi soprannaturale il numero di persone che lo componeva. Un'abilità che non possedeva più. C'era molta gente. L'organizzatrice, come-si-chiamava, le aveva detto che si erano registrate più di settecento persone. Alice aveva tenuto molti discorsi davanti a platee come quella o anche più vaste. In passato, il suo pubblico includeva illustri docenti dell'Ivy League, premi Nobel e luminari di livello mondiale della ricerca psicologica e linguistica.

John era seduto in prima fila. Continuava a voltarsi indietro e ad arrotolare in un tubo stretto il programma che aveva in mano. Si era accorta solo in quel momento che si era infilato la sua maglietta grigia portafortuna. Di solito la riservava alle giornate da grandi risultati in laboratorio. Sorrise a quella sua superstizione.

Anna, Charlie e Tom erano seduti accanto a lui, e chiacchieravano tra loro. A pochi posti di distanza c'erano Mary, Cathy e Dan con i rispettivi mariti e moglie. Al centro della prima fila il dottor Davis era pronto con blocco e penna. Alle loro spalle un mare di professionisti della sanità impegnati nella cura di persone affette da demenza. Poteva anche non essere il suo pubblico più numeroso o più prestigioso, ma di tutti i discorsi tenuti in vita sua si augurava che quello avesse il maggiore impatto.

Fece scorrere le dita avanti e indietro sulla superficie delle ali ingemmate della collana a farfalla, posata, come su un fiore, sulla punta ossuta dello sterno. Si schiarì la gola. Bevve un sorso d'acqua. Toccò di nuovo le ali della farfalla, come portafortuna. *Oggi è un'occasione speciale, mamma.*

«Buongiorno. Sono la dottoressa Alice Howland. Ma non sono una neurologa e neppure un medico generico. Il mio dottorato è in psicologia. Ho insegnato alla Harvard University per venticinque anni. Ho tenuto corsi di psicologia cognitiva, ho condotto ricerche nel campo della linguistica e tenuto conferenze in tutto il mondo.

Ma oggi non sono qui per parlarvi in qualità di esperta di psicologia o di linguaggio. Oggi sono qui per parlarvi come esperta del morbo di Alzheimer. Non curo pazienti, non conduco sperimentazioni cliniche, non studio mutazioni del DNA né offro sostegno psicologico ai pazienti o alle loro famiglie. Sono esperta dell'argomento perché poco più di un anno fa mi è stata diagnosticata una forma presenile di Alzheimer.

Sono onorata di avere quest'opportunità di parlare con voi oggi, nella speranza di potervi fornire qualche indicazione su cosa significhi convivere con la malattia. Presto, pur continuando a sapere cosa si prova, non sarò più in grado di raccontarvelo. E anche troppo presto non avrò più nemmeno coscienza di essere malata. Perciò quello che ho da dirvi oggi arriva al momento giusto.

Nella fase iniziale dell'Alzheimer noi malati non siamo

del tutto incapaci. Non siamo privi di linguaggio o di opinioni che contano o di prolungati periodi di lucidità. Eppure non siamo più affidabili né all'altezza della maggior parte dei compiti richiesti dalla nostra precedente esistenza. Sentiamo di non stare né da una parte né dall'altra, come qualche folle personaggio del dottor Seuss in una terra bizzarra. È un posto molto solitario e frustrante in cui ritrovarsi.

Non lavoro più a Harvard. Non leggo e non scrivo più libri o articoli di ricerca. La mia realtà è completamente diversa da com'era poco tempo fa. E distorta. I percorsi neurali che utilizzavo per comprendere quello che mi viene detto, quello che penso e quello che succede intorno a me sono invischiati nell'amiloide. Combatto per trovare le parole che vorrei dire e spesso sento di dire parole sbagliate. Non riesco a giudicare le distanze spaziali, questo significa che mi cadono le cose e cado spesso e riesco a perdermi a due isolati da casa. E la mia memoria a breve termine è appesa a un paio di fragili fili.

Sto perdendo i miei ieri. Se mi chiedeste cos'ho fatto ieri, cos'è successo, cos'ho visto e sentito e ascoltato, mi sarebbe molto difficile fornirvi i dettagli. Posso forse azzeccare un paio di cose. Sono brava a tirare a indovinare. Ma non è che lo sappia davvero. Non mi ricordo di ieri e neppure dell'altroieri.

E non ho alcun controllo su quali ieri posso ricordare e quali vanno perduti. Con questa malattia non si può patteggiare. Non posso scambiare i nomi dei presidenti degli Stati Uniti con quelli dei miei figli. Non posso rinunciare ai nomi delle capitali di Stato e trattenere i ricordi di mio marito.

Ho spesso paura del domani. E se mi svegliassi senza riconoscere mio marito? Se non sapessi dove mi trovo o non mi riconoscessi allo specchio? Quando smetterò di essere me stessa? La parte del mio cervello responsabile del mio essere me stessa e nessun'altra è vulnerabile alla malattia? O la mia identità è qualcosa che trascende neuroni, proteine e difetti molecolari del DNA? Il mio corpo e il mio spirito sono immuni dal saccheggio dell'Alzheimer? Io credo di sì.

Sentirsi diagnosticare l'Alzheimer è come essere marchiato con una lettera scarlatta. È quello che sono adesso, una persona affetta da demenza. E il modo in cui, per un certo periodo, mi definirò io, e poi continueranno a definirmi gli altri. Ma io non sono quello che dico o quello che faccio o quello che ricordo. In realtà sono molto di più.

Sono una moglie, una madre, un'amica e presto sarò una nonna. Provo ancora sentimenti, capisco e merito l'amore e la gioia di questi rapporti. Sono ancora un membro attivo della società. Il mio cervello non funziona più al meglio ma uso gli orecchi per ascoltare senza riserve, offro le mie spalle per piangere e le mie braccia per stringere altre persone malate come me. Attraverso un gruppo di sostegno per l'Alzheimer presenile, attraverso il DASNI, parlando oggi qui davanti a voi, sto aiutando chi soffre di demenza a convivere al meglio con la malattia. Non sono una persona che sta morendo. Sono una persona che vive con l'Alzheimer. E cerco di farlo nel modo migliore possibile.

Vorrei incoraggiare la diagnosi precoce, chiedendo ai medici di non dare per scontato che problemi cognitivi e di memoria in persone di quaranta o cinquant'anni dipendano sempre da depressione o stress o menopausa. Prima riceviamo una diagnosi corretta, prima possiamo iniziare le terapie e avere la speranza di ritardare il progresso della malattia e rimanere stabili abbastanza a lungo da sperare nei benefici di una nuova cura o di una nuova sperimentazione. Ho ancora la speranza di una cura per me, per i miei amici affetti da demenza, per mia figlia che è portatrice della medesima mutazione genetica. Forse non sarò mai più in grado di recuperare quello che ho perduto, ma posso conservare quello che ho ancora. E ho ancora molto.

Per favore, non limitatevi a guardare la nostra lettera scarlatta e a cancellarci dalla vostra vita. Guardateci negli occhi e parlate con noi. Non spaventatevi e non prendetela come un'offesa personale quando faremo degli errori, perché li faremo. Ripeteremo le stesse cose, cambieremo posto alle cose e ci perderemo. Ci dimenticheremo come vi chiamate e cos'avete detto due minuti prima. Faremo anche del nostro meglio per compensare e nascondere le nostre lacune cognitive.

Vi incoraggio a darci maggiore autonomia, anziché limitarci. Se una persona ha una lesione alla spina dorsale, se ha perso un arto o è disabile per un ictus, la famiglia e i sanitari che l'assistono fanno del loro meglio per favorirne la riabilitazione, per trovare il modo di affrontare e superare le perdite. Lavorate con noi. Aiutateci a sviluppare soluzioni che ci permettano di aggirare i nostri deficit di memoria, linguaggio e capacità cognitive. Incoraggiateci a partecipare a gruppi di sostegno. Possiamo aiutarci a vicenda, sia le persone affette da demenza sia chi le assiste, attraversare insieme quella landa da dottor Seuss che non è questo e neppure quello.

I miei ieri stanno scomparendo, i miei domani sono incerti, e allora per cosa vivo? Vivo giorno per giorno. Vivo nel presente. Uno di questi domani dimenticherò di essere stata qui davanti a voi a tenere questo discorso. Ma solo perché presto me ne dimenticherò non vuol dire che l'oggi non conta.

Non mi viene più richiesto di tenere lezioni sul linguaggio all'università o conferenze di psicologia in giro per il mondo. Ma oggi sono qui davanti a voi a tenere un discorso che spero sarà il più importante della mia vita. E ho il morbo di Alzheimer.

Grazie.»

Alzò gli occhi dal suo discorso per la prima volta da quando aveva iniziato a parlare. Non aveva osato staccare lo sguardo dalle parole stampate sulla pagina prima di aver finito, nel timore di perdere il filo. Con sua genuina sorpresa, l'intera platea era in piedi ad applaudire. Più di quanto avesse mai sperato. Si era augurata due cose molto più semplici: riuscire a leggere tutto il suo discorso e arrivare alla fine senza rendersi ridicola.

Guardò le facce familiari in prima fila e seppe oltre ogni dubbio che aveva superato abbondantemente quelle modeste aspettative. Cathy, Dan e il dottor Davis erano raggianti, Mary si tamponava gli occhi con una manciata di fazzolettini rosa. Anna applaudiva e sorrideva senza smettere di asciugare le lacrime che le rigavano le guance. Tom applaudiva ed esultava e faticava a trattenersi dal correre da lei per abbracciarla. Anche lei non vedeva l'ora di poterlo abbracciare.

John si ergeva alto e imperturbabile con la sua maglietta grigia portafortuna, con inconfondibile amore negli occhi e gioia evidente nel sorriso, e le batteva le mani.

Aprile 2005

L'energia necessaria a scrivere il discorso per la conferenza, leggerlo nel modo migliore, stringere le mani e reggere la conversazione con quelle che sembravano centinaia di persone entusiaste alla *Dementia Care Conference* avrebbe comportato uno sforzo immane per chiunque non avesse il morbo di Alzheimer. Per chi aveva l'Alzheimer era insostenibile. Riuscì a mantenere il controllo per un po' sull'onda dell'adrenalina, per il ricordo degli applausi e per la rinnovata fiducia sul suo stato interiore. Era Alice Howland, eroina coraggiosa.

Ma l'ondata di adrenalina non poteva reggere a lungo, e il ricordo sbiadì. Perse un po' di fiducia in se stessa quando si lavò i denti con la crema idratante. Ne perse dell'altra quando per tutta la mattina cercò di telefonare a John con il telecomando del televisore. Perse l'ultimo rimasuglio quando il suo stesso odore sgradevole le comunicò che non si faceva un bagno da giorni, ma non riuscì a raccogliere il coraggio o la consapevolezza necessari a infilarsi nella vasca. Era Alice Howland, vittima dell'Alzheimer.

La sua energia si esaurì senza che ci fossero ulteriori riserve alle quali attingere, l'euforia svanì e, sparito il ricordo della sua vittoria e della fiducia in se stessa, si ritrovò schiacciata da un estenuante senso di pesantezza. Dormiva fino a tardi e rimaneva a letto per ore dopo essersi svegliata. Si rannicchiava sul divano e piangeva senza motivo. Sonno e pianto non sembravano mai sufficienti a soddisfarla.

John la risvegliò da un sonno profondo e la vestì. Glielo lasciò fare. Non le disse di lavarsi i denti o pettinarsi. Lei non se ne curò. La fece salire in macchina in fretta. Lei appoggiò la fronte contro il finestrino gelido. Il mondo esterno appariva grigio azzurrognolo. Non sapeva dove stessero andando. Era troppo indifferente per chiederlo.

John parcheggiò in un garage coperto. Smontarono ed entrarono nell'edificio direttamente dal garage. Le luci fluorescenti bianche le ferirono gli occhi. Un ampio atrio, gli ascensori, le indicazioni alle pareti: RADIOLOGIA, CHIRURGIA, OSTETRICIA, NEUROLOGIA. *Neurologia.*

Entrarono in una stanza. Anziché la sala d'attesa che si era aspettata di vedere, si trovò davanti una donna che dormiva in un letto. Aveva gli occhi chiusi e gonfi, e una flebo infilata nella mano.

«Che cos'ha?» sussurrò Alice.

«Niente, è solo stanca» disse John.

«Ha un aspetto orribile.»

«Sst, non vorrai che ti senta.»

La camera non sembrava una stanza d'ospedale. Accanto al letto in cui dormiva la donna ce n'era un altro più piccolo, senza lenzuola, un grande televisore in un angolo, un bel vaso di fiori gialli e rosa su un tavolo, e pavimenti di legno pregiato. Forse quello non era un ospedale. Avrebbe potuto essere un hotel. Ma allora perché la donna aveva la flebo?

Un giovanotto attraente entrò reggendo in mano un vassoio con il caffè. *Forse è il suo medico.* Portava un berretto dei Red Sox, i jeans, e una maglietta di Yale. *Forse è il servizio in camera.*

«Congratulazioni» sussurrò John.

«Grazie. Avete mancato di poco Tom. Ripasserà nel pomeriggio. Ecco, ho preso caffè per noi e tè per Alice. Vado a prendere i bambini.»

Il giovanotto conosceva il suo nome.

Il giovanotto tornò spingendo un carrello con sopra due contenitori di plastica trasparente. Ciascuno di essi racchiudeva un minuscolo neonato, i corpicini avvolti in coperte bianche e le teste coperte da berrettini bianchi, tanto che si riuscivano a distinguere solo i visetti.

«Adesso la sveglio. Non vorrà certo dormire durante il vostro primo incontro con loro» disse il giovanotto. «Tesoro, sveglia, abbiamo visite.»

La donna si risvegliò a fatica, ma quando vide Alice e John i suoi occhi stanchi si illuminarono di piacere. Sorrise, e il suo viso trovò di colpo la giusta collocazione. *Oh, ma quella è Anna!*

«Congratulazioni, piccola» disse John. «Sono bellissimi» e si chinò su di lei per baciarle la fronte.

«Grazie, papà.»

«Sei splendida. Come ti senti oggi?» le chiese John.

«Sto bene, grazie, sono solo esausta. Aspetta, eccoli. Questa è Allison Anne e questo piccoletto è Charles Thomas.»

Il giovanotto diede uno dei bambini a John. Poi sollevò l'altro involto, quello con un fiocco rosa appuntato al berretto, e lo mostrò ad Alice.

«Vuoi tenerla?» le chiese.

Alice annuì.

Prese in braccio la minuscola bimba addormentata, la testina nella piega del gomito. Il corpicino contro il petto, l'orecchio contro il suo cuore. La minuscola bambina respirava minuscoli respiri lievi attraverso minuscole narici rotonde. D'istinto Alice baciò la guanciotta rosa e paffuta.

«Anna, hai avuto i tuoi bambini» disse Alice.

«Sì, mamma, stai tenendo in braccio la tua nipotina, Allison Anne» disse Anna.

«È perfetta. La adoro.»

Mia nipote. Guardò il neonato con il nastro azzurro tra le braccia di John. *Mio nipote.*

«E a loro non verrà l'Alzheimer come a me?» chiese Alice.

«No, mamma, a loro no.»

Alice aspirò voluttuosamente il delizioso profumo della sua bellissima nipotina e si sentì invadere da una sensazione di pace e sollievo che non provava più da molto tempo.

«Mamma, mi hanno accettato alla NYU e alla Brandeis University.»

«Oh, ma è splendido. Mi ricordo di quando andavo a scuola. Tu cosa studierai?» chiese Alice.

«Teatro.»

«È meraviglioso. Io andavo a Harvard. Mi piaceva là. A quale scuola hai detto che vai?»

«Ancora non lo so. Mi hanno accettato alla NYU e alla Brandeis.»

«A quale vuoi andare?»

«Non ne sono sicura. Ho parlato con papà, e lui vorrebbe che andassi alla NYU.»

«E tu vuoi andare alla NYU?»

«Non lo so. Come reputazione è la migliore, ma preferirei la Brandeis. Sarei vicina ad Anna, Charlie e i bambini, e a Tom, e a te e papà, se voi rimarrete.»

«Se rimaniamo dove?» chiese Alice.

«Qui a Cambridge.»

«Dove altro dovrei essere?»

«A New York.»

«Io non andrò a New York.»

Erano sedute una accanto all'altra sul divano a ripiegare abitini da neonato, separando quelli rosa da quelli azzurri. Il televisore proiettava lampi di immagini senza audio.

«È solo che, se io accetto l'ammissione alla Brandeis University e poi tu e papà vi trasferite a New York, io mi sentirò nel posto sbagliato, come se avessi preso la decisione sbagliata.»

Alice smise di piegare e guardò quella donna. Era giovane, magra, carina. Sembrava anche stanca e combattuta.

«Quanti anni hai?»

«Ventiquattro.»

«Ventiquattro. Mi piaceva avere ventiquattro anni. Hai tutta la vita davanti a te. Tutto è possibile. Sei sposata?»

La donna graziosa e combattuta smise di piegare gli abitini e fissò dritta in faccia Alice. Occhi negli occhi. La donna graziosa e combattuta aveva dei begli occhi ambrati, indagatori e sinceri.

«No, non sono sposata.»

«Figli?»

«No.»

«Allora dovresti fare né più né meno di quello che desideri.»

«E se poi papà decide di accettare il lavoro a New York?»

«Non puoi prendere una decisione del genere sulla base di quello che possono o non possono fare gli altri. È una decisione tua, la tua istruzione. Sei una donna adulta, non devi fare quello che desidera tuo padre. Fai quello che ritieni più giusto per la tua vita.»

«D'accordo, lo farò. Grazie.»

La donna graziosa dagli occhi color ambra fece una risata divertita e un sospiro e riprese a piegare gli abitini.

«Abbiamo fatto molta strada, mamma.»

Alice non capì cosa intendesse. «Sai,» le disse «mi ricordi i miei studenti. Prima seguivo gli studenti, ed ero anche piuttosto brava.»

«Certo che lo eri. Lo sei ancora.»

«Come si chiama quella scuola dove vuoi andare?»

«Brandeis.»

«E dov'è?»

«A Waltham, pochi minuti da qui.»

«E cosa vorresti studiare?»

«Recitazione.»

«È meraviglioso. Reciterai in teatro?»

«Sì.»

«Shakespeare?»

«Sì.»

«Mi piace Shakespeare, soprattutto le tragedie.»

«Anche a me.»

La donna graziosa si sporse ad abbracciare Alice. Odorava di fresco e di pulito, come di sapone. Il suo abbraccio colpì profondamente Alice, come avevano fatto i suoi occhi color ambra. Alice si sentiva felice e vicina a lei.

«Mamma, ti prego, non trasferirti a New York.»

«New York? Non essere sciocca. Io abito qui. Perché dovrei trasferirmi a New York?»

«Non so come ci riesci» disse l'attrice. «Sono rimasta alzata con lei per buona parte della nottata e non ragiono più. Alle tre di notte le ho preparato uova strapazzate, pane tostato e tè.»

«Ero sveglia anch'io. Se riuscissimo a farti allattare, potresti darmi una mano a sfamare uno di questi giovanotti» disse la madre dei bambini.

La madre era seduta sul divano vicino all'attrice, ad allattare il neonato in azzurro. Alice teneva in braccio quello in rosa. Entrò John, lavato e vestito, con un giornale in una mano e una tazza di caffè nell'altra. Le donne erano tutte in pigiama.

«Lyd, grazie per esserti alzata tu stanotte. Avevo proprio bisogno di dormire» disse John.

«Papà, come diavolo credi di poter andare a New York e cavartela senza il nostro aiuto?» chiese la madre.

«Assumerò una badante a domicilio. Anzi, sto già cominciando a cercarla.»

«Non voglio che sia un'estranea a prendersi cura di lei. Non si preoccuperebbe di abbracciarla e amarla come facciamo noi» disse l'attrice.

«E un'estranea non conoscerebbe la sua storia e i suoi ricordi come noi. A volte riusciamo a colmare le sue lacune e a decifrare il suo linguaggio del corpo, e questo solo perché la conosciamo bene» disse la madre.

«Non dico che non continueremo a prenderci cura di lei, sto solo cercando di essere pratico e realistico. Non dobbiamo sostenere tutto il fardello da soli. Tu tra un paio di mesi riprenderai a lavorare e la sera tornerai a casa da due bambini che non hai visto per tutto il giorno.

E tu comincerai l'università, e non fai altro che dire quanto sia intenso il programma di studi. Mentre siamo qui a parlare, Tom è in chirurgia. Tutti e tre sarete presto più indaffarati di quanto lo siate mai stati in tutta la vita, e l'ultima cosa che vostra madre vorrebbe è che comprometteste la qualità della vostra vita per lei. Non vorrebbe mai essere un fardello per voi.»

«Non è un fardello, è la mamma» disse la madre.

Parlavano troppo in fretta e usavano troppi pronomi, e la bambina in rosa aveva cominciato ad agitarsi e a piangere, distraendola. Alice non riusciva a capire di cosa o di chi stessero parlando. Ma dalle loro espressioni e dal tono capiva che era un argomento serio. E che le due donne in pigiama stavano dalla stessa parte.

«Forse da parte mia sarebbe più sensato prolungare il

permesso per maternità. Mi sento un po' sotto pressione, e Charlie è d'accordo che mi prenda qualche altro mese, tanto più che farebbe comodo essere disponibile per la mamma.»

«Papà, è la tua ultima occasione per passare un po' di tempo con lei. Non puoi andare a New York. Non puoi portarla via.»

«Senti, se tu avessi optato per l'ammissione alla NYU anziché alla Brandeis avresti potuto passare con lei tutto il tempo che volevi. Tu hai fatto la tua scelta, io faccio la mia.»

«E com'è che la mamma non può dire la sua in questa scelta?» disse la madre.

«Lei non vuole andare a stare a New York» disse l'attrice.

«Non sai cosa vuole lei» replicò John.

«Lei ha detto che non vuole andarci. Coraggio, chiediglielo. Solo perché ha l'Alzheimer non significa che non sappia cosa vuole o non vuole. Stanotte alle tre voleva uova strapazzate e pane tostato, e non voleva cereali o bacon. E di sicuro non voleva tornarsene a letto. Sei tu che decidi di trascurare quello che vuole lei solo perché ha l'Alzheimer» disse l'attrice.

Ah, stanno parlando di me.

«Non trascuro quello che vuole. Faccio del mio meglio per fare quel che è meglio per noi due. Se dovesse avere tutto quello che vuole lei, non ci sarebbe neppure bisogno di continuare questa discussione.»

«E questo che diavolo vuol dire?» chiese la madre.

«Niente.»

«È come se non volessi capire che non se n'è ancora andata, come se fossi convinto che il tempo che ancora le resta non ha alcun valore. Ti stai comportando come un bambino viziato» disse la madre.

Adesso piangeva, la madre, ma sembrava arrabbiata.

Somigliava, nell'aspetto e nella voce, a sua sorella Anne. Ma non poteva essere Anne. Era impossibile. Anne non aveva figli.

«Come fai a sapere che per lei ha valore? Guarda, non è solo per me. Il suo vecchio io, prima di tutto questo, non avrebbe mai voluto che ci rinunciassi. Non avrebbe voluto starsene qui così» disse John.

«Che vuoi dire?» disse la donna piangente che somigliava ad Anne.

«Niente. Senti, io capisco e apprezzo tutto quello che dici. Ma sto cercando di prendere una decisione razionale e non emotiva.»

«Perché? Cosa c'è di male a lasciarti trasportare dai sentimenti in questo caso? Perché dovrebbe essere un difetto? Perché la decisione emotiva non dovrebbe essere quella giusta?» chiese la donna che non stava piangendo.

«Non l'ho ancora presa, la decisione definitiva, e voi due non mi costringerete a prenderne una piuttosto che l'altra. Voi non sapete tutto.»

«Allora diccelo tu, papà, dicci cos'è che non sappiamo» disse la donna che piangeva con una voce tremante e minacciosa.

La minaccia parve zittirlo per un attimo.

«Non ho tempo, adesso, ho una riunione.»

Si alzò e abbandonò la discussione, lasciando sole le donne e i bambini. Uscendo di casa sbatté la porta d'ingresso, spaventando il neonato in azzurro che si era appena addormentato tra le braccia di sua madre. Il piccolo si mise a piangere. Come se fosse contagioso, attaccò a piangere anche l'altra donna. Forse si sentiva solo esclusa. Adesso piangevano tutti: la neonata in rosa, il neonato in azzurro, la madre e la donna accanto alla madre. Tutti tranne Alice. Lei non era triste né arrabbiata né sconfitta né spaventata. Lei aveva fame.

«Cosa c'è per cena?»

Maggio 2005

Arrivarono al banco dopo una lunga attesa in coda.

«Allora, Alice, cosa vuoi?» chiese John.

«Prendo quello che prendi tu.»

«Per me vaniglia.»

«Va bene anche per me.»

«A te non piace la vaniglia, ti piace il cioccolato.»

«D'accordo, allora prendo il cioccolato.»

A lei sembrava semplice e senza problemi, ma lui apparve visibilmente irritato per il cambio.

«Per me un cono alla vaniglia e per lei un cono al cioccolato con le nocciole, tutti e due grandi.»

Fuori dal negozio e lontani dalla folla in fila, si sedettero su una panchina in riva al fiume, coperta di graffiti, a mangiare il gelato. Diverse oche becchettavano tra l'erba a pochi passi da loro. Tenevano la testa bassa, concentrate nel loro becchettare, del tutto indifferenti alla presenza di John e Alice. Alice ridacchiò, chiedendosi se le oche pensassero lo stesso di loro.

«Alice, sai che mese è?»

Poco prima era piovuto, ma adesso il cielo era sereno e il calore del sole aveva asciugato la panchina e le scaldava le ossa. Era piacevole quel tepore. Molti dei fiori rosa e bianchi del melo selvatico accanto a loro erano sparpagliati sull'erba come coriandoli di una festa.

«È primavera.»

«Che mese della primavera?»

Alice leccò il cioccolato e qualcosa del suo gelato e meditò sulla domanda. Non ricordava l'ultima volta che aveva guardato un calendario. Era passato molto tempo da quando aveva avuto bisogno di trovarsi in un certo posto a una certa ora. Oppure, se aveva bisogno di trovarsi in un certo posto a una certa ora, John lo sapeva e ci pensava lui a farla arrivare in quel posto all'ora giusta. Non usava apparecchi per ricordarsi gli appuntamenti, e non portava più l'orologio da polso.

Vediamo. I mesi dell'anno.

«Non lo so. Che mese è?»

«Maggio.»

«Ah.»

«Sai quand'è il compleanno di Anna?»

«È in maggio?»

«No.»

«Be', credo che il compleanno di Anne sia in primavera.»

«No, non Anne, Anna.»

Un camion giallo gemette rumorosamente attraversando il ponte vicino e la fece trasalire. Una delle oche distese le ali e starnazzò al camion, difendendo le compagne. Alice si chiese se fosse coraggiosa o solo una testa calda che cercava di attaccare briga. Ridacchiò pensando all'oca aggressiva.

Leccò il suo gelato al cioccolato e qualcosa e studiò l'architettura dell'edificio di mattoni al di là del fiume. Aveva molte finestre e un orologio con numeri antichi sulla cupola dorata che lo sormontava. Sembrava imponente e familiare.

«Cos'è quell'edificio laggiù?» chiese Alice.

«È la Business school. Fa parte di Harvard.»

«Ah. Io insegnavo in quell'edificio?»

«No, insegnavi in un altro edificio da questa parte del fiume.»

«Ah.»

«Alice, dov'è il tuo ufficio?»

«Il mio ufficio? È a Harvard.»

«Sì, ma a Harvard dove?»

«In un edificio da questa parte del fiume.»

«Quale edificio?»

«In un palazzo alto, credo. Sai, ormai non ci vado più.»

«Lo so.»

«Allora non ha importanza dove sia, giusto? Perché non ci concentriamo sulle questioni importanti?»

«Ci sto provando.»

Le tenne la mano. Quella di John era più calda delle sue. Ci si sentiva così bene, in quella stretta. Due delle oche caracollarono nell'acqua calma. Non c'era nessuno che nuotava nel fiume. Probabilmente faceva troppo freddo per le persone.

«Alice, vuoi restare ancora qui?»

Le sopracciglia di John si aggrottarono in un'espressione seria, e le rughe attorno ai suoi occhi si fecero più profonde. Per lui era una domanda importante. Lei sorrise, contenta di avere finalmente una risposta sicura per lui.

«Sì, mi piace stare qui seduta con te. E non ho ancora finito.»

Sollevò il cono con il gelato al cioccolato e qualcosa per mostrarglielo. Stava cominciando a sciogliersi e a colarle sulle mani.

«Perché, dobbiamo andare via subito?» gli chiese.

«No, fa' pure con calma.»

Giugno 2005

Alice era seduta davanti al computer in attesa che lo schermo prendesse vita. Le aveva appena telefonato Cathy, preoccupata, per controllare. Le aveva detto che era da un po' che non rispondeva alle e-mail, che da diverse settimane non frequentava la chat room e che il giorno prima aveva di nuovo saltato la riunione del gruppo di sostegno. Fu solo quando Cathy parlò del gruppo di sostegno che Alice capì chi era la Cathy preoccupata al telefono. Cathy le aveva detto che due persone nuove si erano aggiunte al loro gruppo, che era stato loro raccomandato da persone che avevano partecipato al convegno per la cura della demenza e avevano assistito al discorso di Alice. Alice le aveva detto che era una splendida notizia. Si era scusata con Cathy per averla fatta stare in pensiero, e le aveva chiesto di informare gli altri che lei stava bene.

Ma a dire la verità stava tutt'altro che bene. Riusciva ancora a leggere e a capire brevi brani di testo, ma la tastiera del computer era diventata un garbuglio indecifrabile di lettere. In realtà aveva perso la capacità di comporre le parole utilizzando le lettere dell'alfabeto sui tasti. La capacità di usare il linguaggio, la cosa che più differenziava gli umani dagli animali, la stava abbandonando, e lei si sentiva sempre meno umana. Aveva dato un lacrimoso addio al sentirsi bene molto tempo prima.

Aprì la posta in arrivo. Settantatré messaggi. Sopraffatta e incapace di rispondere, chiuse il programma di posta senza aprirli. Fissò lo schermo davanti al quale aveva trascorso buona parte della sua vita professionale. Sul desktop c'erano tre cartelle, in fila verticale: "Disco fisso", "Alice", "Farfalla". Aprì la cartella "Alice".

All'interno c'erano altre sottocartelle con diversi titoli: "Estratti", "Amministrazione", "Lezioni", "Conferenze", "Dati", "Proposte di finanziamenti", "Casa", "John", "Ragazzi", "Seminari-pranzo", "Dalle molecole alla mente", "Articoli", "Presentazioni", "Studenti". L'intera sua esistenza organizzata in minuscole icone ordinate. Non sopportava di guardarci dentro, timorosa di non ricordare o non capire la propria vita. Aprì invece la cartella "Farfalla".

Cara Alice,
hai scritto questa lettera a te stessa quando eri ancora sana di mente. Se adesso la stai leggendo e non sei in grado di rispondere a una o più delle domande qui di seguito, allora significa che non sei più sana di mente:

Che mese è?
Dove abiti?
Dov'è il tuo ufficio?
Quand'è nata Anna?
Quanti figli hai?

Hai il morbo di Alzheimer. Hai perso troppo di te stessa, troppo di quello che ami, e non stai vivendo la vita che vorresti vivere. Da questa malattia non c'è guarigione, però hai scelto una via d'uscita che è la più dignitosa, cor-

retta e rispettosa nei tuoi confronti e in quelli della tua famiglia. Non puoi più fidarti del tuo giudizio ma puoi fidarti del mio, la tua te stessa di prima, tu prima che l'Alzheimer ti portasse via troppo di te.

Hai vissuto una vita straordinaria e preziosa. Tu e tuo marito John avete tre figli sani e meravigliosi, amati e ben sistemati, e tu hai avuto una splendida carriera a Harvard, piena di sfide, creatività, passione e brillanti risultati.

Quest'ultima parte della tua esistenza, quella con l'Alzheimer, e la conclusione che hai scelto dopo attenta considerazione, sono tragiche, ma tu non hai avuto una vita tragica. Ti voglio bene e sono fiera di te, di come hai vissuto e di quello che hai fatto finché hai potuto.

Adesso va' nella tua camera da letto. Avvicinati al comodino accanto al letto, quello con sopra la lampada azzurra. Apri il cassetto di quel comodino. In fondo al cassetto c'è un flacone di pillole. Il flacone ha un'etichetta bianca con sopra scritto PER ALICE *in caratteri neri. Nel flacone ci sono molte pillole. Mandale giù tutte con un grosso bicchiere d'acqua. Assicurati di prenderle tutte. Poi mettiti a letto e dormi.*

Fallo subito, prima di dimenticartene. E non dire a nessuno cosa stai facendo. Fidati di me, ti prego.

Ti voglio bene,

Alice Howland

La rilesse. Non ricordava di averla scritta. Non sapeva la risposta a nessuna delle domande, tranne quella che chiedeva quanti figli aveva. Ma anche lì, forse, sapeva la risposta solo perché l'aveva appena vista sulla lettera. Non era sicura di come si chiamavano. Anna e Charlie, forse. Il terzo non se lo ricordava.

Rilesse ancora la lettera, questa volta più lentamente, se mai fosse possibile. Leggere sullo schermo del computer era difficile, più difficile che leggere su carta, dove poteva usare una penna e un evidenziatore. E la carta poteva portarsela in camera e leggerla di nuovo. Avrebbe voluto stamparla ma non sapeva come fare. Desiderò che la se stessa di prima, prima che l'Alzheimer le portasse via troppo di lei, avesse pensato ad aggiungere anche le istruzioni su come si faceva a stampare.

La lesse di nuovo. Era affascinante e surreale, come leggere un suo diario di quand'era adolescente, parole segrete e sentite, scritte da una ragazzina che ricordava solo vagamente. Desiderò di aver scritto di più. Le sue parole la rendevano triste e fiera, piena di forza e sollevata. Inspirò a fondo, espirò, e andò di sopra.

Arrivata in cima alle scale si dimenticò cos'era salita a fare. Doveva essere qualcosa di urgente e importante, ma non ricordava altro. Ridiscese le scale e andò a cercare qualche traccia dov'era appena stata. Trovò il computer acceso con una lettera aperta sullo schermo. La lesse e tornò di sopra.

Aprì il cassetto del tavolino accanto al letto. Tirò fuori fazzoletti di carta, penne, un blocchetto di post-it, una bottiglietta di lozione, un paio di caramelle per la tosse, filo interdentale, e qualche moneta. Posò tutto sul letto e toccò gli oggetti uno per uno. Fazzoletti, penna, penna, penna, post-it, monete, caramella, caramella, filo interdentale, lozione.

«Alice?»

«Cosa?»

Si voltò. Sulla soglia c'era John.

«Cosa stai facendo quassù?» le chiese.

Alice guardò gli oggetti sul letto.

«Cercavo una cosa.»

«Devo correre un momento in ufficio a prendere un documento che mi sono dimenticato là. Ci vado in auto, starò via solo pochi minuti.»

«D'accordo.»

«Ecco, è ora, prendi queste prima che me ne dimentichi.»

Le porse un bicchiere d'acqua e una manciata di pillole. Alice le inghiottì una per una.

«Grazie» gli disse.

«Di niente. Torno subito.»

Le riprese di mano il bicchiere vuoto e uscì dalla camera. Lei si stese sul letto accanto al contenuto del cassetto e chiuse gli occhi, sentendosi triste e orgogliosa, piena di forza e sollevata, mentre aspettava.

«Alice, per piacere, mettiti la toga, il cappuccio e il tocco, dobbiamo andare.»

«Dove andiamo?» chiese Alice.

«All'Harvard Commencement.»

Alice ricontrollò il proprio abito. Ancora non aveva capito.

«Cosa vuol dire *commencement*?»

«È il giorno dei diplomi di Harvard. *Commencement* vuol dire inizio.»

Commencement, diploma a Harvard. Un inizio. Si rigirò la parola nella mente. Il diploma a Harvard segnava un inizio, l'inizio dell'età adulta, l'inizio di una carriera professionale, l'inizio della vita dopo Harvard. *Commencement*. Le piaceva quella parola e voleva tenerla a mente.

Camminarono lungo un marciapiede affollato, con addosso i loro vestiti rosa carico e i cappelli neri. All'inizio della passeggiata si sentiva decisamente ridicola e non si fidava per niente della scelta di John a proposito del loro abbigliamento. Poi di colpo erano dappertutto. Masse di persone con vesti e cappelli simili, ma in tanti colori diversi, convergevano verso di loro da ogni direzione e si incanalavano sullo stesso marciapiede. Presto si ritrovarono a camminare tutti insieme in una variopinta processione in costume. Entrarono in un cortile erboso ombreggiato da grandi alberi centenari e circondato da enormi edifici antichi, al suono lento e solenne delle cornamuse. Alice rabbrividì, le venne la pelle d'oca. *Questo l'ho già fatto altre volte*. La processione raggiunse una fila di sedie sulle quali si accomodarono.

«È la cerimonia dei diplomi di Harvard» disse Alice.

«Sì» disse John.

«*Commencement*.»

«Sì.»

Dopo un po' cominciarono gli oratori. Tra i precedenti diplomati di Harvard si contavano molti personaggi famosi e potenti, per la maggior parte leader politici.

«Un anno ha parlato qui il re di Spagna» disse Alice.

«Sì» disse John, e rise divertito.

«Chi è quell'uomo?» chiese Alice indicando l'uomo sul podio.

«È un attore» disse John.

Fu Alice a ridere, divertita.

«Suppongo che non abbiano trovato un re, quest'anno» disse Alice.

«Sai, tua figlia fa l'attrice. Un giorno potrebbe esserci lei, su quel podio» disse John.

Alice ascoltò l'attore. Era un oratore abile e vivace. Continuava a parlare del genere picaresco.

«Cos'è il genere picaresco?» chiese Alice.

«È una lunga avventura dalla quale l'eroe trae insegnamenti.»

L'attore raccontò l'avventura della sua vita. Disse che quel giorno era lì per trasmettere a loro, alle classi di diplomati, alle persone in procinto di cominciare la loro avventura picaresca, gli insegnamenti che lui aveva imparato durante il percorso. Ne elencò cinque: siate creativi, siate utili, siate pratici, siate generosi e finite in bellezza.

Io sono stata tutte quelle cose, credo. Solo che non ho ancora finito. Non ho finito in bellezza.

«È un buon consiglio» disse Alice.

«Sì, lo è» disse John.

Rimasero seduti ad ascoltare e applaudirono e poi applaudirono e ascoltarono e applaudirono per più tempo di quanto Alice desiderasse. Poi si alzarono tutti e si avviarono lentamente in una processione un po' meno ordinata. Alice, John e alcuni altri entrarono in un edificio poco lontano. Il maestoso vestibolo, con le altissime volte di legno scuro e le vetrate dipinte, illuminate dal sole, meravigliò Alice. Enormi lampadari antichi dall'aria pesantissima incombevano su di loro.

«Cos'è questo posto?» chiese Alice.

«Questa è la Memorial Hall, fa parte di Harvard.»

Con sua grande delusione non si trattennero molto in quello stupefacente salone e si spostarono subito nella sala più piccola e relativamente banale di un auditorium, dove presero posto a sedere.

«Adesso cosa succede?» chiese Alice.

«Gli studenti della Graduate School of Arts and Sciences riceveranno i loro diplomi di dottorato. Siamo qui per assistere alla cerimonia di dottorato di Dan. È un tuo studente.»

Si guardò attorno nella sala, guardò le facce delle persone in abito rosa carico. Non sapeva quale fosse Dan. In effetti non riconosceva nessuna delle facce, ma riconosceva l'emozione e l'energia che saturavano la sala. Erano felici e pieni di speranza, orgogliosi e sollevati. Erano pronti ad affrontare nuove sfide, a scoprire e creare e insegnare, a diventare gli eroi delle loro stesse avventure.

Quello che vedeva in loro lo riconosceva in se stessa. Era una cosa che conosceva, quel posto, quell'eccitazione e quell'aspettativa, quell'inizio. Così era stato l'inizio anche della sua avventura e, per quanto non riuscisse a ricordare i dettagli, aveva l'intima consapevolezza che fosse stata ricca e degna.

«Eccolo, è sul palco» disse John.

«Chi?»

«Dan, il tuo studente.»

«Qual è?»

«Quello biondo.»

«Daniel Maloney» annunciò qualcuno.

Dan si fece avanti e strinse la mano all'uomo sul palco in cambio di una cartella rossa. Poi Dan sollevò la cartella in alto sopra la testa e sorrise in segno di vittoria: per la sua gioia, per tutti i risultati conseguiti con l'obiettivo di arrivare lassù, per l'avventura in cui si stava per imbarcare, Alice applaudì quel suo studente di cui non si ricordava.

Alice e John erano fuori, sotto un grande tendone bianco tra studenti in toga rosa carico e persone felici per loro, e aspettavano. Un giovane alto e biondo si avvicinò ad Alice con un ampio sorriso. Senza esitare la abbracciò e la baciò sulla guancia.

«Sono Dan Maloney, il tuo studente.»

«Congratulazioni, Dan, sono così felice per te» disse Alice.

«Non so come ringraziarti. Sono contento che tu sia potuta venire ad assistere alla cerimonia. Mi considero così fortunato a essere stato un tuo studente. Voglio che tu sappia che sei tu la ragione per la quale ho scelto la linguistica come settore di studi. La passione nel voler comprendere come funziona il linguaggio, il tuo approccio rigoroso e collaborativo alla ricerca, il tuo amore per l'insegnamento, mi hai ispirato in così tanti modi. Grazie per la tua guida e la tua saggezza, per avermi imposto traguardi molto più alti di quelli che avrei mai pensato di raggiungere, e per avermi lasciato tutto lo spazio necessario per sviluppare le mie idee. Sei stata la migliore insegnante che abbia mai avuto. Se nella mia vita riuscirò a raggiungere anche solo una parte dei risultati che hai conseguito tu, lo considererò un successo.»

«Ti ringrazio. Grazie per avermi detto queste cose. Sai, ormai non mi ricordo più molto. Sono contenta di sapere che tu avrai questo ricordo di me.»

Dan le porse una busta bianca.

«Ecco, te le ho scritte tutte, tutto quello che ti ho appena detto, così potrai rileggerlo quando vuoi e sapere quanto mi hai dato, anche se non te lo ricordi.»

«Grazie.»

Tennero in mano ognuno la propria busta, lei bianca e lui rossa, con profondo orgoglio e rispetto.

Una versione più anziana e robusta di Dan e due donne, una molto più vecchia dell'altra, si avvicinarono. La versione più vecchia e robusta di Dan reggeva un vassoio carico di bicchieri sottili colmi di vino bianco frizzante. La donna più giovane ne porse uno a ciascuno di loro.

«A Dan» disse la versione più anziana e robusta di Dan, sollevando il bicchiere.

«A Dan» ripeterono tutti facendo tintinnare i bicchieri, e bevvero.

«A un fortunato inizio» aggiunse Alice «e a una fine in bellezza.»

Cominciarono ad allontanarsi dai padiglioni e dagli antichi edifici di mattoni e dalla gente in toga e tocco, verso una zona meno affollata e meno rumorosa. Una persona in toga nera gridò qualcosa e corse verso John. John si fermò e lasciò andare Alice per stringere la mano alla persona che aveva gridato. Sullo slancio, Alice continuò a camminare.

Per un secondo che parve dilatarsi, Alice incrociò lo sguardo di una donna. Era sicura di non conoscerla, ma in quello sguardo c'era qualcosa. La donna era bionda, aveva un telefono attaccato all'orecchio e gli occhiali sopra due enormi occhi azzurri stupiti. Stava guidando un'auto.

Poi il cappuccio di Alice le si tese bruscamente attorno alla gola e fu strattonata all'indietro. Atterrò duramente e inaspettatamente sulla schiena e batté la testa contro il marciapiede. La toga e il tocco offrirono scarsa protezione.

«Scusami, Ali, tutto bene?» le chiese un uomo in toga rosa carico, inginocchiandosi accanto a lei.

«No» disse lei sollevandosi a sedere e strofinandosi la testa. Si aspettava di ritrovarsi del sangue sulla mano, ma non ce n'era.

«Mi spiace, ma ti sei buttata dritta in mezzo alla strada. Quell'auto ti ha quasi investita.»

«Sta bene?»

Era la donna dell'auto, gli occhi ancora sgranati e spaventati.

«Credo di sì» disse l'uomo.

«Oh mio Dio, avrei potuto ucciderla. Se lei non me l'avesse tolta davanti avrei potuto ucciderla.»

«Va tutto bene, non l'ha uccisa, credo che stia bene.»

L'uomo aiutò Alice ad alzarsi. Le tastò e controllò la testa.

«Credo che sia tutto a posto. Probabilmente ti sentirai un po' indolenzita. Ce la fai a camminare?» le chiese.

«Sì.»

«Volete che vi dia un passaggio da qualche parte?» chiese la donna.

«No, no, grazie, è tutto a posto, stiamo bene» disse l'uomo.

Con un braccio cinse la vita di Alice e con l'altro la resse sotto il gomito, e lei tornò a casa con quel gentile estraneo che le aveva salvato la vita.

Estate 2005

Alice era seduta su una poltrona bianca grande e comoda e studiava con curiosità l'orologio alla parete. Era del tipo con le lancette e i numeri, molto più difficile da leggere di quelli con solo i numeri. *Forse le cinque?*

«Che ore sono?» chiese all'uomo seduto sull'altra grande poltrona bianca.

Lui si guardò il polso.

«Quasi le tre e mezza.»

«Credo che per me sia ora di tornare a casa.»

«Sei già a casa tua. Questa è la tua casa al Cape.»

Si guardò attorno nella stanza: mobili bianchi, foto di fari e spiagge alle pareti, grandi finestre, alberelli sottili fuori delle finestre.

«No, questa non è casa mia. Io non abito qui. Adesso voglio tornare a casa.»

«Torneremo a Cambridge tra una quindicina di giorni. Siamo qui in vacanza. Ti piace stare qui.»

L'uomo sulla poltrona continuò a leggere il suo libro e a bere dal suo bicchiere. Il libro era spesso e nel bicchiere c'era un liquido giallo ambrato, come il colore dei suoi occhi, con del ghiaccio dentro. L'uomo era assorto in tutti e due, il libro e il liquido nel bicchiere.

I mobili bianchi, le foto di fari e spiagge alle pareti, le grandi finestre, gli alberelli sottili fuori della finestra, niente di tutto questo le risultava familiare. E neppure i suoni di quel posto le risultavano familiari. Si sentivano uccelli, di quel tipo che vive vicino all'oceano, il rumore del ghiaccio che si muoveva e tintinnava nel bicchiere quando l'uomo in poltrona beveva, il rumore dell'uomo che respirava dal naso mentre leggeva il suo libro, e il ticchettio dell'orologio.

«Credo di essere rimasta qui abbastanza. Adesso vorrei andare a casa.»

«Sei già a casa. Questa è la tua casa delle vacanze. È dove veniamo a rilassarci e riposarci.»

A lei quel posto non sembrava casa sua e non aveva i rumori di casa sua, e non si sentiva rilassata. L'uomo che leggeva e beveva sulla grande poltrona bianca non sapeva cosa stava dicendo. Forse era ubriaco.

L'uomo respirò e lesse e bevve, e l'orologio ticchettò. Alice rimase seduta sulla grande poltrona bianca e ascoltò il tempo che passava, desiderando che qualcuno la riportasse a casa.

Era seduta su una sedia bianca di legno in veranda e ascoltava lo stridulo chiacchiericcio di rospi invisibili e insetti notturni.

«Ehi, Alice, ho trovato la tua collana a forma di farfalla» disse l'uomo che possedeva quella casa.

Le fece dondolare davanti una farfalla ingioiellata appesa a una catena d'argento.

«Quella non è la mia collana, è di mia madre. Ed è speciale, quindi farai meglio a rimetterla dov'era, non dovremmo giocarci.»

«Ho parlato con tua madre, e lei ha detto che puoi prenderla tu. Te l'ha data lei.»

Lei studiò gli occhi dell'uomo e la bocca e il suo linguaggio del corpo, alla ricerca di qualche segno che tradisse i suoi scopi. Ma prima di poter verificare la sua sincerità, il bagliore azzurro della bellissima farfalla la sedusse, sopraffacendo le sue preoccupazioni per le regole.

«L'ha detto lei che posso prenderla?»

«Già.»

Da dietro si chinò su di lei e gliela mise al collo. Alice fece passare le dita sulle gemme azzurre delle ali, il corpo d'argento, le antenne tempestate di brillantini. Provò un brivido di soddisfazione. *Chissà come sarà gelosa Anne.*

Era seduta sul pavimento davanti al grande specchio a tutta altezza della stanza in cui dormiva ed esaminava il proprio riflesso. La ragazza nello specchio aveva occhiaie scure e infossate. La pelle era cascante e chiazzata e c'erano delle rughe attorno agli occhi e sulla fronte. Le sopracciglia folte e incolte avevano bisogno di una sistemata. I capelli ricci erano per la maggior parte neri, ma non senza tracce di grigio. La ragazza nello specchio sembrava brutta e vecchia.

Si passò le dita sulle guance e sulla fronte, sentì il viso contro le dita e le dita contro il viso. *Quella non posso essere io. Cos'è successo alla mia faccia?* La ragazza nel riflesso la faceva star male.

Trovò il bagno e accese la luce. Ritrovò lo stesso riflesso nello specchio sopra il lavabo. C'erano i suoi occhi castano dorato, il naso deciso, le labbra a cuore, ma tutto il resto, la composizione dei lineamenti, era sbagliato in modo grottesco. Fece scorrere le dita sul vetro liscio e freddo. *Questi specchi cos'hanno che non va?*

Una scaletta bianca e lucida a due scalini, un pennello e un secchio erano appoggiati su fogli di giornale distesi sul pavimento, dietro di lei. Si accovacciò per annusare con il suo naso deciso. Scostò il coperchio del secchio, affondò il pennello e osservò la vernice bianca e cremosa che ne sgocciolava.

Cominciò con quelli che sapeva per certo fossero difettosi, quello in bagno e quello della camera in cui dormiva. Poi ne trovò altri quattro mentre procedeva, e li dipinse tutti di bianco.

Era seduta su una grande poltrona bianca, e l'uomo che possedeva quella casa era seduto sull'altra. L'uomo che possedeva la casa stava leggendo un libro e beveva da un bicchiere. Il libro era spesso e il liquido nel bicchiere era giallo ambrato con del ghiaccio dentro.

Lei prese dal tavolino un libro ancora più spesso di quello che l'uomo stava leggendo e lo sfogliò. Il suo sguardo si fermò su diagrammi di parole e lettere collegati ad altre parole e lettere con frecce, sbarre e cerchietti. Si soffermò su qualche parola mentre sfogliava le pagine: disinibizione, fosforilazione, geni, acetilcolina, transienza, demoni, morfemi, fonologico.

«Credo di averlo già letto, questo» disse Alice.

L'uomo sollevò lo sguardo sul libro che Alice aveva in mano e poi su di lei.

«Hai fatto più che leggerlo. L'hai scritto. Tu e io abbiamo scritto quel libro insieme.»

Riluttante a prenderlo in parola, chiuse il libro e lesse la lucida copertina azzurra. *Dalle molecole alla mente*, di John Howland, Ph.D. e Alice Howland, Ph.D. Alzò lo sguardo sull'uomo seduto in poltrona. *Lui è John*. Aprì il libro. «Indice. Umore ed emozione, Motivazione, Stimolo e attenzione, Memoria, Linguaggio.» *Linguaggio*.

Aprì il libro a una delle ultime pagine. «Un'infinita possibilità espressiva, acquisita eppure istintiva, semantica, sintassi, caso grammaticale, verbi irregolari, automatico e spontaneo, universale.» Le parole che aveva letto sembravano spingersi oltre i soffocanti sargassi e la melma che aveva in testa, fino a un punto ancora integro e intatto, che ancora resisteva.

«John» disse.

«Sì.»

Lui posò il libro e si raddrizzò sul bordo della sua grande poltrona bianca.

«Io ho scritto questo libro con te» gli disse.

«Sì.»

«Me lo ricordo. Mi ricordo di te. Mi ricordo che ero molto intelligente.»

«Sì, lo eri, eri la persona più intelligente che abbia mai conosciuto.»

Quel grosso libro con la lucida copertina azzurra rappresentava buona parte di quello che era stata. *Una volta sapevo come la mente gestisce il linguaggio, e riuscivo a comunicare quello che sapevo. Ero una che sapeva un sacco di cose. Ormai più nessuno chiede la mia opinione o un consiglio. Mi manca. Una volta ero curiosa e indipendente e sicura di me. Quella sicurezza mi manca. Non c'è pace quando si è perennemente insicuri su tutto. Mi manca non riuscire a fare le cose con facilità. Mi manca non fare più parte di quello che succede. Mi manca il sentirmi desiderata. Mi mancano la mia vita e la mia famiglia. Amavo la mia vita e la mia famiglia.*

Avrebbe voluto dirgli tutto quello che si ricordava e pensava, ma non riusciva a far arrivare tutti quei ricordi e pensieri, composti da troppe parole, frasi e paragrafi, oltre i soffocanti sargassi e la melma e a trasformarli in suoni intelligibili. Lasciò perdere e investì invece tutti i suoi sforzi nell'essenziale. Il resto avrebbe dovuto restarsene in quel recesso ancora integro, a resistere.

«Sento la mancanza di me stessa.»

«Manchi anche a me, Ali, moltissimo.»

«Non avrei mai voluto ridurmi così.»

«Lo so.»

Settembre 2005

John era seduto all'estremità di un lungo tavolo e bevve una lunga sorsata di caffè nero. Era fortissimo e amaro, ma lui non ci badò. Non lo beveva per il suo sapore. L'avrebbe bevuto ancora più in fretta, ma era bollente. Aveva bisogno di altre due o tre grosse tazze prima di svegliarsi del tutto e cominciare a funzionare.

La maggior parte della gente che entrava comprava un caffè da asporto e se ne andava. John non aveva appuntamenti in laboratorio per un'altra ora, quindi non aveva alcuna fretta di arrivare presto in ufficio, quel giorno. Poteva prendersela comoda, mangiare il suo *scone* alla cannella, bersi il caffè e leggere il «New York Times».

Lo aprì subito alla pagina "Salute", come faceva da più di un anno con ogni giornale che leggeva: ormai l'abitudine aveva rimpiazzato gran parte della speranza che inizialmente ispirava quel comportamento. Lesse il primo articolo della pagina e pianse senza ritegno sul caffè che si raffreddava.

Amylix: fallita la sperimentazione
In base ai risultati dello studio di Synapson sulla fase III, i pazienti con morbo di Alzheimer da lieve a moderato trattati con Amylix durante i quindici mesi della sperimentazione non

hanno mostrato alcuna significativa stabilizzazione dei sintomi della demenza rispetto al gruppo di controllo trattato con placebo.

Amylix è un agente inibitore selettivo di beta-amiloide. Legando l'Abeta 42 solubile, lo scopo del farmaco sperimentale era quello di bloccare lo sviluppo della malattia, al contrario dei farmaci attualmente utilizzati dai pazienti affetti da Alzheimer, che nella migliore delle ipotesi possono solo ritardare gli esiti della malattia.

Il farmaco sembrava ben tollerato e aveva superato le fasi I e II suscitando grandi speranze a livello clinico e notevole aspettativa a Wall Street. Ma a poco più di un anno dall'inizio della sperimentazione, le funzioni cognitive dei pazienti trattati anche al massimo dosaggio di Amylix non hanno mostrato miglioramenti né stabilizzazione, in base ai parametri stabiliti dall'Alzheimer's Disease Assessment Scale e ai punteggi relativi al *Questionario delle attività quotidiane*, declinando invece con la significativa e già prevista velocità.

Epilogo

Alice era seduta su una panchina con la donna e guardava i bambini che passavano davanti a loro. Non proprio bambini. Non come i bambini piccoli che stavano a casa con le loro madri. Cos'erano? Bambini medi.

Studiò le facce dei bambini medi che passavano. Seri, indaffarati. Decisi. Diretti da qualche parte. C'erano altre panchine lì attorno, ma nessuno dei bambini medi si fermava per sedersi. Camminavano tutti, occupati ad arrivare dove dovevano andare.

Lei non doveva andare da nessuna parte. Si sentiva fortunata per questo. Lei e la donna con cui sedeva ascoltavano la ragazza con i capelli lunghi che suonava e cantava. La ragazza aveva una bella voce e grandi denti felici e una grande gonna piena di fiori che Alice stava ammirando.

Alice canticchiava a tempo con la musica. Le piaceva il suono del suo canticchiare che si fondeva con la voce della ragazza.

«Bene, Alice, Lydia arriverà a casa da un momento all'altro. Vuoi pagare Sonya prima che andiamo?» chiese la donna.

La donna si era alzata e sorrideva, e teneva in mano dei soldi. Alice si sentì invitata a imitarla. Si alzò e la donna le porse i soldi. Alice li lasciò cadere nel cappello nero posato accanto ai piedi della ragazza che cantava. La ragazza continuò a suonare ma interruppe il canto per parlare con loro.

«Grazie, Alice, grazie Carole, a presto!»

Mentre Alice si allontanava con la donna passando in mezzo ai bambini medi, la musica si affievolì dietro di loro. Alice non aveva esattamente voglia di andare via, ma la donna se ne stava andando e Alice sapeva che doveva restare con lei. La donna era allegra e gentile e sapeva sempre cosa fare, e Alice lo apprezzava molto perché lei spesso non lo sapeva.

Dopo aver camminato per un po', Alice vide la macchina clown rosso e la grossa macchina smalto per unghie parcheggiate nel vialetto.

«Sono qui tutte e due» disse la donna vedendo le auto.

Alice ne fu contenta e si affrettò a entrare in casa. La madre era nell'ingresso.

«La riunione è finita prima del previsto, così sono tornata a casa. Grazie per avermi coperta» disse la madre.

«Non c'è problema. Ho tolto le lenzuola dal letto ma non ho fatto in tempo a rifarlo. È ancora tutto nell'asciugatrice» disse la donna.

«Va bene così, grazie, ci penso io.»

«Ha avuto un'altra giornata buona.»

«Niente vagabondaggi?»

«No, ormai è la mia ombra fedele, la mia complice nel delitto. Vero, Alice?»

La donna sorrise, annuendo entusiasta. Alice sorrise e annuì anche lei. Non aveva idea del motivo, ma se la donna la pensava così, probabilmente andava bene anche per lei.

La donna cominciò a raccogliere libri e borse appoggiati accanto alla porta.

«Domani arriva John?» chiese la donna.

Un bambino che non si vedeva si mise a piangere e la madre scomparve in un'altra stanza.

«No, ma abbiamo chi viene» disse la voce della madre.

La madre tornò tenendo in braccio un bambino vestito di azzurro, che baciò ripetutamente sul collo. Il bambino piangeva ancora, ma senza troppa convinzione. I bacetti rapidi della madre stavano funzionando. La madre infilò in bocca al bambino un coso da ciucciare.

«Ecco fatto, pulcino. Grazie mille, Carole, sei un dono del cielo. Buon weekend, ci vediamo lunedì.»

«A lunedì. Ciao, Lydia!» gridò la donna.

«Ciao Carole, grazie!» urlò una voce da qualche parte nella casa.

I grandi occhi rotondi del bambino incontrarono quelli di Alice, e riconoscendola le sorrise da dietro il coso da ciucciare. Alice ricambiò il sorriso, e il bimbo rispose con una risata a bocca aperta. Il coso da ciucciare cadde in terra. La madre si chinò a raccoglierlo.

«Mamma, puoi tenermelo un momento?»

La madre le passò il bambino, che scivolò confortevolmente tra le sue braccia e sull'anca. Con una delle manine umide prese a tastarle il viso. Gli piaceva farlo, e ad Alice piaceva lasciarglielo fare. Le afferrò il labbro inferiore. Lei finse di morderlo e mangiarlo, mentre faceva dei rumori da animale feroce.

Lui rise e si spostò verso il naso. Lei aspirò due volte e finse di starnutire. Lui passò agli occhi. Lei li socchiuse per non farsi accecare e cercò di fargli il solletico con le ciglia. Lui spostò la manina sulla sua fronte e tra i capelli, strinse il minuscolo pugno e tirò. Dolcemente, lei gli fece aprire la manina e al posto dei capelli infilò il dito indice. Lui trovò la collana.

«Visto che bella farfalla?»

«Non fargliela mettere in bocca!» gridò la madre, che era nell'altra stanza ma li teneva d'occhio.

Alice non aveva intenzione di lasciargliela mettere in bocca, e si sentì ingiustamente accusata. Andò nella stanza dove c'era la madre. Era piena di aggeggi da festa per bambini di tutti i tipi e seggioline da bambini che suonavano e ronzavano e parlavano quando i bambini ci battevano sopra. Alice si era dimenticata che quella era la stanza con le sedie rumorose. Voleva uscire di lì prima che la madre le dicesse di mettere il bambino su una di quelle sedie. Ma lì dentro c'era anche l'attrice, e Alice voleva stare con loro.

«Papà viene, questo fine settimana?» chiese l'attrice.

«No, non può, ha detto che viene la settimana prossima. Posso lasciare i bambini con te e la mamma per un momento? Devo fare un salto in negozio. Alison dovrebbe dormire ancora per un'oretta.»

«Ma certo.»

«Farò in fretta. Serve niente?» chiese la madre mentre usciva dalla stanza.

«Del gelato, qualcosa col cioccolato!» gridò l'attrice.

Alice trovò un giocattolo morbido senza bottoni rumorosi e si mise a sedere mentre il bambino che teneva in braccio lo esplorava. Annusò il suo cocuzzolo quasi calvo e guardò l'attrice che leggeva. L'attrice la guardò.

«Mamma, ti andrebbe di ascoltare questo monologo sul quale sto lavorando per il mio corso e dirmi di cosa ti sembra che parli? Non la storia, è una storia lunga. Non devi ricordarti le parole, dimmi solo di cosa ti sembra che parli emotivamente. Quando ho finito, dimmi cosa ti ha fatto provare, d'accordo?»

Alice annuì e l'attrice cominciò. Alice guardò e ascoltò e si concentrò oltre le parole che l'attrice pronunciava. Vide che i suoi occhi diventavano disperati, indagatori, imploravano la verità. Vide che ci si posavano piano e con gratitudine, sulla verità. La voce all'inizio sembrava incerta e spaventata. Lentamente, e senza crescere di volume, diventò più sicura e poi gioiosa, a volte sembrava una canzone. Le sopracciglia e le spalle e le mani si ammorbidirono e si aprirono, chiedendo accettazione e offrendo perdono. La sua voce e il suo corpo crearono un'energia che riempì Alice e la commosse fino alle lacrime. Strinse il bellissimo bambino tra le braccia e lo baciò sulla testolina profumata.

L'attrice si fermò e tornò in sé. Guardò Alice, in attesa.

«Allora, cosa provi?»

«Sento amore. Parla d'amore.»

L'attrice squittì, corse da Alice, la baciò sulla guancia e sorrise, raggiante.

«Ho indovinato?» chiese Alice.

«Sì, mamma. Hai indovinato in pieno.»

Poscritto

Il farmaco sperimentale Amylix di cui si parla in questo libro è fittizio. È comunque molto simile a sostanze reali attualmente in sperimentazione che mirano ad abbassare selettivamente i livelli di beta-amiloide 42. Contrariamente ai medicinali finora disponibili, che possono soltanto rallentare gli esiti finali della malattia, ci si augura che queste sostanze possano fermare il progredire dell'Alzheimer. Tutti gli altri medicinali citati sono reali, e la descrizione del loro uso e della loro efficacia nel trattamento dell'Alzheimer è accurata e aggiornata al momento della stesura di questa storia.

Per ulteriori informazioni sul morbo di Alzheimer e sulle sperimentazioni cliniche:

http://www.alz.org/alzheimers_disease_clinical_studies.asp

Ringraziamenti

Sono profondamente grata a tutte le persone che ho avuto la fortuna di conoscere attraverso le organizzazioni Dementia Advocacy and Support Network International e Dementia USA, soprattutto Peter Ashley, Alan Benson, Christine Bryden, Bill Carey, Lynne Culipher, Morris Friedell, Shirley Garnett, Candy Harrison, Chuck Jackson, Lynn Jackson, Sylvia Johnston, Jenny Knauss, Jaye Lander, Jeanne Lee, Mary Lokhart, Mary McKinlay, Tracey Mobley, Don Moyer, Carole Mulliken, Jean Opalka, Charley Schneider, James Smith, Jay Smith, Ben Stevens, Richard Taylor, Diane Thornton e John Willis. La vostra intelligenza, il coraggio, l'umorismo, l'empatia, e la volontà di condividere quello che individualmente risultava vulnerabile, inquietante, incoraggiante e informativo mi hanno insegnato molto. Il mio ritratto di Alice è più ricco e umano grazie alle vostre storie.

Sono particolarmente grata a James e Jay, che mi hanno dato molto e ben oltre i confini dell'Alzheimer e di questo libro. Sono sinceramente onorata di conoscervi.

Vorrei anche ringraziare i medici che hanno generosamente condiviso con me tempo, conoscenze e speranze, aiutandomi a dare un senso al possibile sviluppo degli eventi da quando ad Alice viene diagnosticata la malattia e poi durante il suo decorso:

dott. Rudy Tanzi e dott. Dennis Selkoe per l'approfondita comprensione della biologia molecolare della malattia;

dott. Alireza Atri per avermi permesso di seguirlo per due giorni nel reparto Disturbi della memoria del Massachusetts

General Hospital e per avermi mostrato la sua bravura e compassione;

dott. Doug Cole e dott. Martin Samuels per avermi permesso una migliore comprensione della diagnosi e del trattamento dell'Alzheimer;

Sara Smith per avermi fatto assistere ai test neuropsicologici;

Barbara Hawley Maxam per avermi spiegato il ruolo dell'assistente sociale e del Caregivers' Support Group del Massachusetts General;

Erin Linnenbringer per essere stata la counselor genetica di Alice;

dott. Joe Maloney e dott.ssa Jessica Wieselquist per essersi prestati a impersonare il medico generico di Alice.

Grazie al dott. Steven Pinker per avermi permesso di vedere dall'interno la vita di un docente di psicologia alla Harvard University, e al dott. Ned Sahin e alla dott.ssa Elizabeth Chua per avermi dato la medesima opportunità dal punto di vista degli studenti.

Grazie al dott. Steve Hyman, al dott. John Kelsey e al dott. Todd Kahan per aver risposto alle mie domande su Harvard e la vita da docente.

Grazie a Doug Coupe per aver condiviso alcuni dettagli sul mestiere di attore e su Los Angeles.

Grazie a Martha Brown, Anne Carey, Laurel Daly, Kim Howland, Mary MacGregor e Chris O'Connor per aver letto ogni capitolo, per i vostri commenti, l'incoraggiamento e l'entusiasmo incondizionato.

Grazie a Diane Bartoli, Lyralen Kaye, Rose O'Donnel e Richard Pepp per il loro feedback editoriale.

Grazie a Jocelyn Kelley di Kelly & Hall per essere un'agente fenomenale.

Un grazie enorme a Beverly Beckham, che ha scritto la migliore recensione che un autore autopubblicato potrebbe mai desiderare. E che ha indicato la strada a Julia Fox Garrison.

Julia, non potrò mai ringraziarti abbastanza. La tua generosità mi ha cambiato la vita.

Grazie a Vicky Bijur per avermi rappresentata e per aver insistito per farmi cambiare il finale. Sei fantastica.

Grazie a Louise Burke, John Hardy, Kathy Sagan e Anthony Ziccardi per aver creduto in questa storia.

Devo ringraziare la grande e chiassosa famiglia Genova per aver incoraggiato spudoratamente tutti i conoscenti a comprare il libro di vostra figlia/nipote/cugina/sorella. Siete i campioni mondiali del guerrilla marketing!

Devo anche ringraziare la non altrettanto grande ma probabilmente altrettanto chiassosa famiglia Seufert per aver fatto circolare la voce.

E desidero infine ringraziare Christopher Seufert per il sostegno tecnico e informatico, per l'immagine di copertina, per avermi aiutata a rendere tangibile l'astratto, e per molto altro ma, soprattutto, per le farfalle.

Dello stesso autore

Ancora io

PICKWICK

S. Casati Modignani, *Il Diavolo e la rossumata*
M. Connelly, *La lista*
N. Sparks, *L'ultima canzone*
F. Ongaro, *Mangia che dimagrisci*
D. Steel, *Una ragazza grande*
P. Brosio, *A un passo dal baratro*
G. Musso, *La ragazza di carta*
P. Sánchez-Garnica, *La cattedrale ai confini del mondo*
S. Bambarén, *Lettera a mio figlio sulla felicità*
A. Perissinotto, *Semina il vento*
S. King, *It*
L. Weisberger, *Il diavolo veste Prada*
N. Sparks, *Ho cercato il tuo nome*
N. Sparks, *Le pagine della nostra vita*
M. Connelly, *Il poeta*
K. Morton, *Il giardino dei segreti*
D. Lehane, *L'isola della paura – Shutter Island*
D. Steel, *Il miracolo*
A. Socci, *Mistero Medjugorje*
T.R. Smith, *Bambino 44*
C. Bushnell, *Il diario di Carrie*
C. Bushnell, *Summer and the City*
S. King, *Il Miglio Verde*
M. Grad Powers, *La principessa che credeva nelle favole*
J. Grogan, *Io & Marley*
M. Tosatti, G. Amorth, *Memorie di un esorcista*
N. Sparks, *Ricordati di guardare la luna*
N. Sparks, *La scelta*
O. Bowden, *Assassin's Creed® - Rinascimento*
O. Bowden, *Assassin's Creed® - Fratellanza*
O. Bowden, *Assassin's Creed® - La crociata segreta*
D. Steel, *Il viaggio*
H. Bernstein, *Il muro invisibile*
M. Connelly, *Avvocato di difesa*
S. Casati Modignani, *Il gioco delle verità*
S. Casati Modignani, *Singolare femminile*
H.H. Mamani, *Negli occhi dello sciamano*
M. Dooley, *L'arte di far accadere le cose*
A. Flacco, *La danzatrice bambina*
G. Pansa, *Il sangue dei vinti*
C.M. Martini, *Qualcosa in cui credere*
G. Musso, *Perché l'amore qualche volta ha paura*
C. Pinkola Estés, *La danza delle grandi madri*
Z. Sitchin, *Il pianeta degli dei*
D. Safier, *L'orribile karma della formica*
N. Sparks, *Un cuore in silenzio*
N. Sparks, *Come un uragano*
P. Basil, *Profumo di spezie proibite*
F. Ongaro, *Mangia che ti passa*
M. Higgins Clark, *Nessuno mi crede*

C.M. Russo, *La sposa normanna*
S. King, *The Dome*
S. King, *Cose Preziose*
G. Stein, *L'arte di correre sotto la pioggia*
G. Stergiopoulos, *Trattali male*
P. Gregory, *La regina della Rosa Bianca*
P. Grasso, A. La Volpe, *Per non morire di mafia*
J. Verdon, *L'enigmista*
S. Bambarén, *Il delfino*
M. Hack, V. Domenici, *Notte di stelle*
O. Bowden, *Assassin's Creed® - Revelations*
S. Casati Modignani, *Rosso corallo*
S. Casati Modignani, *Vaniglia e cioccolato*
J. Nesbø, *Il pettirosso*
J. Nesbø, *Nemesi*
S. Gaeta, *Medjugorje. È tutto vero*
M. Grad Powers, *Il cavaliere che aveva un peso sul cuore*
S. King, *Le notti di Salem*
S. King, *Stagioni diverse*
J. Fletcher & D. Bain, *La Signora in Giallo - Capodanno con delitto*
G. Cervo, *La croce perduta*
M. Connelly, *Il poeta è tornato*
M. Connelly, *Il cerchio del lupo*
D. Di Lazzaro, *Il mio cielo*
A. Pike, *Wings*
N. Sparks, *I passi dell'amore*
N. Sparks, *Le parole che non ti ho detto*
D. Steel, *Irresistibile*
D. Steel, *Un angelo che torna*
S. Harvey, *Sono tutti uguali*
M. Hack, E. Gjergo, *Così parlano le stelle*
S. Bambarén, *L'onda perfetta*
T. Birger, *Ho sognato la cioccolata per anni*
S. King, *Cell*
S. King, *Duma Key*
M. Kurzem, *Il bambino senza nome*
H.H. Mamani, *La profezia della curandera*
N. Sparks, *Il posto che cercavo*
N. Sparks, *Ogni giorno della mia vita*
Suad, *Bruciata viva*
L. Weisberger, *Un anello da Tiffany*
T. Morrison, *Amatissima*
M. Connelly, *La memoria del topo*
A. Ciezadlo, *I giorni del miele e dello zenzero*
H. Simonson, *Una passione tranquilla*
P. Williams, *Vita bassa e tacchi a spillo*
J. Nesbø, *La stella del diavolo*
J. Nesbø, *La ragazza senza volto*
J. Weiner, *L'altra storia di noi*
K. McGowan, *Il vangelo di Maria Maddalena*
B. Kane, *La legione dimenticata*

A. Silver, *Tutta colpa del tacco 12*
Z. Sitchin, *La Bibbia degli dei*
P. Gregory, *La regina della Rosa Rossa*
A.D. Gilbert, *La voce della legione*
B. Fitzpatrick, *Il bacio dell'angelo caduto*
Z. Sitchin, *Le astronavi del Sinai*
N. Sparks, *Quando ho aperto gli occhi*
N. Sparks, *Come la prima volta*
N. Sparks, *Un segreto nel cuore*
J. Bowen, *A spasso con Bob*
A. Jacobsen, *Area 51*
K. Boo, *Belle per sempre*
S. Casati Modignani, *6 Aprile '96*
S. Casati Modignani, *Caterina a modo suo*
S. Casati Modignani, *Donna d'onore*
S. Casati Modignani, *Il Barone*
S. Casati Modignani, *Il Cigno Nero*
S. Casati Modignani, *Mister Gregory*
S. Casati Modignani, *Un amore di marito*
B. Fitzpatrick, *Angeli nell'ombra*
O. Bowden, *Assassin's Creed® - Forsaken*
A. Caprarica, *Ci vorrebbe una Thatcher*
H. Brown, *Cleo*
A. Pike, *Destined*
S. King, *Al crepuscolo*
S. King, *I lupi del Calla (Serie La Torre Nera)*
S. King, *La canzone di Susannah (Serie La Torre Nera)*
S. King, *La zona morta*
S. King, *L'acchiappasogni*
S. King, *Torno a prenderti*
S. King, *Tutto è fatidico*
S. King, *Il gioco di Gerald*
S. King (R. Bachman), *La lunga marcia*
J. Weiner, *Brava a letto*
E. von Däniken, *Gli dei erano astronauti*
H.H. Mamani, *Gli ultimi curanderos*
V. Della Valle, G. Patota, *Ciliegie o ciliege?*
D. Steel, *Batte il cuore*
D. Steel, *Il bacio*
D. Steel, *Una donna libera*
P. Livio Fanzaga, D. Manetti, *I segreti di Medjugorje*
M. Foa, *Il bambino invisibile*
J. Verdon, *Il castigo*
I. Sibaldi, *Il codice segreto del Vangelo*
J. Steil, *La città di pan di zenzero*
M. Connelly, *Il buio oltre la notte*
M. Connelly, *L'ombra del coyote*
M. Connelly, *Musica dura*
M. Connelly, *L'uomo di paglia*
M. Connelly, *Debito di sangue*
M. Connelly, *Ghiaccio Nero*
M. Connelly, *Il ragno*

M. Connelly, *Vuoto di luna*
Z. Sitchin, *Il giorno degli dei*
G. Musso, *Il richiamo dell'angelo*
G. Musso, *Sette anni senza di te*
S.M. Brown, *La donna dagli occhi di smeraldo*
Dalai Lama, *La felicità al di là della religione*
H.H. Mamani, *La donna della luce*
M.R. Parsi, *La felicità è contagiosa*
C.M. Martini, *La forza della debolezza*
P. Gregory, *La futura regina*
M. Higgins Clark, *La lettera scomparsa*
G. Celentano, *La luce oltre il buio*
F. Vaiasuso, *La mia possessione*
M. Hack, *La mia vita in bicicletta*
J. Fletcher & D. Bain, *La Signora in Giallo - Delitto cum laude*
J. Fletcher & D. Bain, *La Signora in Giallo - Omicidio sul ghiaccio*
J. Hall, *La villa degli aranci fioriti*
E. Galeano, *Le vene aperte dell'America Latina*
T. Sloane, *Legionario*
B. Taylor Bradford, *Lettera da una sconosciuta*
I. Sibaldi, *Libro degli Angeli*
M. Higgins Clark, *L'ombra del tuo sorriso*
B. Fitzpatrick, *L'ultimo angelo*
S. King, *L'ultimo cavaliere (Serie La Torre Nera)*
S. King, *Pet Sematary*
S. King, *Insomnia*
S. King, *Christine (La macchina infernale)*
S. King (R. Bachman), *L'uomo in fuga*
Y. Martel, *Vita di Pi*
G. Amorth, P. Rodari, *L'ultimo esorcista*
J. Nesbø, *L'uomo di neve*
A. Merini, *Mistica d'amore*
G. Cervo, *L'onore di Roma*
O. Watkins, *Ovunque sarai*
M. La Grua, *Contro Satana*
C. Pavone, *Il sospetto*
B. Kery, *Quello che mi piace di te*
D. White, *One Direction Story*
E. von Däniken, *Cronache da un altro passato*
H.H. Mamani, *Inkariy*
K. Cass, *The Selection*
J. McEnroe, *Non puoi dire sul serio*
S. Black, *Ogni mio desiderio*
J. Carlin, *Ama il tuo nemico*
D. Galdino, *Il primo caffè del mattino*
K. McGowan, *La stirpe di Maria Maddalena*
L. Genova, *Perdersi*
D. Steel, *Amarsi*
D. Steel, *Le luci del Sud*

D. Steel, *Amare ancora*
D. Steel, *Stagione di passione*
G. Morelli, *Sette ore per farti innamorare*
E. James, *Paris in Love*
B. Kery, *Quello che mi lega a te*
P. Aprile, *Terroni*
J.R. Moehringer, *Pieno giorno*
J.R. Moehringer, *Il bar delle grandi speranze*
V. Myron, *Io e Dewey*
P. Sánchez-Garnica, *Il gioco segreto del tempo*
V. Varesi, *È solo l'inizio, commissario Soneri*
L. Costa, *Come una specie di sorriso*
N. Sparks, *Tre settimane, un mondo*
C. Amirante, *Solo l'amore resta*
S. King (R. Bachman), *Uscita per l'inferno*

Stampato presso ELCOGRAF S.p.A.
Stabilimento di Cles (TN)